KB251811

Katis
마검이야기

카티스

6

카티스 6

방지연 판타지 장편 소설

초판 1쇄 찍은 날 § 2001년 5월 6일
초판 1쇄 펴낸 날 § 2001년 5월 15일

지은이 § 방지연
펴낸이 § 서경석
펴낸곳 § 도서출판 청어람
편집 § 문혜영 · 허경란 · 박영주 · 김희정 · 권민정
마케팅 § 정필 · 강양원

등록번호 § 제1081-1-89호
등록일자 § 1999. 5. 31
어람번호 § 제1-0105호

주소 § 경기도 부천시 원미구 심곡1동 350-1 남성B/D 3F (우)420-011
전화 § 032-656-4452 팩스 § 032-656-4453
e-mail § eoram99@chollian.net

© 방지연, 2001

값 7,500원

ISBN 89-5505-061-5 (SET) / ISBN 89-5505-102-6 04810

카티스

Katis 마검이야기

6

신에 근접한 남자

방지연 판타지 장편 소설

도서출판 청어람

Katis
마검이야기

목차

Chapter 23

사검(死劍) 탈환(奪還)!

달콤한 환상도 사그라지고 남은 것은 오로지 아쉬움뿐.

하지만 나는 다시 그것을 되찾기 위해 일어선다.

어젯밤은 유난히도 아름다웠다. 금방이라도 쏟아져 내릴 것 같은 밤하늘이 머리 위에 펼쳐져 있었다. 유니카의 집으로 온 후, 시간이 별로 지나지 않은 때에 나는 오랜만에 남자의 몸으로 양껏 밤을 즐기고 있었다.

어째서인지 모르게 나에게 저주를 걸었던 이미르 생각이 났다. 백금발의 아름다운 머리카락. 내가 여태까지 보아왔던 여성들 가운데 가장 아름다웠던 여자. 그녀는 지금 무엇을 하고 있을까. 역시 고고하게 나에게 넌 날 죽일 수 없다고 생각하면서 미소 짓고 있을까. 분하긴 하지만 난 그 여자를 이길 수 없었다.

왜 나는 그녀를 상처 입힌 것을 기억하지 못한 걸까. 베리우스가 말하길, 기억이 돌아오기 전의 내가 그 마법사를 상처 입혔다고 했다. 그렇다면 나는 왜 나에게 저주를 씌운 그 마법사를 죽이지 못한 걸까.

그런 어리석은 나의 일면이 사검 이질리스에게 투영되고 있었던 것 같다.

또다시 사검 이질리스에 대한 아련한 기억이 물밀듯 밀려 들어왔다.

사검 이질리스, 처음 손에 넣었을 때에도 옛 주인을 부르고 있던 검. 지나간 환상을 쫓는 자. 하지만 난 다르다. 이질리스 녀석의 사고방식이 마음에 들지 않는다. 그 녀석은 억지 부리고 있는 것이다. 유디엔과 리아드를 동일 인물이라고 착각했기 때문에 리아드를 자신의 주인으로서 따르고 있는 것이다.

이질리스는 유디엔의 허상을 쫓고 있다. 자신의 기억을 통해서 만들어낸 죽은 자의 허상을. 나는 그런 허상이 싫다. 진실이나 근본과 같은 고리타분하고 철학적인 말을 좋아하는 것은 아니지만 허구에 얽매이는 것이 싫다. 자유로운 것이 좋다.

추측하건대 자신의 틀에 박혀 있는 공갈 검 녀석에겐 저 밤하늘이 내가 바라보는 것과 다를 것이다. 내게는 공활하고 자유롭게 느껴지는 밤하늘이 녀석의 눈엔 어떻게 보일까?

녀석에게 무엇이 필요한지 나는 알고 있었다.

망각. 그것은 중요한 일의 결실(結實)이었다. 최종적으로 맺어야 할 중요한 열매이며 반드시 먹어야 할 과실이기도 하다. 그것을 먹고 잊어버리면 한껏 자유로워질 수 있을 것 같았다. 바보같이 얽매여 버린 틀에서 헤어 나오면 저 밤하늘이 지금과는 달리 보일 것이다. 마냥 검게만 보였던 하늘에서 별이 눈에 띌 것이다. 그리고 진정한 자유를 찾게 되겠지.

"카티스, 너 정말 이질리스를 구하러 갈 거야?"

미드가르드 녀석이 무심히 창밖을 보고 있는 나를 보면서 이렇게 말했다. 밤이 되자 힘이 극대화되었는지 그는 사람의 모습을 드러낸 채다. 수다스러웠던 녀석이 요샌 좀 조용한 편이었다.

"내가 그 녀석을 구하다니? 난 단지 리아드에게서 이질리스를 돌려받는 것뿐이야. 그건 너 역시 잘 알고 있을 텐데?"

나는 빙긋 웃었다. 맞다, 나는 돌려받는 것뿐이다.

이질리스는 내가 처음 주운 검이니 내가 녀석의 임자인 것은 당연하다.

리아드가 나중에 와서 원래 내 것이었다라고 말해도 변함없는 사실이다. 먼저 소유한 자가 임자인 것은 지극히 당연하지 않은가.

"글쎄, 잘못된 것인지도 몰라. 어쩌면 마검을 처음 만든 무스펠하임도 자신의 잘못을 이미 느꼈을지도 모르지. 본래 마검은 이질리스처럼 주인에게 복종하면 안 되었던 건지도 몰라. 자신도 모르는 불행을 낳게 되니까."

"무슨 뚱딴지 같은 소리야. 난 그런 거 모른다고. 단지 리아드 녀석이 내 물건에 흠집을 내고 있다는 것에 화가 날 뿐이지."

나는 분위기를 잡으며 별을 바라보고 있는 미드가르드에게서 고개를 돌렸다. 미드가르드의 녹색 눈엔 밤의 고요를 방불케 하는 어두운 일면이 있었다. 진짜 마검 미드가르드의 이미지는 바로 저런 것이리라.

하지만 녀석, 그처럼 진지하게 말해도 넌 결국 수다 검이지!

이질리스가 자기 마음대로 몸을 늘리고 줄이는 공갈 검에 불과한 것처럼.

"네가 하는 말은 억지인지도 몰라, 카티스. 넌 알아야 해. 이질리스가 너를 주인으로 섬기길 바라고 있는 거야?"

"아니."

“그럼 뭔데?”

“몰라.”

“모른다고? 허참!”

미드가르드 녀석이 내 옆의 발코니에 섰다. 내가 바라보고 있는 하늘을 마주 보면서. 이렇게 하늘을 바라보면 시원해진다. 자연이라는 절대 진리 속에서 인간, 라그나, 아시르 인도 결국 똑같은 존재가 되는 것이다.

“그냥 화가 치밀어 오를 뿐이야. 난 그런 유디엔이라는 이름이 입에 철격 붙은 녀석이 나의 마검이 되는 것 따윈 바라지 않아. 그런 마검 녀석의 주인이 된다니… 나야말로 아깝다, 아까워.”

미드가르드가 한심한 표정을 지었다. 나의 마지막 대사에는 아무래도 동의하지 않는 듯했다.

“카티, 너 그래도 좋은 녀석이로구나. 이질리스를 걱정해 주기도 하고.”

먼 곳을 바라보는 눈으로 녀석이 나에게 말했다. 나는 그런 녀석이 아니꼬워서 미드가르드의 멱살을 잡고 흔들었다. 허, 그러고 보니 사내의 몸으로 미드가르드와 대면한 것은 이번이 처음일지도 모르겠군. 오오, 신기한 일이다. 정말로 내 저주가 풀린 것이로군!

“누가 누굴 걱정한다는 거야? 난 단지 놈의 그 썩어 빠진 정신 상태를 뜯어고치고 싶을 뿐이다. 날 죽이려고 했던 리아드 녀석이 아주 괘씸하기도 하고. 이질리스 녀석도 그때 리아드 녀석의 말을 들었으니까 녀석을 리아드에게서 돌려받으면 흠씬 두들겨 줘야지.”

“……”

미드가르드 녀석은 고개를 저으면서 어정쩡한 표정으로 웃었다.

"왜 그런 표정을 짓는 거지, 수다 검?"

"아니, 네가 진지할 때도 있구나 하고 생각했지."

"이 자식, 난 항상 진지해!"

이놈이 나를 놀리나. 나는 기분이 나빠져서 미드가르드 녀석의 복부를 주먹으로 두들겨 주었다. 미드가르드는 주먹에 맞고 아픈 듯 맞은 배를 움켜쥐었다.

"그런데 이제 저주가 풀린 모양이지?"

"그런 것 같다. 다행이라고 생각하고 있다고."

정말로 밤의 저주에서 헤어 나왔구나, 드디어! 마법사 이미르가 다쳤다고 하더니, 그 덕에 마법이 풀려 비린 모양이다. 정말 신나는 일이었다. 이제는 더 이상 달이라는 존재를 미워할 필요가 없는 것이다.

나는 히죽 웃음 지었다. 그렇다. 이렇게 자유로운 밤은 100년 만에 처음 맞이하고 있는 것이다. 평소 같았다면 해가 지자마자 기쁨에 겨워 뛰쳐나갔을 테지만 왠지 마음이 내키지 않았다. 썩 유쾌하지만은 않은 것은 이질리스 때문이리라.

"하지만 녀석, 널 원망할지도 몰라."

미드가르드가 여전히 나를 바라보면서 그렇게 말했다. 흠, 저렇게 빨리 멀쩡해질 줄 알았다면 녀석을 더 세게 때릴 걸 그랬다. 안 그래도 평소에 말이 많아서 마음에 안 들었었어.

"난 상관없어."

이미 미움받는 덴 익숙해. 그 정도쯤 원망이 더해져도 별다른 상관은 없겠지, 그런 생각이 들었다. 그날 저녁은 왠지 어떤 것도 하고 싶지 않았다. 단지 내가 원하는 것은 침묵과 사색뿐이었다.

하지만 나는 내가 하는 일에 확신한다.

또, 내가 할 일이 그릇된 일일지라도 헤쳐 나갈 의향이 있다. 그렇다면 조금 원망을 듣더라도 어떤가. 그 녀석이 나를 원망해도 그것으로 좋다. 난 단지 내 눈에 거슬리는 리아드, 그 녀석을 처단해 버리는 것뿐이다.

이질리스의 마음이나 원망 같은 것은 뒷전이다.

유니카 왕녀도 리아드가 죽기를 바라고 있지 않은가. 나에게 후회 따윈 없다. 그저 흘러가는 대로, 내가 바라는 대로, 남이 아쉬운 대로, 내 마음이 내키는 대로 행동하면 그만이다. 그것이 바로 나의 삶이다.

*　　　*　　　*

다음날은 거짓말같이 맑은 날이었다. 왠지 어울리지 않는 날씨다.

녹음 진 수풀, 하늘에는 깃털 구름이 수놓아져 있었다. 바다와 같이 푸른 하늘은 배웅이라도 해주는 듯 아름다운 자태를 드러내고 있었다. 산들바람이 불어와 나뭇잎들을 움직였고, 그에 따라 손짓하는 나뭇잎들이 마치 떠오르는 태양을 축복하는 듯싶었다.

커다란 저택 앞에서 나는 말을 손질하고 미드가르드를 정돈했다. 산들바람에 머리카락을 움직이며 뺨을 간질여 나는 고개를 들었다. 태양빛이 강렬했다.

그때 내가 있는 곳으로 묵묵한 표정을 지으며 하녀들을 이끌고 걸어오는 유니카를 보았다. 그녀는 나에게 다가와서 속삭이듯 말했다.

"제가 입수한 정보예요."

새로운 옷으로 차려입은 그녀의 모습은 비장함이 감돌고 있었다. 상의는 몸에 꼭 달라붙었고 치마는 발목 아래까지 길게 늘어뜨린 것이 어느 나라의 왕녀님이나 된 듯한 모습이다. 아니, 본래 왕녀라고 했던가?

"그 사검 이질리스는 지금 유배자의 탑에 감금되어 있다고 하더군요."

그녀는 시녀들을 물러가게 하면서 나에게 말했다. 시녀들은 약간 상기된 얼굴로 나를 보더니 말없이 사라졌다. 흠, 내 얼굴에 반하기라도 한 모양이다.

"유배자의 탑?"

나는 그녀에게 되물었다. 그녀가 준비한 말은 다 손질되었다. 검은 갈기의 말은 윤기가 흘렀고 어디든 달릴 준비가 되어 있었다.

"그 녀석이 왜 그런 데 있지?"

이질리스가 유배자라도 된다는 건가? 리아드가 굳이 이질리스를 그런 식으로 가두어둘 이유는 없을 텐데.

"저도 몰라요. 하지만 재상의 명령에 의해서라고 들었어요."

리아드, 그 녀석도 미친 거 아냐? 왜 이질리스를 그런 데 감금해두는지 모르겠군. 혹시 나를 속이려는 함정인 걸까.

유니카는 별로 좋은 표정이 아니었다. 아까도 말했듯 잔뜩 긴장하고 있었다. 그녀의 마음이 누군가에게로 가 있고, 또 그 때문에 그녀가 재상 리아드를 죽이려고 한다는 것을 나는 안다.

그녀는 죽음을 이용해서 욕망을 성취하려는, 누구나 능히 가질 수 있는 감정을 가지고 있었던 것이다.

"그런데 당신은 왜 사검을 빼앗으려고 하는 거죠?"

그녀가 나에게 묻고 싶은 것이라도 있는지 고개를 들었다. 붉은 입술이 달콤해 보였다. 그러고 보면 아름다운 아가씨의 입술을 훔친 것도 오래된 일이지. 뭐, 유니카가 썩 내 마음에 드는 것은 아니지만.

"네가 알 바가 아닐 텐데."

"당신도 리아드처럼 사검 이질리스를 원하는 건가요?"

"그럴 리가 없잖아? 난 남자에겐 흥미없어."

나는 그녀의 입에 부드럽게 키스하려고 유니카의 허리에 손을 가져다 댔다. 그녀는 어깨를 빼내면서 이내 나의 뺨에 자신의 손자국을 냈다. 여전히 생기있군.

"손 치워요, 이 치한 같은 남자!"

"아니, 그냥 편하게 치한이라고 불러줘."

철썩!

또다시 유니카의 손바닥 자국이 얼굴에 남았다.

이 여잔 여전히 혈기 왕성하군. 역시 여자는 그런 패기가 있는 쪽이 더 재미있다니까.

"이 치한!"

그녀는 내가 시킨 대로 나를 불렀다. 유니카의 얼굴이 흉하게 일그러졌다. 애써서 다듬은 듯한 머리카락이 헝클어졌다. 그녀의 그런 모습을 보는 것은 재미있었지만 일단 물러서는 것이 좋겠다.

"알았어, 알았다고. 내가 리아드 녀석을 죽이고 나면 계속하자."

"계속하긴 뭘 계속해요?"

뭐긴 뭐야? 내가 아까 하려던 짓이지.

나는 씨익 웃어버렸다.

"빨리 가버리기나 해요."

그럼, 사검 녀석을 되찾으러 가볼까나.

이질리스가 리아드를 선택을 했다는 것에 더 이상 상관하지 않겠다. 그냥 내 멋대로 하겠다. 아무리 공갈 검 녀석이 리아드를 택했다고 해도 나는 그를 죽여 버릴 것이다. 선택이라는 것은 절대 진리가 아니다. 타인에 의해서도 선택은 무마될 수 있는 것. 그것이 바로 내가 만드는 운명인 것이다.

"유니카는 안 가나?"

나는 말안장에 올랐다. 어제 다친 상처가 여전히 욱신거린다. 아직도 상처는 낫지 않고 피조차 멎지 않는다. 역시 그 검은 보통 검이 아닌 것 같다.

"전 안 기요. 제기 그런 남지 죽는 거 뵈서 뭐 히겠어요?"

유니카는 뿌루퉁한 표정으로 말했다. 거짓말쟁이 여자. 뭐, 그런 면이 매력적이다. 한 남자에게 목매여 사는 것은 내가 그렇게 좋아하는 스타일이 아니지만 발악하는 것은 귀엽다고 생각한다. 유니카는 화를 내면서도 손가락에서 반지 하나를 빼내어 나에게 주었다.

"자, 이건 왕가의 표시예요."

그것은 정교하게 세공되어 있는 고가의 물건이었다. 리센하임의 백합 문장이 깨끗하게 조각된 그것을 나는 집어 들었다.

"오! 유니카, 왕녀라는 것은 사실이었군."

내가 짐짓 놀란 시늉을 하면서 그녀에게 말했다.

"당연하죠."

유니카는 신경질을 내면서 대답했다. 약간의 자랑스러움도 섞여 있는 말투였다.

"몰랐지. 난 그냥 네가 왕녀병 환자라고만 생각했어."

"허튼소리하지 말고 내가 하는 말이나 잘 들어요."

유니카는 머리에서 김을 쏟아내면서 날 밀었다.

"이건 왕가의 표시인 반지니까 가지고 있어요. 저 유니카 왕녀가 보냈다고 하면 어디든 통과가 될 거예요."

그렇다면 편하겠군. 이래서 왕족들을 구워삶아 먹는 것이 좋다니까. 그렇게 하면 그들은 자기들이 최고인 줄 알고 나에게 잘해 준다. 뭐, 계급이 있다는 것은 조금 편한 면이 있긴 하다. 상대방이 유니카처럼 높은 계급이면 우려먹을 수 있거든.

"그리고 반드시 리아드를, 재상을 죽여주셔야 해요."

그녀는 잠시 머뭇거리면서 말했다. 그 눈동자에는 슬픔이 감추어져 있었지만 나는 그것을 외면했다.

"알았으니까 그건 걱정 마."

안 그래도 난 그 녀석의 목을 베어버리고 싶어 죽겠으니까. 그 녀석이 흘리는 피도 보고 싶고. 그리고 그렇게 강탈하고 나면 이 질리스 녀석도 한 대 쥐어박아 주겠다. 감히 리아드 따위의 명령으로 이 몸을 죽이려고 했었으니까.

내가 말에 박차를 가하면서 달리려고 했을 때 정문 쪽에서 한 녀석이 달려나오는 것을 발견할 수 있었다. 화려한 옷에 단정한 얼굴의 청년이었다. 만난 지는 그리 오래되지 않은 녀석이지만 나에게 달려오는 폼이 친구에게 달려오는 듯이 정겨웠다.

"앗! 사카디은 씨, 가시는 거예요?"

그 녀석은 나에게 다가오면서 물었다. 그렇게 달리고도 전혀 힘든 기색이 없는 걸 보니 과연 이그드라실의 마검이라는 말이 맞긴 한 모양이다. 내 주위에 녀석의 검신이 없어서 아직 믿기 힘들긴 하지만.

"너, 아직도 안 갔냐? 이곳에서 할 일이 있다고 했잖아."

"그게 말이죠, 이 몸께서 가만히 생각해 보니 그런 일이 없는 것 같다는 생각이 들었어요."

아스가르드는 말도 안 되는 어구를 늘어놓으면서 자랑스럽다는 듯 배실배실 웃었다. 퍼억 한 대 때려주고 싶다는 생각이 들었지만 참기로 했다. 이 녀석은 나의 귀중한 식량이니까.

"어라? 아직도 낫지 않았군요."

젠장, 아스가르드의 말이 맞았다. 아직도 피가 멎질 않는다. 대체 그 남자가 사용한 은색 검은 뭐지? 재생력으로 치면 누구에게도 지지 않을 정도의 이 몸이거늘, 그 검은 이 나의 몸에 상처씩이나 입히더니 상처에서 피마저 멎지 않는다. 그 검이 굉장한 검인 것만은 사실인 것 같다.

"어제는 자느라고 치료해 드리지 못했었는데 지금이라도 치료해 드릴게요."

어젯밤에 아스가르드는 졸립다고 하면서 방으로 들어가 잠만 자더니, 다행히 내가 상처 입었다는 것은 기억하고 있나 보군.

"자요, 상처 좀 보여줘요."

아스가르드는 내 소매를 걷어 상처를 바라보았다. 아스가르드의 입술이 팔에 있는 내 상처에 닿았다.

"너, 이 자식, 뭐 하는 거야?! 난 남자가 나에게 다가오는 것은 사절이라고!"

"이 몸께서 그럴 리가 없지 않습니까! 이 몸은 단지 상처를 치료해 드리는 것뿐이라고요. 이상하게 보지 말아주세요!"

울먹거리면서 호들갑을 떠는 것을 보면 그런 생각은 아닌 듯하군. 아스가르드는 그렇게 불평을 늘어놓은 후 계속해서 혀로 상처를 핥았다. 정말 이상한 치료법이로군. 녀석의 혀가 닿은 자리가 곧 욱신거리고 아파왔지만 금세 상처가 아무는 것을 보고 나는 정말 놀랐다. 나에게 있어서 저 녀석의 피는 음식이고 침은 약인 건가?

"너, 정말 쓸모있긴 하군. 식량과 약."

"너무하잖아요!"

녀석은 상처를 치료하다가 말고 울먹거리기 시작한다. 사내자식이 눈가에 눈물이 맺혀 있는 모습이라니… 정말 한심하군. 저런 녀석이 자기에 대한 존칭이라는 존칭은 다 갖다 붙이면서 정작 하는 행동은 어린아이라니까.

내가 피식 웃자 유니카가 헛기침을 했다.

"이제 그만 하고 빨리 가봐요. 안 그러면 리아드가 사검에게 무슨 짓을 할지 몰라요."

유니카가 화가 난다는 듯이 말했다. 그녀는 나의 걸음을 재촉하고 있었다. 그녀가 원하는 것은 재상 리아드의 죽음. 자신의 손아귀에 들어올 수 없는 것은 없애 버려야 직성이 풀리는 그런 타입이었던 것이다, 유니카는.

나는 유니카의 재촉에 못 이기는 척하면서 미드가르드를 검은말 샤이 치케의 허리춤에 꽂아두었다. 샤이 치케는 원래 헝그리가 가지고 있던 말인데 꽤 괜찮아 보여서 내가 챙겨두었다. 헝그리가 감옥으로 잡혀갔을 때 유니카가 빼돌려 두었던 것이다. 검은색의 샤이 치케는 보기 드문 명마였다. 헝그리 녀석, 어디서 이렇게 좋은 말을 가지고 왔지?

"그럼 가야죠."

아스가르드도 따라오려고 했다.

"넌 안 가. 나만 가는 거야."

나의 말에 아스가르드는 고개를 갸웃거렸다.

"너는 해야 할 일이 있잖아."

"없어요. 끝났어요. 이 몸은 한가하다고요."

정말 이상한 놈이구나. 왜 따라오려고 하는지 모르겠군.

"그럼 가죠, 사카디은 씨."

아스가르드가 방긋이 웃으면서 뒤를 따랐다. 하긴 쓸모 많은 녀석이니 유니카나 수다쟁이 검보다는 도움이 될 것이라고 확신할 수 있지만.

"저도 그 말 뒤에 타겠어요. 그래도 되죠?"

그 녀석의 고집에 나는 아스가르드가 여자가 아닌 것을 한탄하면서 녀석을 말 뒤편에 태웠다.

나는 유니카가 말한 유배자의 탑까지 꽤나 열심히 말을 타고 달리고 있었다. 벌써 몇 시간째. 그렇게 먼 거리는 아니었지만 그렇게 가깝지도 않았다. 한나절을 내리 달리니 그렇게나 생기 넘치던 샤이 치케의 움직임도 상당히 둔해진 상태였다.

유배자의 탑까지의 길은 비교적 잘 닦여져 있음에도 불구하고 사람의 발길이 적었다. 인기척이 드물어서 돌볼 사람 없이 제멋대로 무성하게 자란 수풀을 바라보면서 나는 리아드의 존재에 대해 생각해 보았다.

내가 리아드에 대해서 기억하는 것이라고는 전에 그가 이질리스를 파견하여 나를 죽이려고 했다는 것이다. 그렇다면 지금 이 유배자의 탑으로 가는 것도 함정일지 모른다.

나는 또 싸늘한 기운을 느꼈다.

그것을 느낀 것은 처음이 아니었다. 어디선가 느껴봤었던 듯한 느낌이었다. 수풀 너머로 나를 노려보고 있는 누군가가 있을 것이다.

나는 수다 검의 검집에 손을 대었다.

"누구냐?!"

샤이 치케에게서 뛰어내리며, 나는 부시럭거리는 수풀 사이로 미드가르드를 뽑아 달려들었다.

"으아아! 스승님, 저예요!"

때가 꼬질꼬질한, 텁수룩한 머리카락의 사내 녀석이 화들짝 놀라면서 튀어나왔다. 녀석은 당황하면서 양팔을 위로 올리고는 나의 행동을 저지하고 있었다.

헝그리는 리아드가 있는 그 성에서 나와 함께 빠져나오지 않았었다. 그런데 헝그리가 그곳에서 무사히 나올 수 있었다니… 용하다. 하긴, 헝그리 녀석이 정의의 용사타령을 하긴 하지만 실상 용사보다도 도망가는 데 좀 더 일가견이 있는 녀석이긴 했지. 하지만 아무리 그렇다고 해도 저 녀석이 이곳에 있다는 것은 실로 수상쩍은 일이 아닐 수 없다.

게다가 나는 분명히 살기를 느낀 터였다. 헝그리 녀석이 설마 내가 자기 쪽으로 오는 걸 모르고 살기를 내뿜은 걸까? 아무리 바보 같은 녀석이라고 할지라도 눈은 제대로 박혀 있을 텐데 그럴 리가 없다. 살기를 내뿜은 것은 저 녀석이 아닌 다른 녀석일 테지.

"죄송해요, 스승님. 전 스승님인지 몰랐어요."

"흥, 그래?"

그렇게 생각하면 스승이라는 소리 좀 빼라.

짜증나는 녀석, 난 왜 저 녀석만 보면 죽도록 괴롭혀 주고 싶어질까. 헝그리 녀석은 머리를 긁적이면서 이미 낡을 대로 낡은 반바지에 손을 탁탁 털었다. 꼴 보기 싫은 부메랑 마검도 녀석의 허리춤에 가지런히 꽂혀 있는 것을 보니 아직도 그 검이 죽어버린 마수 검이라는 것을 모르는 모양이었다.

내가 그런 식으로 생각에 잠겼을 때 헝그리의 부메랑이 허리춤에서 빠져나왔다.

"하얏! 스승님, 죄송합니다. 이건 다 용사가 되기 위한 것입니다. 절 용서해 주세요!"

파각!

헝그리 녀석의 날 없는 부메랑 마수 검이 눈 깜빡할 사이에 나의 머리를 강타했다. 그 순간 눈앞이 아찔해졌다. 붉은 핏물이 내 눈을 적셨던 것이다!

"사카디온 씨!"

멀리서 나를 보던 아스가르드의 당황한 목소리가 귓가에 울려 퍼졌다. 정신이 가물가물해져 갔다.

"스승님이 저의 적이 되어 계신 줄은 몰랐습니다. 스승님, 제가 편안히 잠재워 드릴게요. 부디 성불하셔서 제 꿈에는 나오지 말아 주세요."

이 자식이 무슨 뜽딴지 같은 소리를 하는 거냐, 이 헝그리 놈!

나는 가까스로 일어나서 내 머리를 친 헝그리 녀석의 손목을 잡아 비틀고, 목을 꺾기 위해 왼손을 녀석의 굳건한 목 쪽으로 뻗었다. 내 머리 가죽이 찢어졌는지 핏방울이 이마를 타고 흘러내리고 있었기 때문에 헝그리의 목을 확인하고 붙잡기까지는 적지 않은 시간이 걸렸다.

"아악, 스승님은 역시 괴물이었어! 그렇게나 심하게 때렸는데도 돌아가시지 않다니."

헝그리 녀석은 믿을 수 없다는 표정으로 입을 쩍 벌린 채 당황하기 시작했다.

"이 자식, 그 기름 바른 입으로 뭘 지껄이고 있는 거지?!"

"…스승님, 잘못했어요. 전 사악한 자의 꾐에 빠져 스승님을 죽이라는 명을 받고……! 전 아무런 잘못이 없어요. 스승님, 부디 절 용서해 주세요. 전 스승님을 위해서라면 무엇이든 할 수 있는, 의리 빼면 시체인 이 헝그리 하이브가 아닙니까!"

너, 지금 그걸 나더러 믿으라고 하는 말이냐? 아까 그 무식하게 녹슨 부메랑 마검으로 나를 죽이려고 했던 것을 모를 정도로 내가 바보인 줄 아냐?!

감히 이 몸의 머리를 쳐? 이 자식, 죽어봐라!

나도 녀석의 머리를 꺾어주려는데 수다 검 녀석이 공명 소리를 냈다. 그것은 나에게 어드바이스하는 미드가르드의 목소리와도 같은 것이었다. 나는 헝그리의 목에 가져다 대려던 손으로 미드가르드를 잡았다.

『카티, 심상치 않은 기운이야. 조용히 해』

나는 수다 검 녀석의 말을 따라 조용히 헝그리의 목을 비틀고 가능한 한 숨을 쉬지 않았다. 뭔가 이곳에 있다. 헝그리 녀석은 덕분에 살았다는 표정을 지으며 미드가르드의 목소리에 반문했다.

"뭐예요? 이곳엔 저희를 제외하고 다른 사람은 없는걸요?"

그러나 헝그리의 말은 아무도 듣지 않고 있었다. 어느덧 천진스러운 표정으로 나에게 다가온 아스가르드에게 미드가르드는 묻고 있었다.

『아니, 분명해. 아스가르드, 너도 마검이라면 느꼈을 텐데. 그 살기를?』

그러나 아스가르드는 고개를 저을 뿐이었다.

"이 몸께서는 전혀 그런 거 느끼지 못했는데. 혹시 혈통없는 마검이어서 제대로 인식하지 못하는 것은 아닐까, 미드가르드?"

아스가르드는 전혀 생각해 보는 기색없이 미드가르드에게 비아냥거렸다.

『그런 건 아냐. 확실히……』

미드가르드가 뭐라고 덧붙이려고 했지만 나는 녀석의 목소리에 귀를 막았다.

"시끄러워! 이 녀석처럼 목을 꺾어버리려고 하기 전에 두 녀석 다 조용히 해!"

"이미 꺾어버리고 계신 거 아니에요, 사카디은 씨?"

아스가르드는 손가락을 까닥거리며 내 말을 정정했다. 아스가르드의 말대로 내 손은 헝그리의 목을 비틀어 꺾고 있었다.

"스승님, 잘못했어요. 제발 이 손 좀 놓아주세요. 이러다가 스승님의 단 하나뿐인 제자 헝그리가 죽겠어요."

들던 중 반가운 소리. 이대로 죽여 버리고 입을 쓱 닦는 것도 나쁘지 않겠다는 생각이 들어서 손가락에 더욱 힘을 주었다. 나의 입가엔 음흉한 미소가 떠오른다.

"자, 잘못했다니까요! 사실대로 말할게요. 은색 머리인지 흑색 머리인지 기분 나쁘게 잘생긴 남자가 시켰어요. 전 아무런 잘못이 없어요. 스승님, 전 속은 거라고요. 그 녀석이 스승님이 나쁜 놈이라면서 죽이라고 명했어요."

목이 꺾이는 소리가 들리자 헝그리는 울며불며 사정했다. 그러나 나는 멈출 생각이 없었다. 이대로 비틀어 버리고 싶었던 것이다.

"호라, 그래서 날 죽이러 온 거냐? 자칭 내 제자인 주제에?"

나는 헝그리의 말을 들어주는 척했지만 왼손은 언제든지 헝그리의 축을 바꾸어줄 준비가 되어 있었다.

"죄송합니다. 제가 사악한 자의 말에 눈이 멀어 스승님의 진실을 깨닫지 못했습니다. 죽음으로써… 아니, 죽이진 말아주세요. 사죄할 테니까."

죽음으로 사죄한다고 말했다면 목의 축을 바꾸어주고 깨끗이 끝낼 수도 있었지 않은가. 바보 같은 녀석.

『헝그리 군, 그렇다면 그자가 어디 있는지 알아? 사검 이질리스에 대해 들은 거라던가 본 것은 없어?』

"아, 알고 있어요. 전 한 번 듣고 본 것은 잊어버리지 않는 천재 아닙니까!"

그럴 리가 없지. 그냥 단순히 머리를 짜보는 것뿐이겠지. 나는 헝그리를 조금 더 빨리 죽일 수 없다는 것이 마음에 들지 않았다.

"저를 따라오시면 금방 그곳으로 가실 수 있을 거예요."

"내가 널 믿으란 말이냐? 차라리 지나가던 거지를 믿는 게 낫겠다."

헝그리는 울상을 지었다. 그러면서도 내 손에서 떨어지려고 발버둥 치고 있는 것을 보면 죽는 것이 두려운 것 같았다. 게다가 나에게서 살의를 느끼고 있는 것 같다. 눈치 빠른 놈.

『함정일지도 모르지만 일단 따라가 보는 게 나을지도 모르겠군.』

미드가르드가 한숨을 쉬었다. 저 사람 좋은 수다 검 녀석은 헝그리가 죽지 않도록 그렇게 얼버무리고 있는 것인지도 모른다.

"전 스승님을 배반하지 않아요."

"지금 그 말은 믿으라고 하는 거냐, 아니면 믿지 말라고 하는 거냐?"

"물론 믿으라고 하는 말이죠!"

헝그리 녀석이 의기양양하게 소리쳤다. 이 자식은 뭘 말해도 자신을 기준으로 해석할 것이 뻔하니 더 이상 묻지 않는 것이 낫겠다.

"그래서 이질리스가 있는 곳이 이곳에서 가깝단 말이냐? 유니카 말에 의하면 아직도 멀었다고 하던데."

"더 쉽게 가는 방법이 있어요!"

헝그리 녀석은 자기가 도움이 된다고 생각하니 기뻤는지 의기양양하게 가슴을 당당 두드리며 밀했다. 저 녀식이 저렇게 의기양양하게 말하니 더 신빙성이 떨어진다.

"절 따라오시기만 하면 돼요!"

헝그리가 자만하는 얼굴로 나에게 말했다. 그런 모습을 보니 미드가르드도 불안했는지 작게 공명음을 냈다.

『아무래도 함정일 것 같군. 안 따라가는 게 낫지 않을까?』

노골적으로 미드가르드가 물었다. 이때만은 나도 수다 검의 말에 동조하고 있었다.

"스승님, 하지만 유배자의 탑에서 이질리스가 죽어가고 있다고요!"

헝그리가 뻐끔거리면서 입을 열었다. 나는 귀가 번쩍 뜨이는 것을 느꼈다.

"뭐?"

"빨리 가지 않으면 이질리스가 죽을 거예요. 리아드가 못살게 굴고 있는 걸 저는 봤어요!"

헝그리가 순진하게 말했다. 젠장! 리아드 놈이 이질리스에게 무
슨 짓을 하고 있기에 저 무신경 헝그리가 신경 쓰고 있단 말인가.

"저를 따라오세요!"

헝그리가 앞장서면서 자신있게 수풀 사이로 들어갔다. 나도 서
둘러서 헝그리의 뒷모습을 쫓았다.

『헝그리를 쫓아갈 생각이야?』

"당연하잖아. 우물쭈물거릴 시간 따윈 없어."

『너, 이질리스의 일 걱정하고 있는 거야?』

수다 검 녀석이 의외라는 듯 목소리의 톤을 높였다.

"그런 건 몰라. 단지 난 녀석을 신나게 패주고 싶은 것뿐이야."

나는 수다 검의 목소리를 뒤로하고 헝그리를 따라가기로 마음
먹었다.

함정이라… 나를 지금까지 괴롭혀 오던 그 녀석들이 날 끌어들
여 무얼 계획하고 있는지는 모른다. 분명한 것은 내 몸에 흐르는
가넬의 피와 관계가 있다는 것뿐.

하지만 상관없다. 내가 하고 싶은 일은 단 한 가지다.

리아드 녀석을 죽이는 것.

난 본능대로 살아간다.

누가 내 앞을 가로막든지 관심없다.

앞으로 나아갈 자신이 없었다면 아예 처음부터 이런 사고방식
을 가지고 살아가진 않았을 것이다. 난 이긴다. 그리고 사검 녀석
을 리아드 녀석에게서 탈취하여 두들겨 패주겠다. 내 마음에 들지
않으니까. 무모하다라고 해도 그것이 바로 나의 삶의 방식이니까.

『카티스……』

미드가르드 녀석이 궁상맞게 중얼거렸다.

이놈의 성질도 많이 죽었다. 이 녀석도 원래 처음에는 이런 성격이 아니었는데 가면 갈수록 무뎌지는 듯하군.

"스승님, 이쪽이에요!"

헝그리 녀석은 샤이 치케를 잡아당겼다. 나와 아스가르드는 말에서 내려 헝그리가 안내하는 곳으로 걸어갔다. 확실히 헝그리가 안내한 곳은 수상하기 이를 데 없는 길이 있는 곳이었다. 인적도 없고 잡초가 무성하고 음산한 느낌이 드는 지름길로, 앞으로 걸어가면 걸어갈수록 을씨년스러운 분위기가 계속되고 있었다. 그런 길을 걸으면서 헝그리 녀석은 콧노래까지 흥얼거렸다.

그렇게 한 시간 정도.

헝그리는 수풀 사이로 나를 안내했다. 울창한 삼림 때문에 어두워서 검은 통로처럼 보이는 숲길이었다.

"이 길로 들어가면 그곳으로 바로 통할 거예요. 샤이 치케는 이곳에 묶어두고 가죠. 걸어가도 충분히 빨리 갈 수 있어요."

헝그리 녀석의 말을 들어도 좋을지 모르겠지만 나는 그렇게 하기로 했다. 실제로도 그 좁은 공간에 말을 몰고 들어가는 것은 불가능했다.

주욱 걷다 보니 종유석으로 된 동굴이 나왔다. 나와 다른 녀석들은 그 길로 안내되어졌다. 종유석이 자라나 물방울을 똑똑 흘렸고 발자국 소리도 멀리 퍼지는 것을 보니 꽤 넓은 동굴인 모양이다.

나는 헝그리 하이브를 보면서 싸늘하게 미소 지었다.

"여기에 하급 라그나 같은 것은 없겠지?"

"물론 없죠, 스승님."

멍청한 자식, 네가 그렇게 말할 줄 알았다. 우리를 바라보고 있는 이 눈들이 느껴지지 않다니! 너만 못 느끼는 거라고!

"안 되겠어요. 누군가 이 몸을 보고 있는 듯한데요?!"

울보 녀석이 금발을 찰랑이면서 고개를 돌려 두리번거렸다. 확실히 아스가르드의 말대로 나와 이 멍청한 녀석들이 동굴에 발을 들여놓는 순간부터 바라보는 눈이 있었다.

푸드덕!

박쥐다! 종유석 동굴에는 박쥐가 있었던 것이다. 검은 그림자는 나와 헝그리등을 덮쳐 왔다. 헝그리가 깜짝 놀라 으아아~ 하고 소리쳤다.

"달려, 바보들아!"

내가 먼저 마검 미드가르드를 뽑아 들며 앞으로 달리기 시작했다. 푸드덕 소리와 함께 검은 구름처럼 보일 정도로 많은 수의 박쥐—모습을 보니 흡혈 박쥐로 보였다—가 내 쪽으로 날아들고 있었다.

나는 마검을 가볍게 휘두르면서 앞으로 뛰어나갔다. 몸은 재빠르고 힘도 아직 쓸 만하다. 나는 혀로 입술을 쓸었다. 이런 박쥐 녀석들이야 몇만 마리가 나타나도 나에겐 문제없다.

"아이고! 내가 아까 왔을 땐 이곳에 괴물 같은 건 절대 없었는데! 아무래도 스승님이 무진장 재수가 없는 모양이에요. 행운의 사나이 헝그리가 함께 가는데도 저런 박쥐들을 만나다니!"

"그게 아니라 네 녀석이 둔해서 눈치를 못 챈 거겠지. 넌 이용당한 얼간이니까!"

나는 검을 사방으로 휘두르면서 달렸다. 아스가르드와 헝그리는 별로 도움이 되지도 않는 주제에 잘도 나를 따라 달렸다. 흡혈 박쥐가 뭐가 무섭냐라고 한다면 할 말이 없지만 난 내가 피를 마시는 종족인 이상 하찮은 축생에게 내 피를 빨리는 것은 싫다. 조금 달리다 보니 동굴 안이 조금씩 밝아지고 있었다.

안에서부터 비쳐 오는 빛은 푸른 색이 감돌고 있었다. 더 이상 박쥐도 쫓아오지 않았다. 동굴 안으로 더 깊숙이 들어가니 바위투성이의 휑한 공간이 드러났다.

어허라?! 이곳이 탑이냐! 이 헝그리 바보 같은 자식아!

『설마 여기에 몰아넣고 카티스를 죽이려고 하는 게 아닐까? 역시 함정이었을지도』

수다 검 녀석이 재수없는 소리를 했다.

"저쪽에서 물 흐르는 소리가 들리는걸요?"

아스가르드가 맞은편 벽으로 쪼르르 달려가서 벽을 탕탕 두들겼다. 그러자 헝그리 녀석이 중대사가 기억났다는 듯 고개를 들고 눈을 동그랗게 떴다.

"아차! 이쪽으로 가면 문이 나와요."

헝그리 녀석이 의기양양하게 한쪽 벽면으로 나가서 벽을 발로 찼다. 녀석의 말대로 문이 나타났지만 헝그리의 발길질로는 열리지 않았다.

"헝그리, 이 멍청한 자식!"

네 녀석 하는 짓이 다 그렇지 뭐.

나는 수다 검 녀석을 들어서 문 가장자리를 뾰족한 날로 찍었다. 아무래도 안에서만 열 수 있도록 되어 있는 듯한 문이었다. 나는 검을 뒤로 빼고 몸을 숙여 왼쪽 다리에 무게를 실었다.

"하아!"

기합 소리와 함께 마검 날이 바위를 베었다. 바위 문은 두 조각으로 갈라졌다. 쿵! 소리와 함께 갈라진 문이 바닥에 부딪치자 헝그리가 환호성을 질러댔다.

"스승님, 굉장해요!"

"그럴 시간 있으면 싸울 준비나 해. 빌어먹을 조무래기들이 바글바글하니까."

푸석푸석한 먼지가 날림과 동시에 끈적끈적하게 생긴 하급 라그나들이 그 문을 통해서 물밀듯이 들어왔다. 이 녀석들, 랑유가 다스리는 하급 라그나와 비슷하다는 생각이 든다. 하긴, 리아드 녀석이랑 랑유는 한패이니 그럴 법도 하지.

하급 라그나의 몸은 이상한 악취로 진동했고 푸르스름한 액체를 바닥에 줄줄 흘리고 있었다.

나는 쏟아져 들어오는 하급 괴물들을 쓰러뜨렸다. 마검 미드가르드의 칼날은 예전과 마찬가지로 날카로웠다.

『카티, 역시 힘의 일부를 되찾은 건가?』

기억을 잃었다 돌아와 보니 아무래도 상당수의 힘이 돌아온 것 같다.

나는 내 몸의 주위에 바람이 불어오는 것을 느꼈다. 손톱이 빳빳해졌고 송곳니가 섰다. 손톱에 힘이 들어가자 검을 들지 않은 왼손만으로 하급 라그나를 전부 쓸어버렸다. 감히 하급인 주제에 라그나 라그나드인 이 몸에게 달려든단 말인가. 천년은 부족하군!

"스승님, 살려주세요! 이 정의의 용사의 대위기입니다!"

라고 말하는 헝그리 녀석을 나는 무시하고 계단으로 달려 들어갔다. 하급의 괴수들을 칠 때마다 푸른 액체가 튀어 올랐지만 나는 교묘히 검의 날을 틀어 몸에는 전혀 튀지 않도록 했다. 아무래도 세탁하려면 피는 잘 지워지지도 않으니 묻지 않은 쪽이 편하지. 하물며 이렇게 역겨운 피는 더 더욱 사절이다.

“와아, 정말 하급 마수들이 많군요! 사카디온 씨, 정말 대단한
걸요!”

내 뒤를 쫓고 있던 아스가르드가 감탄하면서 말했다.

『아무래도 널 이곳으로 끌어들여 고생시키려나 보다.』

흥! 그런 것치곤 쉽게 올라갈 수 있는 곳이로군! 유배자의 탑이
라고 했나?

나는 손톱을 잘근 씹으며 계단을 빠져나왔다. 곰팡이의 퀴퀴한
냄새가 코를 찌르며 감옥을 연상시키는 곳이 눈앞에 나타났다. 구
석에 인간의 뼈가 굴러다니는 오래된 방이었다. 한쪽 벽면에 고문
도구들도 즐비하게 놓여져 있는 것을 보니 유배자의 탑이 아니라
고문의 탑이라고 말해야 옳을 것 같다.

“그런데 사검 녀석은 어디 있지?”

머리 위로 날아오르는 뼈와 같이 생긴 새 녀석을 한칼에 베어버
리면서 맞은편에 있는 계단으로 달려가기 시작했다. 헝그리 하이
브가 안내해 준 이곳은 지하로부터 탑으로 통하는 길인 것 같았
다. 그나저나 저런 하급의 괴물들이 나의 상대가 된다고 생각한다
면 그것도 오산이다.

아스가르드가 졸졸 뒤를 잘도 쫓아오다가 갑자기 걸음을 멈추
었다. 녀석이 거친 숨 하나 토해내지 않는 것을 보니 숨이 차서 그
런 것은 아니었다. 녀석이 손가락으로 한쪽 벽면을 가리켰다.

“아무래도 이상한데요? 공간이 일그러지는 것 같아요. 저길 봐
요.”

그 벽면에 둥글고 공허한 공간이 생겨났고, 그 안에서 꼬물꼬물
지렁이나 곤충같이 생긴 녀석들이 기어나오고 있었다.

저런 공간의 사술을 쓸 수 있는 것은 랑유 녀석뿐일 텐데. 아니

면 나키아 케이아르일지도 모른다. 여하간 나는 그 두 놈 다 싫다.

"빨리 가지 않으면 여긴 마수들의 소굴이 되어버릴 것 같네요."

아스가르드가 나를 뒤쫓아오면서 소리쳤다. 그러고 보니 이 자식은 왜 내 뒤를 졸졸 쫓아오는 걸까? 도움도 안 되는 주제에.

"어서 위로 올라가요"

『아무래도 카티, 너를 탑 위로 유인하고 싶어하는 것 같은데? 인기 많아서 좋겠네』

"흥, 너만큼은 아냐."

나는 눈썹을 씰룩거리면서 계속 손을 놀렸다. 손 안에 끈적한 액체가 묻어서 기분이 더러워져 있었다.

"스승님, 같이 가요!"

"네가 알아서 오면 되잖아. 그리고 난 네 녀석의 스승 따위가 아니라고!"

헝그리의 목소리가 끈질기게 들려오는 걸 보면 아직 목숨이 붙어 있기는 한 모양이다. 정말 행운의 반바지라도 입고 있는 것일까.

나는 흐느적거리는 괴수들을 검으로 베고 손톱으로 그었다. 팍튀어 오르는 푸른 액체, 살이 베임과 동시에 역겨운 냄새가 공간을 진동했다.

"스승님, 얼마나 올라가야 되는 거예요? 저 죽겠어요!"

"네가 알지, 내가 아냐?!"

헝그리 녀석, 꼴에 곧 죽어도 그 녹슬어 가는 부메랑만은 꼭 손에 쥐고 있는 것이 우스웠다.

『하이브 군은 그럼 어디 있었지?』

"전 아까 그 지하에 있었어요. 그곳에 검은색 비스무리한 머리카락의 형이 있었는데 눈빛이 매우 특이했어요. 그 형이 저에게 정의의 용사가 되려면 스승과 싸워야 하는 아픔을 겪어야만 올바르게 클 수 있다고 말했거든요. 그래서 전 그 꾐에 빠져서 스승님을 공격했던 것이죠.”

정말 단순 무식한 이유로 공격했군. 저 말을 듣는 순간 나는 헝그리 녀석을 한칼에 베어버리고 싶은 충동이 새록새록 솟아났지만 눈앞에서 덤벼오는 끈적거리는 괴수를 쓰러뜨림으로써 그 분노를 달랬다. 역시, 아까 헝그리 녀석의 목을 꺾어버렸어야 했는데 아깝다.

그나저나, 이거 정말 얼마나 올라가야 하는 거야?

아까 그 이상한 고문 도구가 있는 감옥과 같은 곳을 빠져나온 후 무작정 위로 올라갔다. 위와 아래에서 별 볼일 없는 괴물들이 나와서 나를 방해했지만 지금의 나에게 이런 괴물들 따위는 상대도 되지 못했다. 너무 약하다고!

계속해서 별로 너비도 넓지 않은 계단이 이어졌다. 사람 세 명이 나란히 서 있기도 힘들 정도로 비좁았기 때문에 바글거리는 괴수들의 시체를 밟고 올라가야 했다.

“대체 얼마나 올라가야 하는 거죠?”

아스가르드도 지겨운 듯이 한숨을 내쉬었다. 아스가르드 녀석은 인간이 아닌지라 그렇게 힘들어하는 기색도 없었고, 몸도 가벼워 사뿐히 내가 쓰러뜨린 마수를 밟고 뒤쫓아오고 있었다.

『앗, 이제 복돈데? 그런데 조용하네. 아까부터 공격해 오던 귀찮은 존재들도 보이지 않고.』

미드가르드의 말이 맞았다. 이곳엔 거짓말처럼 마수들이 없었던 것이다.

무슨 꿍꿍이인지 알 수가 없군, 리아드 녀석.

나는 입술을 깨물면서 별로 넓지 않은 복도의 벽을 손으로 짚어가면서 걸었다. 무슨 함정이라도 있을까 하는 마음에 주의를 기울였지만 유별난 것은 없는 것 같았다. 그나저나 이 유배자의 탑이라는 곳은 답답하고도 이상한 곳이로군.

"저 앞에 문이 있는데요?"

『그곳으로 들어가면 무슨 일이 일어날지 모르는데 그래도 괜찮겠어, 카티?』

그럼, 범 잡으려면 호랑이 굴에 들어가야 하는 법인데 리아드 녀석을 죽이려면 당연히 저곳으로 들어가야 하는 거 아닌가. 그걸 질문이라고 하는 거냐, 멍청한 녀석. 나는 그 비좁은 공간에서 빨리 빠져나가고자 하는 마음에 그 문을 열고 안으로 들어갔다.

과연 문을 열자 비좁은 복도와는 달리 커다란 방이 나타났다. 온통 회색으로 칠해진 듯한 방 안은 심플하기 그지없어서 장식이 전혀 없었다. 그런데 특이한 것은 벽면이 전부 유리로 되어 있어서 밝은 석양빛이 들어오고 있었다. 그런 방의 중앙에 서 있는 것은 단 두 사람. 한 명은 역광으로 얼굴이 가려져 잘 보이지 않았지만 다른 한쪽은 아는 녀석이었다. 랑유.

그 두 사람이 그곳에 있는 것을 확인한 나는 미드가르드 녀석을 치켜들고 안으로 뛰어 들어갔다. 사검 이질리스를 찾기 위해서였다.

그러나 이질리스의 모습을 찾다가 눈에 뜨인 것은 쏟아지는 빛에 역광으로 가려져 얼굴이 보이지 않는 사람이었다. 그는 이상하게도 나를 응시하고 있었다. 역광 속에서 그의 진짜 얼굴을 보는 것은 쉽지 않았다.

"처음 보는군. 나의 사랑하는 동생, 카티스."

역광 속에서 푸른 얼굴이 빛나고 있었다. 한쪽 얼굴은 기가 막힌 미인이었지만 한쪽은 썩어 문드러진 얼굴이었다. 끔찍할 정도로 역겨워서 구역질이 날 정도였다.

커헉! 저거 여자야, 남자야?! 여자와 남자를 기막히게 구분하는 나의 감각에도 불구하고 저 녀석은 남자인지 여자인지 도통 알 수 없었다.

"도, 동생이라니. 난 너 같은 형제 없어!!"

나는 기겁할 수밖에 없었다.

이 남자, 아니, 여자인지 알 수 없는 괴물 같은 녀석이 날 자신의 동생이라고 하다니!

어쩌면 여자도 남자도 아닌 중성, 아니, 양성 인간인지도 모른다. 놀랍도록 부드러운 목소리였지만 동시에 약간 중저음의 목소리여서 남자의 목소리 같기도 하고 여자의 목소리 같기도 했다. 남녀 구분에 있어 기가 막히도록 확실한 이 몸께서 헷갈려 하는 것을 보면 저 녀석, 정말 남자도 여자도 아닌 괴물인 모양이다. 그렇다면 남자도 여자도 아닌 존재라는 건가?!

난 성별이 확실한 것이 좋단 말야! 징.그.러.워.

"오랜만이로군요, 카티스."

랑유 녀석, 역시 이곳에 있었군. 그 공간 일그러뜨리는 솜씨가 저 녀석 같다고 생각했었는데.

한쪽 구석에 중성 같은 남자의 옆에 서면서 생긋 웃었다. 거울과 같이 반사되는 녀석의 눈동자에 내 얼굴이 비쳐 있었다.

붉은 눈, 충혈된 것처럼 싸움에 미친 눈이 그 안에 있었다.

"사랑하는 동생, 그렇게 말하면 섭하지. 난 너와 어머니가 같으니까 너의 형인 것은 사실이란다. 비록 아버지는 다르지만. 내 이름은 헬Hell이라고 한다."

"허어! 넌 마치 실험 실패작처럼 생겼는걸? 난 너 따윈 몰라. 내가 아는 한 나와 같은 종족은 나를 낳은 그 여자뿐이야."

저 녀석의 이름이 헬이라고? 얼굴이 정말 지옥이다. 어디서 성형 수술 실패작같이 생긴 녀석이 형제라고 우기다니, 그런 거짓말은 철 지나갔다고.

"그럼 똑똑히 알아두시지. 내가 바로 너의 형이라는걸."

그 녀석이 나에게 다가왔다. 나는 무의식적으로 뒷걸음질쳤다. 나는 한심할 정도로 확실하지 않은 것은 싫어하는 성격이었다.

"형? 웃기고 있네. 네 녀석은 성별이 없는데 무슨 형이야?!"

나는 코웃음을 쳤다. 그리고 마검을 들어 녀석의 목을 한 번에 베어버리려고 했다. 헬은 보이지 않을 정도로 빠르게 그것을 피하곤 나와 한 발자국 간격으로 다가와 내 귀에 입을 가까이 대고 속삭이듯 말했다.

"과연 가넬의 피가 흘러서 그런지 강하군. 라그나 라그나드의 피는 역시 대단한 것이었단 말인가?"

그 빌어먹을 혈통 이야기는 꺼내지도 말아, 이 괴물 같은 녀석아.

나는 마검 미드가르드를 들고 헬의 심장을 노렸으나 헬의 몸은 마치 순간 이동이라도 하듯이 내 앞에서 사라졌다. 깜짝 놀라 고개를 들어보니 내 발치에서 몇 미터나 떨어진 앞에 그가 서 있었다. 놀라울 정도로 몸이 빨랐다. 아니, 특별한 마술이라도 쓴 걸까.

『카티, 위험해. 헬은 네가 상대할 수 있을 만큼 만만한 인물이 아냐!』

　미드가르드의 조언이 들려왔다. 그 녀석의 말대로 나는 눈앞의 헬을 보면서 약간 몸이 떨리는 것을 느꼈다. 하지만 그것은 공포에 의해서가 아니라 전의(戰意)에 의한 것이었다.

　"원망하려면 나의 아버지를 원망하렴. 이건 아버지가 시킨 일이니까. 뭐, 아버지께서 소중하게 생각하는 네 얼굴을 보고 싶은 마음도 있긴 했지만, 나의 사랑하는 동생."

　"으엑! 그 사랑하는 어쩌고 하는 말은 집어치워, 이 중성 인간아!"

　내가 헬에게 달려들었지만 헬 녀석의 몸은 금세 눈앞에서 사라졌다. 정말 유령같이 빠른 녀석이로군. 나도 빠르기에 있어선 남못지 않다고 생각하는데. 이 자식은 정말 빨랐다. 헬은 내가 헐떡헐떡 숨을 몰아쉬는 동안 발코니와 같이 한쪽 벽면이 트여진 곳에서 있었다. 그것도 여유있게 미소 짓고 있었다. 헬의 옆에는 그 아니꼬운 랑유 녀석의 모습도 보였다.

　"카티스… 저자가 꽤 각성했는걸요? 과연 로키님의 힘입니다. 로키님은 모든 것을 계산해 두신 것 같군요."

　"그렇군. 왠지 마음에 안 들어."

　헬이라고 자신을 밝힌 그 중성 인간이 혀를 날름거렸다. 징그럽군.

　강그라드라와 강그레트, 그리고 테자르는 그래도 성별이나 제대로 된 인간이었지, 저 녀석은 성별도 모호하다. 아마 양성일 테지. 게다가 썩어 문드러져만 가는 한쪽 얼굴이 괴물을 연상시켰다. 아무리 다른 한쪽이 기가 막힌 미형의 얼굴이라고 해도 저 한쪽 얼굴을 보면 미인이라는 말이 목구멍으로 쏙 들어간다.

　저것도 나와 비슷한 라그나 라그나드인가? 아니, 그냥 단순한 괴물이나 마수와의 혼혈이 아닐까. 나는 매우 의심스러워졌다. 저 녀석이 정말 나의 형제라면 지금 이 자리에서 죽여 버리는 쪽이 가장 후한이 남지 않을 것 같았다. 나는 수다 검을 고쳐 잡았다. 전의로 땀방울이 뺨을 타고 흘러내릴 정도였다.

헬은 빈틈투성이임에도 불구하고 여유가 있었다. 그 녀석은 발코니와 같이 벽면이 반쯤 트여 있는 그곳에 걸터앉아 줄칼로 손톱을 다듬고 있었던 것이다.

저 재수없는 자식!

나는 숨이 진정되자 녀석에게 외쳤다. 이곳 아무 데에도 나갈 만한 곳이 없어 보인다. 그렇다면 리아드 녀석은 이곳에 없는 건가. 역시 미드가르드의 말대로 그냥 함정일 뿐인 걸까. 게다가 이 질리스의 모습도 보이지 않는다. 유니카가 가르쳐 준 정보도 거짓이었을 가능성이 있다.

"리아드, 리아드는 어디 있지?"

나는 헬을 노려보면서 랑유에게 물었다.

"네가 재상을 찾을 때가 아닐 텐데."

"당신의 주위에는 사방이 적일 뿐이니까요."

거울과 같이 반사되는 랑유의 눈동자는 마치 사술로 온몸을 묶는 것 같은 기분이 들어 매우 불쾌하다. 그 녀석은 주술을 펼치면서 내 몸을 속박하려 하고 있지만 나는 머리카락을 곤두세우면서 검을 휘둘러 주술의 맥을 끊어버렸다.

"이질리스는? 사검은 어디 있어? 빨리 대답하지 못해!"

"그렇게 서두르다니, 조급해진 모양이로군. 넌 역시 사랑스런 내 동생이야."

"난 너 같은 형제 따윈 없어. 난 예전부터 혼자였을 뿐이란 말이다!"

나는 헬의 느끼한 목소리를 뿌리치면서 녀석의 말을 듣지 않기로 했다. 저 헬이라는 녀석은 빈틈이 많아 보이지만 반면 공격할 기회는 주지 않는다.

"그래, 네 이름 카티스 사카디은이라고 했지! 그 사카디은이라는 이름은 그 남자가 너에게 준 이름이겠지? 그 어리석은 인간 남자가."

"그 이름을 그 추악한 입에 담지도 말아."

나는 헬의 입에서 '사카디은'의 이름이 나온 데에 분노했다. 사카디은의 이름을 저런 괴물 같은 녀석에게서 듣게 된다니, 그건 끔찍한 일이었다.

"추악하다고……? 나의 아름다운 모습을 추악하다고 한 거냐?!"

내 한마디에 녀석은 노발대발 화를 내기 시작했다. 한쪽 얼굴이 일그러지고 죽은 살갗이 일어 올라왔다. 한마디로 흉측함 그 자체였다.

"정~ 말로 추악해. 난 너같이 추악한 녀석을 몰라."

난 너와는 달리 잘생겼거든. 한쪽 얼굴이 형이상학적으로 일그러진 너와는 달라.

나는 이질리스 녀석을 찾고 싶을 뿐 너 따위에게는 관심없단 말이다. 그러니 내 눈앞에서 얼쩡거리지 말란 말이다.

"헬님, 도발에 이끌리시면 곤란합니다. 저희들의 당초 목적은 그와 싸우는 것이 아니지 않습니까? 사신(邪神)께서 명하신 임무를 완수해야지요."

랑유가 냉정함을 보이면서 광분한 헬을 말렸다. 헬의 일그러진 얼굴은 이내 평정을 찾았다. 하지만 완전히 안정되었다고 하기엔 아직도 분노가 헬의 눈가에 서려 있었다.

"그래, 좋다. 카티스, 너에게 좋은 것을 보여주지."

손짓과 동시에 랑유는 고개를 끄덕했다. 그가 오른손으로 사슬을 펼치자 벽돌로 이루어진 벽 한쪽 면이 마치 타인에 의해 끌어당겨지듯 옆으로 밀리면서 열렸다.

"네가 그렇게 보고 싶어했던 사검이다."

헬의 푸른 입술에 비웃음이 깃들여 있었다. 그 목소리는 묘하게 분노로 떨리고 있었다. 내가 헬의 목소리에 반응하여 열린 벽면 쪽으로 고개를 돌렸을 때 녀석의 말대로 내가 원하는 것을 발견할 수 있었다. 그곳에 있는 것은 벽면에 매달린 쇠사슬에 묶인 채 가만히 앉아 있는 이질리스였다. 그 녀석은 손목과 목뿐만이 아니라 발목에도 사슬이 채여 있었지만, 눈빛은 고요하다고 할 수 있을 정도로 무감각했다. 게다가 그런 이질리스의 옆에는 내가 그토록 싫어하는 리아드 녀석이 있었다. 리아드 녀석의 옥색 눈은 푸른 불꽃처럼 이글이글 타오르고 있었다.

"사검 이질리스?"

『리아드도 있어. 게다가 이질리스가 왜 저런 꼴로 저곳에!』

미드가르드도 나와 마찬가지로 경악했다. 이질리스의 창백할 정도로 하얀 피부엔 여기저기 상흔이 보인다. 아무래도 리아드가 때리기라도 했나 보다.

『이런, 유니카 양의 정보는 거짓이 아니었군. 함정인 것도 사실이지만』

아직 헝그리 하이브 녀석은 이곳까지 올라오지 못한 것 같다. 하지만 아스가르드가 열려 있는 문 안으로 들어오는 것이 보였다.

『카티스, 조심해.』

미드가르드가 조용한 목소리로 나에게 말했다. 나는 미드가르드의 충고대로 리아드의 눈에서 살의를 느끼고 있었다. 아까 헝그리를 만났을 때 수풀 속에서 느낀 살기와 비슷할 정도였다.

"카티스, 널 죽이겠다."

그 녀석은 저주가 깃들어 있는 목소리로 천천히 입을 열었다. 리아드의 손 안에 검이 들려 있었는데 그 검은 사검 이질리스가 아닌 다른 마력 검이었다. 사검의 본체는 어디에 있는 걸까. 벽에 매어 달린 채 멍한 얼굴로 공허함만을 보고 있는 저 푸른 눈을 가진 이질리스는 본신과 함께 있는 것인지도 모른다. 아무에게도 마음을 열지 않고 자신의 몸을 허락하지 않은 상태, 공갈 검 녀석은 죽은 것과 다를 바 없는 상태였다. 이미 자신이라는 껍질 속에 틀어박혀 자아를 인식하지 못하고 있었던 것이다.

"리아드, 우리의 목적은 그를 사로잡는 것이니까 죽이면 곤란합니다."

랑유가 차분한 목소리로 말했지만 그런 그의 목소리가 들리지 않는지 리아드는 나만을 노려보고 있었다. 리아드의 모습은 어느 때보다 단정했다. 결벽증이리만큼 단정하게 깨끗한 옷으로 차려입은 리아드는 분노로 폭발하기 직전의 사람이라고는 생각하기 힘든 모습이었다.

"그런 건 아무래도 상관없다."

"주인의 명령을 듣지 않을 생각인가?!"

랑유의 목소리가 높아졌다. 그러나 리아드는 그를 무시했다.

"그런 것은 아무래도 좋다!"

좋아, 나도 바라는 바다. 하지만 내가 죽기 전에 먼저 죽는 것은 바로 리아드, 너다.

"사카디은 씨, 어떻게 된 것인지는 모르지만 저도 돕겠어요!"

아스가르드가 내 옆으로 쪼르르 달려왔다. 과연 이 식량 녀석이 도움이 될까. 나는 고개를 저었다.

"방해나 되지 마."

그때 리아드가 먼저 검을 오른손으로 붙잡고 도약했다. 마치 먹이를 빼앗긴 것처럼 리아드는 나에게 있어 필사적이었다. 옥색 눈이 이글이글 타올랐다. 분노에 의해 힘은 리아드 녀석의 평소 힘에 배가되어 있었다.

"이질리스가 모든 것을 알아차렸어. 네가 다 된 밥에 재를 뿌린 거야. 조금만 더 있었으면 이질리스가 완전하게 내 것이 될 수 있었는데!"

녀석은 나에게 하는 말인지 푸념인지 알 수 없는 말을 지껄이면서 계속 힘이 실린 검으로 나의 머리를 노렸다. 물론 미드가르드의 검신은 그것을 막으며 불꽃을 튀겼다.

"내 손으로 죽이겠어, 이 가넬 족!"

리아드의 이성은 마비되어 있었다. 이성은 열려 있지 않았지만 놀랍도록 침착하고 힘이 실려 있는 공격에 나는 감탄했다. 그러나 그는 눈앞에 있는 모두를 적으로 간주하고 있었다. 심지어는 헬조차도 그에겐 적으로 보이고 있었다.

"리아드, 이 자식! 날 배반할 셈이냐?!"

자칭 나의 형인 그 기분 나쁘게 생긴 중성 인간이 외쳤다.

"헬님, 이곳에서 그만 나가는 것이 좋겠습니다. 결계가 부서져가고 있었습니다."

랑유가 그 중성 인간에게 말했다. 리아드 녀석은 여전히 그 중성 인간의 말 따위는 인식하지 못한 채 나에게 검을 휘둘렀다.

"리아드, 저 자식이?!"

"이곳에 오래 있게 되면 곤란합니다. 사신이 세운 결계가 사라지면 헬님은 이곳에서 숨 쉬기 어려워질 겁니다."

랑유가 거울이 빛을 반사하는 듯한 눈으로 헬 녀석을 질책하듯 말렸다.

"저 배신자 녀석! 결계가 그냥 망가질 리가 없잖아?! 저 리아드 녀석이 한 짓일 거야!"

"그래도 괜찮습니다. 이것도 다 사신께서 생각해 두신 일일 테니까요."

랑유의 입가에 미소가 감돌았다. 사신이 누구를 칭하는 건진 알 수 없었다. 아무튼 알타크나 놈들의 꿍꿍이속은 알 수가 없다. 이 자식들은 누구의 명령으로 그렇게 조종당하고 있는지. 역시 사신이라는 이름을 가진 누군가일까.

"…그렇군."

"그럼 공간을 열겠습니다, 헬님."

내가 손쓸 틈도 없이 녀석들은 공간 안으로 들어갔다.

"결계가 사라지면 이곳도 폭발한다."

랑유가 수수께끼와 같은 말을 내뱉고 공간 안으로 사라졌다. 그의 의미심장한 웃음과 함께 두 녀석의 몸은 보이지 않게 되었다.

"사카디은 씨, 힘내요!"

도움도 안 되는 녀석, 아스가르드가 나의 주위에서 얼쩡거리면서 나를 응원하고 있었다. 녀석의 몸에서 은빛 기운이 쏟아지는 것을 보면 놈도 뭔가를 하고 있는 듯싶은데 뭘 하는지는 확실히 모르겠다.

그나저나 이 리아드 녀석, 강하군!

이 녀석은 이질리스의 일 때문에 화가 난 모양이다. 분노에 차서 그런지 악착스럽게 달라붙으며 끈질기게 공격하고 있었다.

"널 그때 죽였더라면! 이질리스가 널 죽였더라면 이런 일은 없었을 텐데!"

나는 혀를 찼다. 이 자식, 강하다. 어떻게 남의 몸을 입어 다른 인간의 몸을 하고도 이렇게 강할 수가 있지?

이것이 바로 집착이라는 것인가. 그 놓치기 싫어하는 억척스러운 감정.

"나의 이질리스를 빼앗아 갈 수 없어! 이질리스는 나의 것이야. 절대로 유디엔에게도, 너에게도 넘겨주지 않아!"

크흑!

이질리스가 아닌 다른 마법 검의 칼날이 내 팔뚝에 상처를 냈다. 피가 튀었고 곧 이어 뺨에도 잔상처가 났다. 그러나 회복력이 뛰어난 내 몸은 어느덧 상처를 치유하고 있었다. 역시 내 몸은 무적이군.

"이 빌어먹을 라그나 라그나드 가넬, 내가 이질리스를 손에 넣는 것이 뭐가 나쁘지?"

이 자식에게 지금 어떤 말을 해도 소용없다. 이 녀석에게 들리는 것은 오로지 자신의 목소리일 뿐이다. 어쩌면 리아드는 지금 죽어버린 유디엔과도 이야기하고 있는지도 모른다.

『조심해, 카티! 리아드가 입고 있는 것, 저건 라그나의 몸이야. 잘못하면 당한다고!』

"난 절대로 지는 싸움은 하지 않아."

나는 혀를 날름거리면서 자신만만한 표정을 지었다.

『아까의 그 헬과 랑유를 보건대 물러서는 것이 좋을지도 몰라!』

"흥, 이런 좋은 기회를 두고 나더러 도망가라고 하는 거냐?!"

수다 검 녀석의 말에 나는 코웃음만 치고 힘이 실린 검을 내려

치면서 금속과 금속 사이에 튀는 불꽃을 보았다.

『사검은 나중에 탈환할 수도 있어. 하지만 결계가 해제되어 버리면 이곳은 무너지게 된다고!』

"흥, 상관없어!"

수다 검 녀석은 다급한 목소리로 다그쳤지만 나는 이미 리아드와의 싸움에서 사검을 탈환하겠다는 생각만이 머리를 지배하고 있던 터라 수다 검 녀석의 목소리는 들리지 않았다.

『너무 서두르지 마, 신중하게 행동해!』

내가 자신의 충고를 무시하고 리아드에게 검을 휘두르자 될 대로 되라는 식의 수다 검의 목소리가 들려왔다.

그런 소동 가운데서도 공갈 검, 공허한 눈빛의 이질리스가 멍하니 트인 하늘을 바라보고 있었다. 그 이질리스의 머리 속에 어떤 사념들이 흐르고 있는지 알 수는 없지만 나조차도 이질리스의 공허한 눈빛에 빠져들면 마치 아무런 생각이 없는 인형이 돼버릴 것 같았다. 나는 그런 이질리스 녀석의 앞으로 리아드를 유인해 나갔다.

이미 나를 죽이기 위해 혈안이 되어 있는 리아드 녀석은 나를 공격하기 위해 불나방처럼 달려들었다. 집착이라는 광기가 눈에 서려 있었다.

나는 리아드의 원한 섞인 검을 오른손을 들어 막고 미드가르드를 들고 있지 않은 한쪽 손을 뻗어 공허한 눈빛을 한 이질리스에게 내밀었다.

"이질리스! 내 손을 잡아!"

"……."

이질리스의 그 공허하고 휑한 눈동자는 나를 보고 있는지, 아니면 죽어버린 망자 유디엔을 보고 있는지 알 수가 없다.

"어서 잡으라고, 이 멍청한 녀석. 넌 이제 아무것도 아니야."

"……"

"손을 잡아! 나에게로 돌아와. 난 널 지배하고 싶지는 않아. 하지만 네 녀석을 내 곁에 두겠어!"

"유디엔님……."

이질리스가 모처럼 입을 열었다. 그의 푸른 눈동자에는 다급한 나의 얼굴이 비치고 있었다. 나는 손을 더 길게 뻗었다. 이질리스의 푸른 눈과 나의 붉은 핏빛 눈이 교차했다.

"이 바보 녀석, 과거를 잊어버리라고 하진 않아! 하지만 적어도 자신을 잃어버리지 않을 힘은 있어야 하잖아?!"

나조차도 내 입에서 이런 말이 나오리라고는 생각지 않았다. 녀석의 공허한 푸른 눈동자에 희미하게나마 빛이 감돌기 시작했다.

정지되어 있는 듯한 시간은 서서히 흘러가기 시작했다.

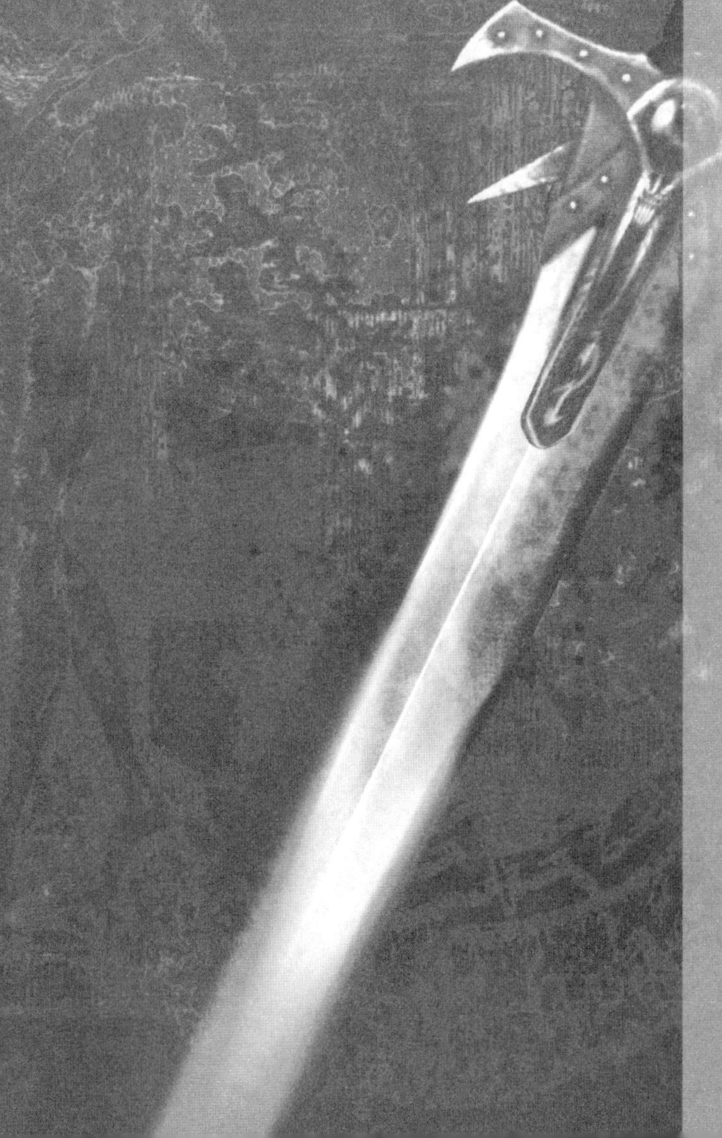

Chapter 24

선택

꿈도 환상도 끝났다.
나는 어두운 그늘에 자신을 가두어 버렸다.
한줄기 빛이 열렸을 때 나는 그의 손을 잡았다.

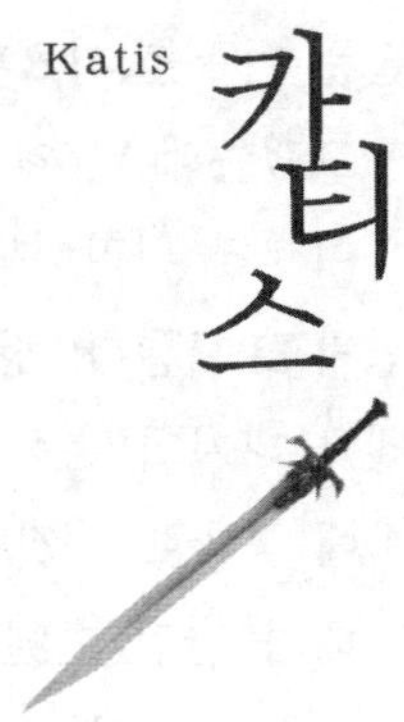

난 속았다.

그래서 나는 날 하나의 밀폐되어 있는 상자 속에 가두어 버렸다. 난 모든 것을 잃어버렸다고 생각했다. 나의 주군이었던 유디엔은 나에게 말했다. 자신을 잃어버리지 말고 또 다른 자유를 찾으라고 그는 말했다.

"주인을 섬기는 것은 마검만이 아닌가 봐, 이질리스. 이런 나에게도 그 노예근성이라는 것이 남아 있는 모양이다. 이질리스, 넌 나와 같으면 안 돼. 넌 네 뜻을 마음껏 펼쳐다오."

아르스리르, 왜 그 하얀 남자가 떠올랐을까. 그는 미래의 나에 대해 알고 있었던 걸까. 내가 얽매이는 존재가 될 것이라는 걸 그는 알고 있었던 것 같다. 그는 미래시(未來視)의 능력이 있는 남자였다. 그는 나의 미래를 알고 있었던 것이다. 그렇기 때문에 그런 슬픈 미소를 지으며 나를 바라보았던 것이다.

그랬는데 난 왜 그러한 과거를 떨쳐 버리지 못했던 것일까.

어쩌면 미리 짜여진 운명을 나는 그냥 허수아비처럼 걸었던 것인지도 모른다. 정해진 길을 응용도 하지 않은 채 멍청하게 순리대로 나가기만 한 것이다. 어쩌면 하나의 각본대로 연기하는 연기자에 불과했던 것인지도 모른다.

내가 람검(嵐劍) 슈하린과 아스타르에게서 태어났던 것도 모두 운명으로 인한 것일까. 람검 슈하린은 나의 아버지로서 나를 지키고 싶어했다. 나는 그런 그의 행동을 이해할 수 없었다.

마검으로서 주인을 섬긴다는 것이 어째서 속박이란 말인가!

나는 그렇게 생각했다. 그의 사상을 이해할 수 없었다. 그것은 어린 나 자신이 생각한 것은 아니었다.

슈하린을 떠나 나의 유일한 주인 유디엔을 만났을 때, 그와 함께 생사 고락을 같이 했을 때 나는 느꼈다. 슈하린이 바보 같다고. 그리고 그런 그의 사상을 비웃었다.

힘으로는 혼검(魂劍)과 함께 최고의 검이라고 불렸던 람검 라크시타가 어째서, 어째서 바보같이 마검이기를 거부한단 말인가.

나는 그렇게 생각하며 그를 조소했다. 나는 혐오로 가득 찬 눈으로 그를 바라보고 비판했다. 아니, 정확히 말해서 나는 그를 부정했다. 나는 그의 그런 행동이 마음에 들지 않았고, 때문에 그가 나의 아버지라는 것이 싫었다. 힘없이 자신의 주인을 지키기 위해 죽어간 어머니가 그보다 더 자랑스러웠다.

유디엔과 있는 나날들은 행복했다.

난 내 자신이 마검이라는 것을 자랑스러워했다.

실제로 나는 그와 함께 인간들을 제패했다. 유디엔은 인간의 땅을 손에 넣었고, 또 그 옛날 아시르 인들이 다스렸다고 하는 땅도 자신의 손에 넣고 흡족해했다. 난 항상 주군이었던 유디엔과 함께였다.

아나리드가 커갈수록 나는 마검으로서의 자신감으로 벅차올랐다.

나는 말할 수 있었다. 유디엔님을 나의 주인으로 맞을 수 있었던 것은 최고의 영광이라고. 그의 말대로 그 이외의 다른 주인은 섬기지 않으며, 또 그만을 위한 사검이 되겠다고 맹세했었다. 그래서 망자의 몸을 조종해도 죄책감 같은 것은 전혀 느끼지 않았다.

나에겐 주인인 유디엔이 있으니까.

하지만 그것은 한순간의 꿈이었다.

꿈에서 깨어났을 때 나는 슬픔이라는 이름의 허무를 느꼈다.

그리고 남은 것은 고독, 절망.

나는 그가 죽었다는 것을 인정할 수 없었다. 그는 나의 검신에 심장을 꿰뚫린 채 이해할 수 없는 미소와 한마디를 남기고 나를 떠났다.

"잊지 마라, 너의 유디엔을."

그 한마디가 전해주는 메시지를 나는 간과했다. 나는 그를 잊어버리고 무조건 그의 허상을 찾고 있었다. 완벽했던 그의 허상을.

그가 말하길, 자신 이외에 허용된 자가 아니면 나를 다스릴 수 없다고 말했다. 그것은 바로 내가 자유 찾기를 갈망해서 유디엔이 나에게 한 말이었던 것이다.

유디엔은 나에게 항상 너른 들판을 보여주었다. 전쟁이 끝나고 대지가 붉게 물들면 그렇지 않은 곳으로 데려가서 옆에 앉혀두고 미소를 지으며 평화에 관한 이야기를 했다.

그는 말했다, 평화를 위해서 전쟁을 해야 하는 것이라고. 자신의 힘으로 얻지 않으면 평화가 아니라 구속일지도 모른다고.

그의 말이 무엇을 뜻하는지 지금은 알 것 같았다. 그는 내가 자유로워지기를 원했던 것이다.

나의 유디엔.

그는 죽어가면서까지 나를 걱정했다.

그는 아나리드가 아닌 나를 택했다.

그것을 택함으로써 그는 나를 남기고 죽었다.

그가 나를 남기고 죽어버렸다는 것을 나는 믿을 수가 없었다.

믿을 수 없어서 죽은 자의 몸을 조종해 가면서 그를 찾았다. 긴 잠에서 깨어난 나는 미친 듯이 사람을 죽여가며 나의 유디엔을 찾아다녔다.

그러나 내가 찾을 수 있었던 것은 유디엔이 아니었다.

아르스리르, 그와 똑같은 눈매를 가진 붉은 눈의 소녀였다.

나는 누구의 것도 아니었다. 나는 구속되지 않는 소녀를 보면서 자유를 조금씩 그리워하고 있었다.

그러나 나는 계속 내가 유디엔의 것이라고만 생각해 왔다. 그래서 유디엔, 그만을 찾고 있었다. 내가 유디엔과 똑같은 모습과 목소리를 가진 남자의 호명을 들은 것은 검은 머리카락의 라그나와 함께 다닐 때의 일이었다.

기뻤다.

솔직히 말해서 유디엔님이 살아 돌아오신 것 같은 느낌이었다.

옥색 머리카락에 생전의 유디엔과 같은 부드러운 눈매.

나는 그를 따라갔다. 다시 말하면 난 선택 같은 것은 하지 않았다. 단지 내가 그를 따라가는 것이 당연하다고 생각했을 뿐이다.

나는 그를 따르면서 계속해서 유디엔의 허상을 보았다.

그렇기 때문에 그, 리아드를 유디엔과 동일시했다. 그런 것을 리아드는 매우 싫어했다. 자신의 앞에서 유디엔의 이름을 입 밖에 내지 말라고 말했다. 나는 그가 그렇게 말하는 것을 이해할 수 없었다.

나의 주인님은 유디엔뿐이었는데 어째서 내가 유디엔의 이름을 말하는 것이 안 되는 것인가. 나는 그렇게 생각했다.

리아드는 행동도, 생각도 유디엔과는 달랐다. 마치 거울에 비친 것 같은 유디엔의 모습을 가지고 있었지만 리아드는 유디엔과는 다른 방식으로 나에게 집착했다.

리아드, 그가 나에게 보인 마음은 진실이라는 것을 나는 알고 있었다. 그는 유디엔의 몸를 빌어 나를 자신의 것으로 만들었고, 그 때문에 나는 당연한 듯이 그를 따랐다.

나는 다시는 유디엔을 죽이지 않겠다고 마음먹었다. 그의 몸은 유디엔의 것이었다. 나는 리아드가 빌린 유디엔의 몸을 마치 유디엔 자신인 것처럼 여겼다. 그를 따르고 그에게 맞아 아파도 불평을 터뜨리지 않았다.

왜냐하면 그것은 나에게 있어 지극히도 당연한 것이었으니까.

바르하시온에게서 리아드의 과거를 보았을 때 나는 오히려 리아드를 지켜야 한다고 결심했다. 그런데 어느 때부터였을까?

나는 아르스리르의 아이를 쫓고 있었다. 그와 느낌이 전혀 다르고 방탕하지만 자기 소신껏 살아가는 라그나를.

리아드가 그를 죽이라고 했을 때 나는 죄책감에 싸였던 일이 있었다. 그가 아르스리르의 아이였기 때문일까.

아니, 아니다. 그런 것은 아니었다.

그의 신념이 어쩌면 나의 마음을 약간 움직인 것인지도 모른다.

나는 그에게 약간이나마 마음을 기울이고 있었다.

그래서 그를 도왔고 리아드가 그를 죽이려고 했던 그때 리아드를 막아섰다.

리아드는 불과 같이 화를 냈다. 하지만 어째서일까? 그 때문에 맞아도 아프지 않았다. 나는 그렇게 생각했다. 그냥 그대로 살아도 될 거라고 생각했다.

하지만 지난밤 나는 그의 과거를 보았다. 나를 손에 넣기 위해 유디엔님을 죽이는 데 동참한 리아드를. 그리고 유디엔이 나의 자유를 원하고 있다는 것을 그때 깨달았다.

나는 방황했다.

꿈도 환상도 끝났다.

나는 어두운 그늘에 자신을 가두어 버렸다.

어째서 난 그때 유디엔을 따라가지 않았던 걸까.

이해할 수 없었다.

소멸되어 버렸다면 틀림없이 나는 이렇게 후회하거나 괴로워하지도 않았을 것이다.

나는 나 자신을 증오하고 마음의 문을 닫아버렸다.

눈을 뜨고 있어도 아무것도 보이지 않는다.

눈을 감아도, 눈을 떠도 보이는 것은 암흑과 허무, 그리고 절망감.

유디엔이 미웠다. 리아드가 증오스러웠다.

유디엔이 증오스러울 정도로 보고 싶었다.
나는 그대로 모든 것을 잊어버리고 싶었다.
그때 그의 목소리가 들렸다.
잊어버렸다고 생각했던 그 목소리가.

"이질리스! 내 손을 잡아!"

나는 대답하지 않았다.

"어서 잡으라고, 이 멍청한 녀석. 넌 이제 아무것도 아니야."

그의 거친 목소리가 연이어져 들려왔다.

"손을 잡아. 나에게로 돌아와. 난 널 지배하고 싶지는 않아. 하지만 네 녀석을 내 곁에 두겠어!"

나는 귀를 기울였다.

"과거를 잊어버리라고 하진 않아! 하지만 적어도 자신을 잃어버리지 않을 힘은 있어야 하잖아?!"

그의 목소리에 나는 한줄기 빛을 발견했다. 그리고 그의 다급한 손길이, 붉은 눈동자가 나를 조급하게 만들었다.
한줄기 빛이 열렸을 때 나는 그의 손을 잡았다.

나의 몸은 푸른 날의 검으로 화했다.

아무 생각도 나지 않는다.

나는 그의 손 안에 잡혔다.

푸른 날의 검, 시원한 푸른 색.

안개의 검, 죽은 자의 몸을 다스리는 검.

나는 그 모습을 유지한 채 그의 손 안에 들렸다.

그는 나의 검신으로 리아드의 검을 막았다.

리아드의 검은 공허한 새까만 색이었다. 그의 옥색 눈동자는 이미 유디엔의 것이 아니었다. 그에게서 유디엔의 그림자는 사라졌다.

"감히 이질리스를… 카티스, 이 녀석, 죽여 버리겠다!"

"그 말은 네가 죽은 다음에나 하시지!"

카티스가 혀를 날름거리면서 그의 검에 응전했다. 차가운 냉기가 발산되듯이 나의 검날에선 푸른 오로라와 같은 기운이 펼쳐져 나왔다.

유디엔님의 그림자. 나는 계속 그것을 쫓고 있었던 것일까.

운명이라는 미명 아래 나는 그것만을 쫓는 어리석은 광대가 되어 있었던 것이다. 리아드의 눈동자는 이글이글 타올랐다.

이해할 수 없을 정도의 집착을 가진 그가 나에게 손을 뻗으려고 했지만 나는 그의 부름에 응하지 않았다.

"이질리스, 나를 배신하려는 거냐?!"

그는 화가 난 목소리로 으르렁거리듯 말했다.

배신. 배신이라고 할 수 있을까. 난 처음부터 어느 누구의 것도 아니었는데.

선택할 권리라는 것이 있음을 슈하린이 가르쳐 주었었는데.

"헛소린 집어치우시지, 리아드."

카티스가 경쾌한 목소리로 말했다. 그의 움직임은 더 빨라져 있었다. 이것이 가넬, 라그나라는 것인가.

나는 그에게 감탄했다. 푸른 날의 칼날은 예전보다 더 날카로워져 있었고, 그의 의지대로 칼날의 길이가 자유자재로 늘었다 줄었다 하기 시작했다.

"공갈 검 녀석, 이제야 정신을 차렸군!"

나는 그의 말에 대답하지 않았다.

어쩌면 그는 나의 대답을 들었을지도 모른다.

"이질리스, 돌아와라. 나를 두 번 죽일 셈이냐?!"

나는 일순 흠칫했다. 나는 유디엔의 옥체를 볼 때마다 죄책감에 씌여 있었던 것이다.

"흥! 헛소리는 집어치우라고 했잖아. 유디엔이든 리아드든 간에 내 마음에 안 들면 모두 죽여 버리겠다. 넌 일단 내 마음에 들지 않았어, 이 새디스트 녀석!"

카티스가 펄쩍 뛰어오르며 리아드에게 일격을 가했다. 리아드의 검은 날이 불꽃을 머금으면서 나의 칼날을 막았다.

"인정할 수 없다. 너 같은 놈에게… 이건 말도 안 돼!"

리아드는 그렇게 소리치며 카티스를 쏘아보았다. 그의 눈동자는 전보다도 더 이글이글 타올랐다.

죽음. 사람들이 죽음이라고 부르는 그것이 그의 앞에 임박했음을 느낄 수 있었다.

그는 죽음 앞에서 발악하고 있었다.

죽기 싫다가 아니었다. 죽을 수 없다는 것이었다.

나를 손에 넣기 전까지 그는 죽을 수 없다고 발악하고 있었다.

옥색 머리카락이 흩날리고 그의 입가에서 피가 흘렀다. 카티스의 주위에 흐르는 안개 같은 기운이 그의 폐를 상하게 했는지 붉은 핏방울이 입을 통해서 목을 적셨다.

"이 가넬 족, 난 인정할 수 없어! 너 같은 녀석에게 이질리스를 빼앗기다니. 난 그것을 손에 넣기 위해서 모든 것을 버렸어! 그런 이질리스를 넌 그렇게 아무것도 하지 않고 손에 넣다니! 인정할 수 없다. 인정할 수 없어!!"

그는 카티스의 눈을 똑바로 쏘아보았다. 그의 팔이 떨리고 있었다. 마검 미드가르드와 나의 검신, 둘을 함께 버티는 것은 완전한 라그나 라그나드가 아닌 리아드에게는 무리였다.

"시끄러워. 난 단지 선택하라고만 했어. 주인이나 그런 쓸데없는 것이 되자고 한 짓은 아니야."

그의 입가에 미소가 감돌았다.

사신의 미소와도 같이 달콤함과 공포가 혼재하고 있었다.

"난 이것들의 주인이 되고픈 생각은 없어. 하지만 난 이것들을 내 것이라고 생각한다. 다른 이가 그렇게 생각하든 생각하지 않든 그건 자유라고 생각하니까."

그는 거침없이 말했다.

"난 아무도 믿지 않아. 이 녀석들도 마찬가지겠지. 그렇기 때문에 선택할 수 있는 거다, 이 멍청아."

그의 손 안에서 검은 날의 마검이 핑글 돌았다. 한순간 빛이 교차하면서 리아드님의 뺨에 상처를 냈다.

"이해할 수 없어. 난 완벽한 주인이었어. 어째서… 이질리스는 다른 마검들과 같지 않은 거지?"

『그건 아마도 마검이 더 이상 마검이 아니기 때문일지도 모릅니다.』

미드가르드, 이름없는 이그드라실의 마검 가운데 하나. 지성체인 그가 침묵을 깨고 입을 열었다.

『어쩌면 정해진 여로일지 모릅니다. 그리고 또 앞으로 거쳐야 할 길일지도 몰라요.』

그는 자조적으로 말했다.

"아니, 그런 건 모른다. 사검은 내 것이었어."

"시끄러워. 먼저 주운 자가 임자 아냐?"

검은 머리카락을 날리며 그는 나를 번쩍 들어 리아드의 심장을 관통했다.

"크흑!"

비명 소리와 함께 그의 선혈이 흘렀다.

폭포수처럼 그는 입가에서 피를 흘리고 있었다.

"이, 이질리스……."

"미안하지만 난 자비 따윈 가지고 있지 않아. 단지 너에게서 받은 대로 너에게 갚아줄 뿐이다."

그는 혀로 입술을 핥아 내리며 그렇게 말했다. 나는 어느새인가 검 안에서 빠져나왔다. 리아드. 유디엔과 똑같았다. 그의 심장에서 흐르는 피와 입가에 남아 있는 피의 향기 때문에 나는 어쩐지 눈물이 나왔다.

그때와 똑같이 나는 그의 몸을 두 번이나 죽였다.

아직 마르지 않은 피는 흥건히 바닥을 적셔갔다.

"유… 유디엔… 니임……."

나는 그에게 서서히 다가갔다.

나의 그런 행동을 보고도 카티스는 아무런 말도 하지 않았다.

"선택은 네가 하는 거다."

그는 입 밖으로 그렇게 말했다.

"싫다, 이대로 죽는 것은……!"

리아드의 피 범벅이 된 입술이 움직였다. 굳어버린 것 같았던 그의 팔이 움직이고 있었다. 그의 팔은 떨어뜨렸다고 생각했던 공허한 날의 마법 검을 집었다.

"내 것이 될 수 없다면 남에게도 주지 않겠어……!"

그의 팔이 놀랄 정도로 빠르게 움직였다. 단 한 순간이었다.

불이 번쩍했다고 생각했다.

날이 교차하며 나의 왼쪽 가슴을 관통하고 공중에 혈화를 피웠다.

"이질리스!"

카티스의 놀란 얼굴이 교차했다.

"가질 수 없다면 함께 가자……."

그는 웃으며 이렇게 말했다. 그 웃음은 그때의 유디엔과는 전혀 다른 웃음이었다. 허탈함이 담긴 웃음, 끝이라는 한 글자가 박혀버린 미소였다. 나는 가슴에 통증을 느꼈다. 그러나 통증의 아픔보다도 슬픔이 더 깊었다.

"이 멍청한 녀석, 그대로 죽을 셈이냐? 왜 움직이지 않는 거야!"

그의 목소리에 나는 움찔했다. 쓰러져 버릴 것만 같았던 카티스, 그는 리아드에게 꽂혀 있던 나의 검을 빼어 들어 나를 검 안으로 억지로 밀어 넣었다. 나는 그의 선택에 따랐다. 아니, 내가 그를 선택한 것이다.

"멍청한 바보, 죽으려면 너나 죽어! 왜 물귀신 작전으로 다른 것까지 끌어들이고 난리야?!"

그의 피와 같은 눈이 타올랐다.

그는 나를 한 손으로 들었다.

하지만 또 다른 선택이 나를 기다리고 있었다.

그의 칼날이 원호를 그으며 허공을 갈랐을 때 옥색 머리카락을 가진 그의 목이 허공을 날았고 분수와 같이 피를 흩뿌리며 바닥에 나뒹굴었다.

유디엔의 몸은 그렇게 산산이 부서졌다.

가슴이 찢어지는 것처럼 아팠다.

나는 그를 두 번 죽인 셈이다. 하지만 이것은 나의 선택에 의한 것이기에 나는 눈물을 참았다. 나는 아직 아물지 않은 몸으로 다시 본체 밖으로 나왔다.

내가 밖으로 나왔을 때 유디엔의 몸은 원래 존재하지 않았던 것처럼 재가 되어 그 자리에서 사라져 버렸다. 그 자리에 남은 것은 모래 알갱이보다 더 고운 입자의 잿더미였다. 그것은 바람이 불자 흩뿌리듯 날아가 버렸다. 핏방울도, 옥색의 머리카락도 아무것도 남아 있지 않았다.

나는 망연자실하게 그 자리에 서서 멍하니 허공을 바라보다가 풀썩 주저앉았다.

퍼억!

뺨에 통증이 찾아왔다. 입가가 찢어졌는지 피가 흘렀고 비릿한 쇠 맛에 나는 정신을 차렸다. 붉은 눈동자의 가넬 족이 싱긋 웃었다. 시원한 웃음이었다.

"멍청한 녀석, 이제야 때려주는군. 또 병신처럼 자기 자신에게 갇히지 말고 울어, 이 바보야."

그의 말이 끝나기도 전에 눈물이 흘러넘쳐 시야를 흐리게 하더니 뺨을 타고 흘렀다.

"으아— 아아앙!"

나는 태어나서 처음으로 그렇게 크게 울었다. 카티스는 그런 나를 가만히 지켜보기만 했다. 나는 울었다. 하지만 선택은 틀리지 않았다고 확신한다.

바보 같던 나는 나 자신의 틀에서 벗어난 것이다.

후련하고도, 통쾌하고도, 또 두려웠다. 나 자신의 틀을 깬다는 것이 어리석다고도 생각됐다. 하지만 아무것도 아니었다. 결국은 나 자신과의 싸움이었던 것이다.

나는 절대 잊지 않을 것이다, 내가 눈물을 흘리면서 오늘 자신과 한 맹세를.

절대 더 이상 과거에 휘둘리지 않을 것이다.

"유디엔님, 전 당신을 잊을지도 모릅니다. 하지만 당신을 잊기 위해서 전 더욱 힘을 찾을 겁니다."

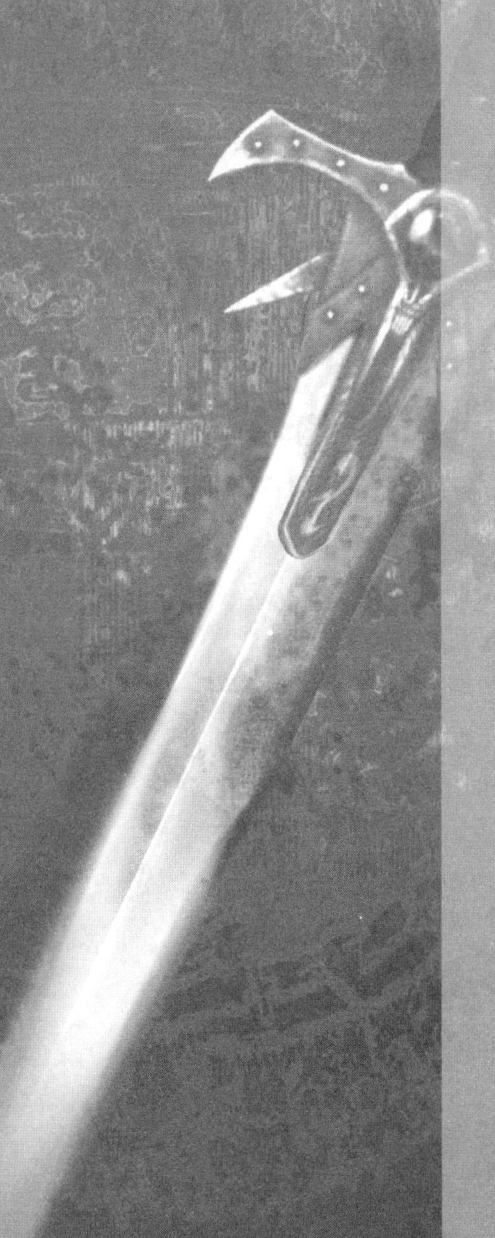

수다쟁이 검과 공갈 검IX : 정지된 시간

삶은 발전을 낳지만
죽음에 이르면 더 이상 발전은 없다.
단지 그대로 그 자리에 멈추어 버릴 뿐.

폭풍이 지나가 버렸다. 이질리스도 폭풍의 소멸과 동시에 순간의 안식을 되찾았다.

"잠들었어."

카티스가 울다 지쳐 잠들어 버린 이질리스를 바라보며 어깨를 으쓱했다. 카티 녀석은 정말 단순하다. 아니, 막무가내인 성격을 가지고 있다. 그리고 그 때문에 이질리스를 일깨워 주는 것이 가능했다.

『피곤했겠지. 상처받았으니까.』

이질리스는 리아드를 죽이고 편했을까? 아니, 편하지만은 않았을 것이다. 하지만 자기 자신과의 싸움에서는 승리한 셈이다.

"피가 멎지 않는군."

의외로 약간 걱정스러운 말투였다. 카티스는 절대로 남의 걱정을 하는 녀석이 아니었는데. 그는 시원섭섭한 얼굴로 잠들어 버린 이질리스를 보고 있었다. 이질리스가 자신을 선택해 주었을 때 그는 정말 기뻐했다. 자신을 선택한 이질리스의 행동에 만족했던 것이다. 이질리스의 주인이 되기를 진정으로 바랐던 리아드는 한 줌의 재가 되어 바람에 날아가 버렸지만.

『그래, 이제 끝났어. 이질리스, 편히 쉬렴』

그래도 그 마음의 상처는 가시지 않을 것이다. 검 안으로 들어가도 리아드에게 입은 상처가 치유되지 않는 것은 아마 아직도 이질리스가 마음에 상처를 입고 있기 때문일 것이다. 상처가 치유되기 전까지 이질리스는 추억의 아픔과 고통으로 고생할 것이다. 그의 손목과 발목을 감싸고 있는 차가운 쇠사슬도 언젠가 녹이 슬어 깨어지는 날이 있을 것이라고 나는 확신한다.

살아 있다는 것은 그런 것이다.

앞으로 나아갈 수 있다는 것이다.

죽으면 모든 시간은 정지해 버리기 마련이다.

죽어버리면 결국 발전할 수 없다. 이질리스가 삶을 선택한 것은 정말 잘한 일이다.

우리가 리아드와 싸우고 있을 때 무너지는 공간을 지탱한 것은 다름이 아닌 아스가르드였다. 그리고 리아드가 쓰러졌을 때 아스가르드도 한계에 다다라 있었다.

"이곳은 위험해요!"

아스가르드가 숨을 헐떡였다.

"더 이상은 무리예요. 빨리 이곳에서 빠져나가는 것이 좋겠어요. 이 탑, 이대로는 무너져 버리고 말 겁니다!"

결계를 유지하기 위한 힘이 더 이상 그에게 없었는지, 다급한 목소리로 카티스에게 말하고 있었다.

『아스가르드의 말이 사실이야, 카티스』

"나도 알고 있어."

카티스는 이질리스의 정신체를 사검 안으로 밀어 넣었다. 이미 긴장이 풀린 이질리스는 아무런 저항 없이 그가 하자고 하는 대로 행동했다. 이질리스의 모습이 사라지자 카티스는 사검 이질리스를 어깨에 걸고 나의 검신을 붙잡았다.

"그럼, 내려가자."

헝그리 군은 어디로 가버린 걸까? 물론 그 소년은 끈질긴 생명력을 가지고 있기에 왠지 걱정되지 않지만 약간은 궁금했다.

카티스의 손 안에서 나는 엉망으로 되어버린 회색의 바닥을 바라보고 있었다. 그때 카티스가 탑 안으로 들어왔던 문의 맞은편의 커다란 문이 끼익 열리더니 그 앞에 사람이 나타났다. 비단과 같이 반짝이는 옷감으로 짠 옷을 입은 여성, 검은색 옷을 입은 블론드의 유니카였다. 그 문은 카티스와 아스가르드가 통했던 문이었다. 리아드를 죽여달라고 부탁했던 바로 그 유니카 왕녀였다.

"유니카, 어쩐 일이지?"

카티스가 건들거리면서 그렇게 물었다. 카티스도, 유니카도 미소 짓고 있었지만 이상하게 분위기는 어색했다.

"이곳은 이제 무너져 버리겠죠."

언제나와 같은 의기양양한 미소가 그녀의 얼굴에서 사라져 있었다. 유니카는 고개를 돌려 한 줌의 재가 바람에 실려 날아가는 것을 보고 한숨을 쉬고 있었다.

"끝냈군요."

그녀는 한숨 쉬듯이 말했다.

"그래, 너의 뜻대로."

카티가 씨익 웃음 지었다. 유니카의 미소 짓는 얼굴에 슬픔이 묻어 나왔다.

"그래요. 당신 말대로 내가 원했던 그대로 되었어요."

그녀는 한심한 듯 입가에 미소를 터뜨렸다.

"바보 같은 사람."

그녀는 쓸쓸히 웃었다. 유니카가 무엇을 원하고 있었는지 나는 알고 있었다.

"빨리 피하지 않으면 이 일대와 함께 날아가 버릴 거예요. 아무래도 아까 그 라그나들이 만들어놓고 간 함정 같은걸요!"

아스가르드는 다급하게 외쳤다. 아스가르드, 그는 자존심 강한 아시르 인이었기에 거짓을 말하지 않는다. 그의 말대로 헬과 랑유는 이곳을 떠나며 특이한 마술을 걸어두었다. 헬과 랑유가 사라진 지금 마술의 발동을 막고 있는 것은 아스가르드였다. 그러나 그 아스가르드도 지금은 고전 중이다.

"이 몸은 이제 한계라고요. 사카디은 씨, 어서 이곳을 빠져나가야 해요. 안 그러면 늦어버릴지도……."

"그래, 알았어. 가면 되잖아."

카티가 여유있는 얼굴로 그렇게 말했다. 아스가르드의 재촉 따위는 상관없다는 말투다.

"자, 유니카 왕녀, 그만 가도록 하지. 여긴 무너진다잖아."

카티가 손을 내밀었지만 그녀는 고개를 저었다. 유니카의 얼굴은 어두웠다.

"전 정말 바보예요. 결국 그가 추구하던 방식대로 그를 손에 넣었으니까 말이죠."

그녀의 시선은 리아드가 가지고 있던 암흑 날의 마력이 깃든 검에 머물러 있었다. 그녀는 그것을 집어 들었다. 카티스는 그런 그녀를 보고 정색했다.

"유니카!"

"바보 같은 사람. 리아드, 전 다 봤어요. 결국 당신이 죽어버리는 것도. 결국 당신의 선택은 옳지 않았다는 것을 알았죠. 저도 당신처럼 바보니까요."

그녀에겐 이미 카티스는 시야에 없었다. 그녀는 검을 들어 말릴 새도 없이 자신의 오른쪽 손목을 그었다. 그리고 나른한 듯 그녀는 그 자리에 앉았다. 그녀의 검은 비단 드레스가 그녀의 마음과 짜 맞춘 것처럼 아름다워 보였다.

"유니카……!"

카티스가 입술을 질끈 씹었다. 그러나 유니카는 빙긋 웃을 뿐이다.

"저에게도 선택이 필요해요. 그리고 당신의 제자인 듯한 그 소년은 내가 돌아가라고 말해 두었어요."

카티스의 눈을 보며 그녀는 모든 것을 다 얻은 듯이 의기양양하게 웃었다. 소년이란 헝그리를 말하는 모양이다.

"하지만 결국 내가 이긴 거예요. 그러니까 함께 가줄 생각이에요. 그 사람이 홀로 심심하지 않게 말이죠."

그녀는 자조적으로 웃었다. 유니카의 결심은 굽힐 수 없을 것이다.

"그와 같은 집착이 저에게도 남아 있군요."

"이 멍청한 계집애!"

카티스는 그녀의 팔을 잡았지만 그녀는 고개를 저었다. 아니, 오히려 유니카는 자신이 원하는 것을 다 이룬 사람처럼 행복한 얼굴이었다. 피가 빠져나와서 나른해졌는지 그녀는 꿈속을 헤매는 듯한 미소를 짓고 있었다.

『카티……!』

그래, 그렇구나. 카티스는 그녀의 팔을 놓았다.

이미 결심한 자를 건드리는 것은 모욕일 수 있다. 카티스는 그것을 알고 그녀를 놓아주었다. 난 카티스라면 결코 여성이 자살하는 것을 못 본 체하며 지나가진 않으리라고 생각했는데 그건 아니었다. 카티스는 그녀를 자신의 손 안에서 놓아주었던 것이다.

"행복하세요."

유니카가 카티스를 향해서 말했다.

"유니카, 너도."

카티스는 어처구니없는 웃음을 지으면서 고개를 끄덕였다. 마치 포박과 같은 주술이 풀린 것처럼 나는 나의 검신을 빠져나와 카티스와 아스가르드의 몸을 잡았다. 내가 이렇게 말할 상황은 아니지만 리아드와 함께 죽음을 선택한 유니카의 얼굴은 행복해 보였다. 유니카는 허공을 바라보면서 혼잣말을 하고 있었다.

"바보 같은 사람, 하지만 홀로 있으면 심심할 테니 내가 가주는 거야."

아니, 그 말은 바로 리아드에게 하는 말이었다.

그녀의 행동은 어리석은 것인지도 모른다.

나는 검푸른 날개를 자유자재로 조종하면서 생각했다. 살아 있으면 발전할 수 있지만 죽으면 그대로 멈추어 버린다. 유니카는, 그녀는 죽음으로써 시간을 멈추어 버리고 싶었던 것인지도 모른다. 카티스는 더 이상 아무런 말도 하지 않았고 아스가르드도 입을 다물었다.

나는 날개를 두어 번 퍼덕여 공기의 흐름을 탔다. 기류가 유배자의 탑 쪽으로 흘러 들어갔지만 나의 날개는 끄떡도 하지 않고 그와 정반대 쪽으로 날아갔다. 하늘에 어느덧 까만 밤이 펼쳐져 있었다.

그리고 유배자의 탑은 하얀 먼지를 일으키며 얼마 지나지 않아 산산이 부서져 버렸고 그 일대가 폭발하듯 흰 연기를 뒤집어썼다. 탑 근처에 있는 지역에도 적지 않은 피해가 온 모양이었다. 결계의 중심이 망가져 버리자 나라 전체를 감싸고 있던 결계 역시 순식간에 사라져 버렸고 곧 이어 마법이 풀린 듯 조용해졌다.

"……."

올바른 선택이었을까?

나는 아니라고 대답하고 싶다. 나라면 다른 선택을 했을 것이다.

나는 날갯짓을 느슨히 하면서 탑의 붕괴 여파가 미치지 않은 곳에 발을 내렸다.

내 손 안에 있던 그들의 몸무게가 이상하게 줄어들었다. 카티스의 몸이 어린애처럼 작아져 있었다. 그는 가벼운 몸으로 변해 있었던 것이다. 나는 피식 웃음을 터뜨리는 수밖에 없었다. 눈물이 섞인 웃음을.

"웃지 마, 이 자식아! 크아아아아! 나 또 계집애가 되어버렸잖아—!"

"엑!? 사카디은 씨, 여자로도 변신할 수 있는 겁니까?"

"아니, 카티스는 카티나로 변신을 하지."

나는 그런 그를 보며 웃었다.

여성의 몸이 된 그는 툴툴거렸다. 얼마 지나지 않아서 먼지가 사라지고 검은 밤하늘이 드러났다.

"그럼 갈까?"

나는 그에게 말했다. 그가 갈 길은 정해져 있었다.

"젠장, 빌어먹을 마법사! 설마 유배자의 탑을 축으로 나라 전체를 감싸고 있던 결계가 풀린 것 때문에 내가 다시 여자애가 된 건가?! 망할 마법사, 두고 보자!"

"너무 이미르 탓 하지 마. 그녀는 너 때문에 다쳤다고."

내가 그를 얼렀지만 나의 달콤한 목소리로 녀석의 화를 푸는 것은 불가능했다. 나는 그들을 공터에 내려놓았고 곧 씩씩거리면서 걷는 카티나의 뒤를 따랐다. 유난히 발걸음이 빠른 걸 보면 다시 꼬마 여자애가 되어버린 일에 충격이라도 받은 모양이다.

"다음엔 죽여 버리겠어!"

카티나가 이를 벅벅 갈았다. 나는 피식 웃었다. 결국 또다시 이렇게 귀결되고 말았다. 마법사 이미르가 이런 카티스를 본다면 뭐라고 말했을까. 뒤에선 아스가르드가 힘겹게 카티나와 나를 따라오고 있었다.

"앗, 이 몸도 같이 가요! 사카디은 씨!"

검은 밤하늘을 가르며 슬픔을 머금고 유성이 떨어졌다.

Chapter 25

쫓기는 자

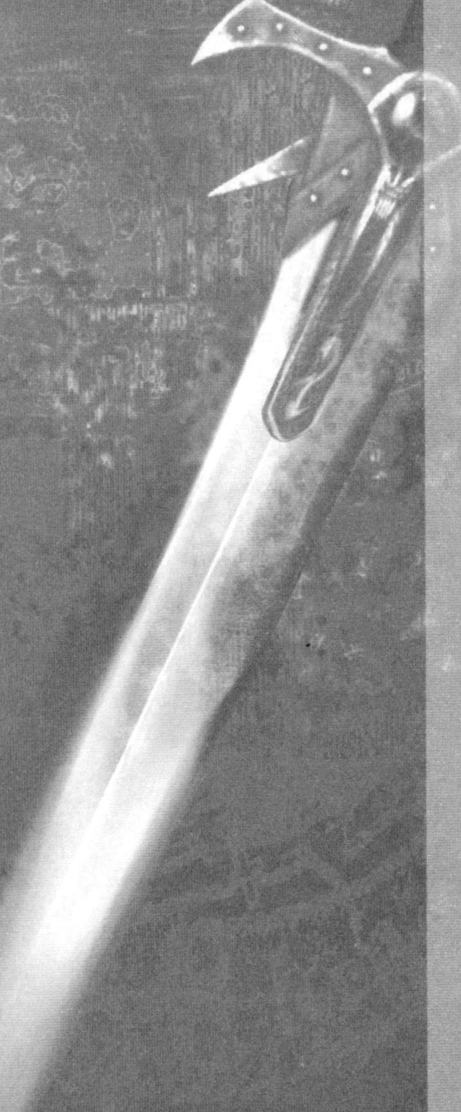

어둠과도 빛과도 무관한 채

그것이, 나를 쫓고 있다.

밤이었다. 빌어먹을!

겨우 저주가 풀렸다고 생각했는데 그게 아니었다.

이미 땅을 치고 통곡을 해도 소용없는 일이었다. 정말 재수도 없군!

하지만 소리치고 분노해도 결국 이루어지는 것은 아무것도 없었다. 결국 할 수 있는 것이라고는 한숨을 쉬면서 미드가르드 녀석이 끓여준 수프를 마시는 것뿐이다. 그것도 계집애가 된 모습으로 말이다.

"사카디은 씨, 그렇게 변하니 정말 예쁘네요. 이 몸의 생각으론 여자애 쪽이 훨씬 더 나은 것 같아요."

그러냐?

나는 녀석을 보면서 지그시 밟아주었다. 죽어라, 이놈아! 감히 나를 놀리다니.

“너무해요, 사카디은 씨.”

아스가르드 녀석은 내 구두 굽에 얼굴을 밟히고는 눈물을 찔끔 흘렸다. 수다 검 녀석도 쌤통이라는 듯이 키득거렸다.

“그런데 이질리스는 괜찮은 거냐?”

검 안에 있다가 나온 이질리스 녀석은 창백한 모습으로 눈앞에 앉아 있었다. 리아드가 죽고 유배자의 탑이 폭발한 지 벌써 며칠이나 지났다. 나는 아스가르드 녀석을 데리고 알타크나로 향하고 있었다. 겉으로는 이미르를 죽이러 가고 있었지만 마음속으로는 그것 말고 다른 것이 알고 싶었던 것 같다. 왜 내가 계속 알타크나의 일에 연루되는가. 그것이 알고 싶었다.

이질리스는 말없이 가만히 나무 그루터기에 앉아 있었다. 곧 죽는다고 해도 이상하지 않을 정도의 그 모습이 왠지 처량하게 느껴졌다.

“어쩔 수 없어요. 그는 마검이고, 상처가 낫지 않는 것은 그의 마음에 상처가 있다는 뜻이니까요.”

울보 녀석이 나의 생각을 안다는 듯이 중얼거렸다. 다시 말해 마음에 있는 상처가 낫기 전에는 몸에 생긴 상처도 낫지 않는다는 소리로군. 나는 이질리스가 한심하다는 생각이 들어 아까 잡아서 구운 새 고기를 입에 쑤셔 넣었다.

“사카디은 씨, 여자라면 좀 더 우아하고 매너있게 먹어야 하는 법이라고요.”

“시끄러워! 내가 우아하고 매너가 있든, 그렇지 않든 네놈에게 밥이 나오냐, 돈이 나오냐? 같잖은 소리는 작작 좀 해둬!”

“너무해요, 사카디은 씨…….”

녀석이 또 훌쩍거린다. 어린애 같은 녀석! 나는 코웃음 쳐주었다.

"그런데 그 헝그리라는 소년은……."

"어디선가 영웅 놀이하고 있겠지. 그 녀석, 고래 심줄보다 더 질긴 생명력을 가지고 있으니까 아마 죽여도 죽지 않을 거야."

미드가르드 녀석이 모닥불 위의 냄비 속 수프를 저으면서 나의 목소리에 고개를 끄덕였다. 자신도 심히 공감하고 있다는 눈치다. 미드가르드는 고개를 들어 수프를 마시고 있는 아스가르드에게 물었다.

"그런데 아스가르드, 당신은 왜 이곳에 계속 머물러 있는 거죠?"

아스가르드는 고개를 홱 돌려 버렸다. 아마도 상대하고 싶지 않다는 듯하다. 아스가르드 녀석은 같은 마검에겐 너무니 인색히단 말야. 이질리스 녀석에게도 퉁명스럽게 대하는 것을 보면 확실히 프라이드가 높은 마검이다.

"당신과는 관계없는 일이야, 미드가르드."

혀를 내미는 것을 보면 미드가르드에게 별로 안 좋은 감정을 가지고 있는 모양이다. 미드가르드는 수프를 내젓던 손을 계속 움직이면서 한숨을 쉬었다. 아무래도 미드가르드는 아스가르드에게 대답을 요구하기 힘들 것 같다.

"그나저나 이질리스는 괜찮을까?"

미드 녀석이 꺼질 듯이 한숨을 쉬면서 말했다.

"그 빌어먹을 리아드 놈이 발에도 사슬을 채우는 바람에 걷기도 힘들게 생겼다고. 쳇, 이럴 줄 알았으면 더 고통스럽게 죽여주는 건데."

"카티, 의외로 이질리스를 위해주는구나."

"녀석이 하도 멍청하고 바보 같아서 그런 거야."

나는 새 날개를 마저 입에 넣었다. 솔직히 맛은 별로 없었다.

다행이라고 해야 할지 아직 내 몸은 피를 요구하고 있지는 않았다. 하지만 맛있는 피를 마시고 싶은 욕망은 여전했다. 근래는 아름다운 아가씨를 만날 여유도 전혀 없었다. 그동안 수다 검 녀석의 재촉에 의해 리센하임에서 멀어지려고 노력했으니까.

수다 검 녀석이 뭘 생각했는진 모르지만 녀석은 마을에 가지도 말라고 말했다. 왜 그렇게 저 녀석은 과민 반응을 하는지 알 수 없다.

"오늘 정말 좋은 밤이군요. 봐요, 달이 아름답지 않아요?"

아스가르드가 하늘에 떠 있는 달을 보면서 탄성을 질렀다.

"무슨 뚱딴지 같은 소리야? 잘됐네, 넌 달이 좋으면 불침번이나 서 있어. 난 가서 잘 테니까. 너희들 마검끼리 사이좋게 망이나 봐라. 수다 검 녀석도 낮에는 잠만 자니 잘됐네. 함께 불침번 서. 이 질리스는 아프니까 들어가서 자고!"

"카티, 너무 강압적이잖아. 난 오늘 식사에 설거지까지 다 해야 한다고!"

"그건 원래 네 몫이잖아. 난 저기 가서 잔다. 설거지하기 싫으면 물품들 다 버리고 네가 몸으로 뛰어서 다시 사면 되잖아."

"이게 일회용인 줄 알아?"

수다 검 녀석이 눈에 눈물까지 글썽이면서 말했다. 그 물품들은 저 녀석이 꼭 가지고 가야 한다고 우겨서 가지고 온 것이었기 때문에 나는 상관없었다. 식사 준비를 위한 식기들이나 모포 같은 것이 여행의 필수품이라고 말하면서 사 들고 온 것은 바로 미드가르드 녀석이었다.

"난 그만 잘 거야. 미드가르드, 너 나 잘 때 덮치면 죽을 줄 알아."

내 말을 듣고 이질리스 녀석 역시 검신 안으로 들어갔다. 이질리스 녀석은 예전처럼 말이 없고 내 말을 특별히 잘 듣는 기색도 없었지만 그래도 나를 신뢰하고 있는 것 같았다. 내 입으로 이렇게 말하면 좀 웃기긴 하지만.

리아드에게서 사검을 탈환하고 난 바로 그날 저녁, 나는 그 녀석의 목소리가 들리는 것을 똑똑히 들었다.

"고마워."

그 말만 하고 쪼르르 검신 안으로 들어간 것을 보면 귀여운 면이 있는 녀석이다. 여전히 솔직하지 못하지만. 나는 그때를 생각하면서 흐뭇한 기분으로 잠들었다. 옆구리가 허전했지만 어떻게 하랴, 지주에시 헤이 나오지 못한 것을!

얼마나 지났을까. 깊은 잠에 빠져 있었다고 생각했다. 아름다운 음색이 들려왔고 그 덕분에 나는 편안한 잠에 빠졌다. 연인의 키스와도 같이 달콤한 잠에 취해 있다고 생각했다. 새하얗고 율동적인 손가락이 나의 얼굴을 부드럽게 쓸어 내리는 듯한 느낌이 들었다.

그것은 꿈이었을까.

나는 누군가가 나를 보는 시선이 느껴지고 있음에도 불구하고 좋은 기분으로 계속 잠들어 있었다. 그렇게 자고 있다고 여긴 지 얼마 지나지 않아서였다. 아니, 나만 얼마 지나지 않았다고 여기고 있는 건지도 모른다.

부스럭.

저 소리가 신경 쓰인다.

나는 신경이 날카로워져서 눈을 떴다. 어느덧 아침이었다.

미드가르드와 아스가르드의 모습은 보이지 않았고 내 눈앞에 놀랍도록 눈부신 살결에 타오르는 듯 붉은 머리카락의 여성이 앉아 있었다. 경이로운 투명한 머리카락으로 흰 살갗을 덮고 있는 그녀의 모습에 나는 눈 돌아가는 줄 알았다.

웬 떡이냐 하는 생각이 들어 그녀의 몸을 붙잡았을 때 그녀는 폭발하듯이 사라졌고, 그녀의 존재는 칼날이 되어 나에게 돌아왔다. 이내 어깨에 통증이 찾아왔다. 만일 몸을 비틀지 않았다면 틀림없이 심장을 꿰뚫었을 칼날이었다.

"아깝군! 고통없이 죽일 수 있었는데!"

단발로 기른 은발에 푸른 눈, 그 눈은 광기로 차 있는 광검사 베리우스였다. 그렇다면 그 미녀의 정체는 불의 검 자이비엘이었단 말인가. 이 자식이 왜 여기 있는 거야! 게다가 갑자기 왜 그런 데서 튀어나오느냔 말이다.

나는 당황하면서 바로 옆에 두었던 마검 미드가르드를 칼집에서 뽑아 들어 놈의 검을 막았다. 검과 검 사이에서 불꽃이 튀어 칼날을 뜨겁게 달구었다.

여전히 빠르고도 파워풀했다. 나를 죽이려는 그 살기만은 기세등등해서 어느 누구에게도 지지 않을 것 같다.

『어어, 카티, 일어나자마자 또 싸우고 있는 거야? 정말 인기가 많군』

"닥쳐, 수다 검!"

베리우스 녀석은 한층 더 강해진 모습으로 나를 공격한다. 아직도 원한을 가지고 나를 죽일 때까지 끈질기게 달라붙을 각오가 되어 있는 것 같았다.

"나의 그녀를 죽인 원수! 오늘에야말로 네 녀석의 목을 칼리아의 무덤 앞에 가지고 가겠다."

"닥쳐, 누구의 목을 가지고 가겠다고?!"

나는 베리우스의 공격을 막으면서 코웃음 쳤다.

『오늘따라 기합이 들어가 있는걸. 게다가 베리우스가 있다는 건 나키아 케이아르도 이 근처에 있다는 것이 아닐까?』

케이아르라니, 재수없는 말을! 나는 그 나긋나긋한 사술사를 생각하면서 입술을 깨물었다. 좋은 꿈을 꾸었다고 생각했는데 아침부터 정신이 없군!

"앗, 사카디은 씨!"

아스가르드의 목소리였다. 나는 그 녀석의 급한 목소리에 의아해하면서 베리우스의 검을 오른손을 꺾어 막았다. 베리우스의 거친 숨결이 나에게 와 닿았다.

"큰일 났어요!"

"시끄러워! 나 지금 뭐 하는지 안 보여?!"

"싸우고 계시네요."

"알면 구석에 찌그러져 있어!"

베리우스의 날카로운 칼날이 나의 뺨에 상흔을 냈다. 피 튀는 것과 상처 입기 싫어하는 내 몸에 벌써 몇 번이나 잔상처를 내다니, 배로 갚아주마!

"그게 문제가 아니에요. 지금 전쟁이 일어났다고요."

"전쟁? 그게 나랑 무슨 상관이야?"

"제가 생각하기엔 사카디은 씨와 상관이 있는 것 같은데요? 이 몸이 알아보신 바에 의하면 알타크나와 리센하임이 결국 전쟁을 하게 됐나 봐요!"

아스 녀석이 흥분한 얼굴로 말했다. 조공을 바치는 사이라더니, 리센하임이 결국 알타크나에서 배신을 때린 모양이로군.

"흥, 그거야 당연하지. 리센하임엔 이제 얻을 만한 것이 없을 테니까."

베리우스가 입을 열었다. 베리우스도 알타크나에 관련있는 녀석이었지, 참.

"그리고 알타크나에서 노리는 것이 또 있지."

"그런 건 상관없어. 너의 그 잘난 입을 막아주겠어!"

나는 유연하게 놈의 불의 검 자이비엘를 피하며 오른쪽 팔목을 비틀어 놈의 심장을 겨냥해서 발을 앞으로 빼며 찌르기를 감행했다. 베리우스의 어깨가 미드가르드의 칼날에 뚫렸다. 아깝다. 심장을 찌를 수 있었는데.

"크흑!"

"흥, 아깝군."

나는 빙그레 웃으면서 마지막 숨통을 끊어줄 채비를 차렸다.

"의기양양하군. 하지만 그것도 끝이야. 알타크나는 어차피 널 적으로 돌렸어. 널 죽이러 많은 자객들이 올 거야."

"대체 왜?"

"그건 나도 모르지!"

베리우스가 하하하! 웃었다. 그 녀석의 별 시답잖은 대답에 나는 약간 의아한 생각이 들었다. 확실히 그 이유를 저 바보가 알 리는 만무했다. 난 알타크나라는 나라에 원수 진 일도 없는데 어째서 날 적으로 돌린단 말인가? 이것도 역시 케이아르의 소행인가? 날 죽이려고 혈안이 되어 있던 사람이라고는 그 녀석밖에 생각이 나지 않으니까.

"이유는 잘 모르겠지만 넌 알타크나를 적으로 돌린 거야. 그러니까 넌 앞으로도 계속 쫓기는 입장이지. 알타크나의 라그나 라그나드가 너를 노리고 있으니까. 하지만 난 널 다른 녀석에게 죽도록 놔두고 싶지 않아. 난 네 녀석을 내 손으로 직접 죽이고 싶다. 나의 칼리아를 위해서."

베리우스가 거창하게 연설했다. 하지만 그런 말을 듣고 가만히 있을 내가 아니었다.

"호오라, 이제 말은 끝났냐? 넌 새삼스럽다는 듯이 말하는데 난 나 외의 모든 것을 믿지 않지. 누가 쫓든 죽이러 오든 간에 상관없다는 거야."

나는 입꼬리를 치켜 올리면서 미소를 지었다.

"하지만 게임은 끝났어. 넌 이제 죽을 테니까. 장난은 끝났거든. 더 이상 그 멍청한 얼굴 보게 될 일도 없을 거다!"

내 손 안에서 춤을 추는 빠른 칼날이 베리우스의 목을 파고들었다. 춤을 추는 것처럼 햇빛을 받아 반짝이는 미드가르드의 칼날이 교차했고 베리우스의 눈에는 한순간 두려움이 보였다. 나는 녀석의 목을 꿰뚫었다. 곧 이어 선홍색 피가 솟구쳐 올랐다. 아니, 반드시 그래야만 했다. 하지만 결과는 그렇게 되지 않았다. 나와 베리우스를 관망하면서 나타난 불청객 때문이었다.

나키아 케이아르는 미드가르드의 말대로 이 근처에 있었던 것이다.

『나키아 케이아르……』

수다 검 녀석이 묘한 여운을 남기며 그 이름을 불렀다.

"케이아르? 저자는 누구죠, 사카디은 씨?"

나무 뒤에서 찌그러져 있던 아스가르드가 고개를 갸웃거리며 물었다.

"끈덕진 녀석이지."

나는 간단하게 설명해 주었다.

"별로 그렇게 끈덕지진 않습니다."

그러나 나키아 케이아르 녀석이 나의 설명을 가로막으면서 입가에 나긋한 미소를 흘렸다. 케이아르의 모습을 본 베리우스는 깜짝 놀란 듯 몸을 사렸다.

"케이아르……! 잘도 방해하는군!"

나는 혀로 입술을 쓸어 내리면서 미드가르드를 고쳐 잡았다. 아무래도 저 녀석도 함께 죽여주는 것이 좋을 것 같았다. 베리우스라는 미친놈과 케이아르라는 사술사를 동시에 처리한다면 내 인생에 광명이 돌아올 것이다. 그 다음 차례는 물론 마법사 녀석이지만.

"어딜 보고 있는 거냐?!"

베리우스였다. 케이아르가 나타난 틈을 타서 나를 역습할 기회를 노리고 있었던 것이다. 그는 불의 검 자이비엘을 들고 잠시 한눈팔고 있던 나의 허를 찔렀다.

베리우스 녀석을 내가 미친놈, 바보, 얼간이라고 말하긴 하지만 녀석의 검술 솜씨는 높이 사줄 만하다. 베리우스는 녀석은 그 잘난 실력으로 불타오르는 검 자이비엘을 휘둘렀다. 힘이 실린 묵직함이 칼끝으로 전해져 온다.

그 녀석이 힘으로 밀어붙이자 나는 녀석의 검을 되받아치며 뒤로 한 발자국 점프했다. 녀석의 검에서 불길이 타오르고 그 불꽃이 나무에 옮겨져 활활 타올랐다. 폐부로부터 거친 숨이 올라왔다. 과연 녀석은 강했다. 그렇겠지. 아무리 바보래도 내가 잠들어 있던 100여 년 간 싸워왔을 테니까 당연히 싸움의 기술이 늘었을 것이다. 원래 녀석은 피에 미쳐 버린 검사. 그리고 녀석이 가진 검은 피를 부르는 검, 불의 검 자이비엘이 아닌가? 베리우스가 자랑하는 그 검은 모든 것을 태워 버리는 힘을 지니고 있었다.

하지만 수다 검 녀석도 만만치 않다. 수다 검 녀석이 아무리 허접하다고 해도 명색이 마검인데 정령 검 따위에게 밀릴 리가 있겠는가. 불길은 거세지고 더 이상 숲 쪽으로 발걸음을 옮기기는 쉽지 않은 상황이었다.

어느새 케이아르 녀석의 모습이 시야에서 사라지고 없어져 있었다.

어디서인가 피 냄새가 바람을 타고 흘러 들어와 코를 찔렀다. 진득한 피 냄새. 타오르는 것은 자이비엘의 불꽃에 맞은 나무와 숲만이 아니었다. 인간들의 마을도 검은 연기를 내뿜고 있었다. 비명 소리와 군마가 달리는 소리가 한데 뒤섞여 들려왔다.

"이런, 이곳도 꼴이 말이 아니로군."

이게 바로 아스가르드 녀석이 말한 전쟁이라는 건가. 지옥과 같은 불길이 하늘 높이 솟구치고 바람이 불어와 피 냄새를 전달해 주었다. 알타크나 녀석들이 리센하임을 공격한 건가. 리센하임이 이웃 나라라고는 하지만 알타크나가 이 정도로 빠른 기동력을 보여줄 줄이야. 리아드가 죽어버린 지 겨우 며칠밖에 지나지 않았던가.

"당연하잖아. 알타크나로서 이런 작은 나라 하나쯤 멸망시키는 것은 쉬운 일이야."

"호라, 그래서 베리우스, 네 녀석이 그놈들의 졸개가 되었단 거냐?"

나는 오른손에 스냅을 주어 녀석의 힘이 실린 칼날을 받아냈다. 놈이 검을 휘두를 때마다 녀석의 검에서 불꽃이 튀어 얼굴을 뜨겁게 달구었다.

"내가 졸개라고?!"

"예전의 네놈은 비록 안하무인이고 벽창호인데다가 멍청했지만 나키아 케이아르와 같은 얼간이를 알타크나 같은 나라가 강하다는 이유만으로 섬기거나 하는 얼간이는 아니었어."

"이 자식, 누굴 얼간이라고 말하는 거냐?! 난 어느 누구의 명령도 받지 않는다!"

베리우스가 성난 얼굴로 힘껏 검을 지면과 수평으로 길게 베었다. 나는 재빨리 그 자리에서 폴짝 뛰어올랐다. 눈치 챈 베리우스가 이를 부득 갈면서 오른쪽으로 검을 내리찍었다. 나는 유연하게 그 검을 피하고 놈의 목을 노리며 수다 검을 일직선으로 베었다. 그러나 놈은 검에 자신의 힘과 스피드를 실어 막는다.

"거짓말! 넌 지금 명령받고 있잖아?!"

"명령이라니, 난 내 의지대로 행동할 뿐이다!"

나는 입가에 미소가 떠올랐다. 혀로 입술을 축였다. 입 안이 계속해서 말라가고 있었다. 피 냄새가 전해져 오니 또 피가 마시고 싶어진 것이다.

"호오라, 그럼 지금 네가 나키아 케이아르인지 하는 놈의 명령을 받고 나를 죽이려 하는 것이 아니었더냐?"

"난 내 의지로 너를 죽이려고 하는 거야!"

이 녀석, 상당히 단순하다. 자신의 의지에 남의 명령이 가미된 것이겠지. 놈은 자기 자신이 그다지 단순하지 않다고 생각하는 듯하지만 그건 착각일 뿐이다. 베리우스는 나에게 짝사랑하던 여자의 죽음에 대한 책임을 전가한 후 나를 죽이려 하고 있다. 물론 그녀를 죽인 것은 나다. 하지만 난 칼리아, 그녀의 이름조차 기억하기 힘들다. 그녀에 대한 죄책감이 나에게 남아 있을 리 없잖아.

그 계집애가 말했다. 나를 위해서 자신이 죽어주겠다고.

"나의 칼리아를 죽인 대가를 치르게 해주겠어!"

베리우스, 이 미친 녀석의 눈은 광기에 차 있었다.

이 미친놈은 결국 칼리아의 망상에서 헤어 나오지 못한 것이다. 이놈이나 저놈이나 과거를 부르짖다니 한심한 일이다. 과거에 기대고 있다는 것은 어리석은 일이다. 사검 이질리스 녀석이 그렇지 않았던가!

"빨리 끝내 버리십시오, 베리우스."

케이아르의 목소리가 들려왔다. 모습을 감춘 것뿐이지 이 근처에 있는 것 같나.

"재촉하지 말아, 나도 잘 알고 있으니까."

베리우스 녀석이 허세를 부리며 파워풀하게 공격해 왔지만 어리석은 일이었다. 난 예전의 내가 아니었고 베리우스의 광기에 당할 의리도 없었다.

"베리우스, 난 너 따위에게 지지 않아. 오늘이야말로 네 제삿날이다! 난 지금 컨디션이 엄청 좋거든. 잔인하게 죽여주겠어."

"그건 내가 하고 싶은 말이다!"

불꽃이 튀었다. 자이비엘은 불꽃의 정령 검이기 때문에 불꽃이 사방으로 튀는 것은 당연한 이치였다. 심장이 두근두근 뛰었다. 싸움에 대한 쾌감이랄까.

그동안 어떤 것도 베지 못한 것이 속상했던 것인지도 모른다. 나는 좀 더 싸우기 편한 곳을 찾아 폴짝 뛰어 인간이 살았을 법한 마을로 달려갔다. 베리우스 녀석이 약이 오르는 듯 나를 쫓아왔다. 어리석은 놈, 내 도발에 속다니!

나는 불길이 거센 마을의 한복판에 섰다. 시체들, 그리고 기마병과 어지러운 마을의 정경이 눈 안에 들어왔지만 나는 우선 달려드는 광기 어린 베리우스 녀석부터 처단하고자 했다.

피 냄새가 진동하고 사람들의 비명이 끊이지 않았다. 이곳이 알타크나와 멀지 않은 마을이기 때문에 먼저 공격받은 것 같지만 그렇다고 해도 무차별한 학살을 방관할 수밖에 없을 정도로 리센하임이 무능력했던 건가. 인간의 전쟁이란 것은 참으로 바보 같은 것이다.

놀라운 것은 세이버를 가지고 있는 리센하임의 기사들이 고작해야 그 수가 몇 되지 않는 인간들에 의해 쓰러졌다는 사실이다. 사실 엄연히 말하자면 그들은 인간이긴 했지만 모든 감정이 배제된 자들. 그들은 마치 인형 같았지만 빠르고도 침착했다. 검은 옷을 입고 있는 놈들은 손에 양손용 검을 든 채 자신을 공격하던 기사들이고, 도망가던 민간인들이고 상관없이 무작위로 죽이고 있었다. 그 녀석들을 보니 전에 보았던 레스베르그의 카다쉬와 아나함이 생각났다. 저들은 그들과 마찬가지로 개조된 인간들인가.

놈들은 단숨에 멍청하게 진격해 오던 기사의 머리를 검으로 날려 버렸다. 그것은 눈 깜짝할 정도로 순간적인 일이었고 곧 이어 쓰러진 것은 하나가 아닌 여럿이었다. 개조된 인간들은 한 사람이 동시에 몇십 명은 상대할 수 있을 정도로 강했던 것이다.

나는 황당한 느낌이 들어 칼을 맞대고 있던 베리우스에게 넌지시 물어보았다.

"저것들은 뭐지?"

"싸움 기계들이지."

"싸움 기계?"

『개조된 인간들이야. 바르하시온의 능력으로 만들어낸 것들이겠지』

그동안 비교적 조용하던 수다 검 녀석이 나와 베리우스의 사이를 가로막으면서 설명했다.

"그들이라면 이런 작은 나라 정도 멸망시키는 것은 쉬운 일이니까."

나도 미드가르드의 말에 동의했다. 예전에 카다쉬와 아나함과 싸워본 일이 있는 나로서는 확신할 수 있었다. 인간은 약했지만 바르하시온이 가공한 인간들은 본래의 인간보다 훨씬 웃도는 힘을 가지고 있었다.

"뭐, 나완 상관없어. 난 나를 위해 널 죽이겠어!"

베리우스가 이를 악물고 나에게 덤벼들었다.

"정말 예전부터 벽창호인 것은 여전한 놈일세."

나는 왼손으로 등에 짊어지고 있던 공갈 검을 뽑아 놈의 검을 막았다. 하지만 그것도 잠시의 일이었다. 갑자기 그 개조 인간들이 나를 공격해 오기 시작한 것이다!

이 자식들은 왜 자기 일은 안 하고 갑자기 날 공격하는 건지 알 수가 없었다. 나는 놈들의 공격을 막았다. 창의적이지 못한 공격이기 때문에 막는 것이 어렵지는 않았지만 그 힘은 무지막지했다.

"왜 방해하는 거지? 이 녀석은 내가 처치한다고 했잖아!"

베리우스가 불만에 가득 찬 모습으로 황급히 고개를 돌려 나키아 케이아르를 불렀다. 베리우스의 눈에서 녹색 불이 이글이글 타오르고 불의 검 자이비엘이 더욱더 거세게 불길을 내뿜었다.

"당신에게는 힘들 것 같아서 좀 도와주려는 것뿐이랍니다."

베리우스의 목소리에 몸을 숨기고 있던 케이아르는 아주 자연

스럽게 공간을 뚫고 걸어나오면서 자신에 찬 미소를 지었다. 그의
말에 베리우스는 빠드득 이를 갈았다.

"이 나를 못 믿는 거냐?!"

케이아르는 베리우스의 말에 대답하지 않았다. 그런 동안에도
나는 덤벼오는 개조 인간들의 검을 막으며 한 놈의 배를 찢어 비
틀었다. 내장을 갈랐다고 생각했다. 아니, 확실히 놈의 복부에서 내
장이 흘러나오는데도 그 개조 인간은 내색도 하지 않고 나를 공격
하고 있었다. 이미 인간이라고 말하기 힘든 상태였다. 그들은 살인
을 위한 기계와 같았다.

벌써 해가 중천에 떴다.

아침나절을 싸웠단 말인가. 목이 마르다. 하지만 이 녀석들의 피
는 마신다고 해도 별로 도움이 될 것 같지 않은 썩은 피 색이다.
심지어는 역겨운 냄새까지 난다.

내가 미친 듯이 베리우스와 개조 인간들과의 싸움에 열중하고
있는 사이, 케이아르의 앞에 다갈색 머리의 다부진 인상의 남자가
다가와 그의 앞에 무릎을 꿇었다. 충성스럽게 보이는 녀석이었다.
나키아 케이아르의 부하인 듯했다.

"나키아 케이아르, 이런 상황에서 할 말이 아닌 것은 압니다. 하
지만……"

그는 고개를 들어 간절하게 케이아르를 바라보았다.

"루커스, 말은 나중에 듣겠다."

케이아르의 모습이 예전과 같지 않았다. 일부러 루커스라는 남
자에게서 눈을 돌리고 베리우스를 바라보고 있다.

"나키아 케이아르, 돌아와 주십시오. 모두 원하고 있습니다. 이
런 복수 따윈 부질없는 짓임을 당신도 잘 알고 있지 않습니까?"

루커스라고 불린 녀석이 그에게 간원하고 있었다.

"무슨 말을 하는 거냐. 어리석은 말은 하지 마라!"

항상 잘난 체하며 느긋하던 나키아 케이아르가 갑자기 성을 냈다. 얼굴에 난처한 기색이 엿보였다. 루커스의 주위에 다른 사람들도 나타났다. 모두 케이아르처럼 약간 가무잡잡한 얼굴에 케이와 인상이 비슷한 녀석들이었다. 루커스처럼 체격이 있는 녀석도 있었고, 또 평범하게 생겼으면서 깡마른 녀석도 있었다. 자신들을 조종하고 있던 케이아르의 감정이 드세지자 개조 인간들에게도 그 감정이 전해졌는지 약간 주춤했다. 바르하시온의 개조 인간들에게 이런 면도 있었구나.

"나키아 케이아르!"

한 녀석이 케이아르의 이름을 불렀다.

"나키아!"

"나키아 케이아르, 돌아와 주십시오!"

"저희들은 당신을 기다리고 있습니다!"

저들은 또 뭐야. 케이아르는 무슨 사정인지 모르겠지만 약간 어색한 몸짓으로 입을 다문 채 그곳에 서 있었다.

나는 베리우스가 의아해하는 모습을 보다가 그의 뒤통수를 한 대 갈겨주면서 내 나름대로 추론해 냈다. 저 케이아르가 돌아오길 바라는 같은 종족 무리들이라도 있는 모양이다.

『그들은 나키아 케이아르의 종족이야. 케이아르는 검을 지키는 종족이었지, 아마도』

그런데 왜 저들은 그가 돌아가길 기다리는 걸까.

"너, 너희들이 어떻게 여기에?!"

케이아르의 눈이 커졌다. 못 볼 것을 본 사람처럼 그는 눈을 크게 뜬 채 그들의 얼굴을 뇌에 각인이라도 하려는 듯 번갈아가면서 쳐다보았다.

"난 루커스만 곁에 두었을 뿐이었는데……!"

케이아르가 당황한 채 어쩔 줄 모르고 있었다. 나는 항상 여유 있던 케이아르가 당황하니 그것도 신선하다는 생각이 들었다.

"돌아와 주십시오."

한 녀석이 마른 입술을 열었다. 그들의 갈망하는 눈동자가 케이아르를 향해서 빛나고 있었다.

그 순간 퍼드덕 날갯짓 소리가 났다. 갑자기 녹색의 깃털이 우수수 떨어졌다. 그 때문에 나는 고개를 올렸는데 하늘에는 태양을 등진 얍삽한 날개를 가진 남자가 공중에서 날갯짓을 하고 있었다.

"내가 데리고 왔어. 그건 다 로키님의 명령이었지만."

"니드호그……."

케이아르가 니드호그를 보았을 때 녀석의 안색이 창백해질 정도로 질려 있었다. 니드호그는 빙그레 웃으면서 두어 번 날갯짓을 했다.

"나 정말 착한 녀석이지?"

날개를 퍼덕거리며 달을 등지고 나타난 것은 니드호그 녀석이었다. 그는 금빛의 눈을 빛내며 잔인한 미소를 짓고 있었다.

"로키……."

그는 마치 저주스러운 이름을 입에 담는 듯 창백해져 있었다. 게다가 그의 행동은 예상치 못한 상황으로 인해 어색하기 그지없었다.

"그렇게 반가워할 필요 없잖아? 난 이 전쟁이 싫어. 사람들에게 최고의 고통을 선사하지는 못할망정 금세 사람의 목숨을 빼앗아

버리잖아. 고통없는 죽음은 아무 의미도 없는 거야."

그 말을 들은 나는 니드호그의 머리통을 뜯어 두개골을 가르고 그 뇌가 어떻게 생겼나 확인해 보고 싶은 충동에 빠졌다. 저런 사고방식을 가지기도 쉽지 않을 것이다. 어지간한 미친놈이 아니라면 저런 사고방식을 가지진 않겠지. 또, 니드호그를 낳은 부모가 궁금해졌다. 아니, 아니지. 그 아버지에 그 아들이었지. 레스베르그를 기억해 보니 십분 이해가 가는군.

그는 빙그레 웃으면서 나키아 케이아르가 있는 주위를 빙글빙글 돌고 있다. 그러면서 니드호그는 내가 있는 것을 확인하고 팔을 들어 개조 인간들의 움직임을 무마시켰다. 그들은 마치 기계처럼 니드호그의 행동에 반응하면서 내 곁에서 일제히 물러섰다. 베리우스는 아직도 내가 친 뒤통수가 아팠는지 신음 소리를 내며 괴로워하고 있었다.

"아무도 그를 죽이라고 하지 않았어. 죽이지는 말고 사로잡으라고 로키님께서 명령하셨지."

니드호그는 질책하듯이 케이아르를 노려보고 있었다.

"어째서, 어째서 이들을 끌어들인 거지?"

하지만 케이아르의 관심사는 자신의 일족들이었다.

"이들은 너의 이야기를 듣고 자청해서 온 거야. 그러니까 내 탓은 아니지."

"……"

무책임하기 그지없는 니드호그의 목소리에 케이아르가 으드득 이를 갈았다.

"나키아 케이아르……"

루커스가 케이아르의 이름을 불렀다. 긴장이 고조되어 있었다.

계속해서 비명 소리는 들렸지만 그건 관심 밖의 일이었다. 마을을 태우는 악마 같은 불길이 거세어졌지만 아무도 움직이지 않았다.

그것은 아스가르드가 왔을 때에도 계속되었다. 베리우스와 나를 따라온 아스가르드는 마을의 모습을 보고 경악하고 있었다.

"어, 어떻게 돼가는 거죠? 사람들의 비명 소리가 들리는데 왜 아무도 뭐라고 하지 않는 건가요?!"

아스가르드의 맹한 말에 나는 한숨만을 토로했다. 보면 모르냐, 전쟁이 난 건 나로서도 어떻게 할 수 없단 말이다.

니드호그가 푸드덕 날갯짓을 하며 그 자리에 내려왔다. 녹색 장갑을 매만지면서 여유있게 발을 땅에 붙였다. 니드호그는 아스가르드를 바라보면서 다소 잔혹한 미소를 지었다. 아스가르드도 울보 녀석 주제에 은근히 대답없이 그런 니드호그를 노려보고 있었다.

"그래서 어떻게 하시겠다는 겁니까, 니드호그?"

케이아르는 입술을 질끈 깨물었다.

"자, 너희들은 저 카티스를 굳이 죽일 필요 없어. 그러니까 물러서."

니드호그가 땅에 내려서서 그 개조 인간들에게 지시하자 녀석들은 뒤로 물러섰다. 나를 가지고 노는 저 니드호그의 행동이 매우 마음에 안 들었다. 내가 이를 드러내고 으르렁거리자 니드호그가 씨익 웃었다.

"화라도 났나 보지?"

조소하는 저 녀석을 지금이라도 당장 죽여 버리고 싶었다. 그러나 니드호그의 안중에는 내가 없는 것 같았다. 니드호그는 케이아르에게로 고개를 돌리고 그를 다그쳤다.

"누가 저 녀석을 죽이라고 했지, 케이아르? 뭐, 저 은색 머리카락의 얼간이가 죽일 수 있을 거라곤 생각하지 않았지만."

케이아르 녀석이 약간이지만 움찔 동요했다. 하지만 그 나긋하고도 여유있는 얼굴이 변해 버릴 정도는 아니었다.

"그분께서는 너의 생각을 어느 정도 다 꿰뚫어보고 있어."

니드호그와 케이아르 사이에 보이지 않는 번갯불이 튀었다. 나는 그사이에 저 미친 녀석들을 내치고 도망갈까도 생각했다.

"저 바보가 그러다 죽으면 난 곤란하거든."

"누가 바보라는 거야!"

나는 건방진 니드호그의 말에 발끈했다.

『도발에 잘 속는다니까』

수다 검 녀석이 한심하게 중얼거렸다. 나는 검을 뽑아 들고 독룡 니드호그에게로 향했다. 니드호그가 그동안 나를 가지고 놀았던 걸 생각하면 치가 떨릴 지경이다. 녀석이 강했던 것은 사실이지만 지금의 나는 힘도 많이 되찾았고 지지 않을 자신도 있었다.

"날 가지고 노는 것은 용서 못한다, 이 독룡!"

나는 혀로 입술을 쓸어 내리면서 양손에 수다 검과 공갈 검을 잡고 자세를 낮추었다.

"덤비겠다는 거냐? 좋아, 난 재미있으니까. 어차피 죽이지만 않으면 되는 거잖아?"

니드호그가 날카로운 송곳니를 드러내면서 빙그레 웃었다.

"그건 내가 하고 싶은 말이다!"

니드호그의 날개가 파닥이자 상승 기류 때문에 녀석의 주위에 흙먼지가 동그랗게 밀려 올라왔다. 니드호그가 날아올랐을 때, 나는 녀석을 베어버리기 위해 놈이 내려오기만을 기다렸다. 니드호그의 금색 눈이 빛나고 있다.

케이아르는 그런 나와 니드호그를 바라보면서 사태를 수습할 생각으로 머리가 가득 차 있는 것 같았다. 그런 그에게 먼저 입을 연 것은 루커스였다.

"나키아 케이아르, 이제 그만 돌아와 주십시오."

그리고 연이어 녀석의 종족들은 그에게 머리를 조아렸다.

"아직 늦지 않았습니다."

"목표는 없어도 지켜야 할 것이라면 얼마든지 남아 있지 않습니까?"

한 놈씩 차례대로 자신의 의견을 토로했지만 나키아 케이아르는 가만히 그들을 지켜볼 뿐 침묵을 유지한 채였다.

"늦었어. 난 잊어버리지 않는다."

케이아르는 작은 목소리로 중얼거리고는 그들에게서 고개를 돌렸다.

"내가 직접 나서겠다. 절대 뺏기지 않겠어."

케이아르가 자신의 결심을 이야기하자 그들은 입술을 깨물면서 아련한 눈빛으로 케이아르를 바라보았다.

"나키아 케이아르……."

"과거는 잊어버리십시오. 당신의 나키아 엘다르도 그걸 원하셨습니다."

루커스는 고개를 숙였다. 그러나 케이아르는 돌아보지 않았다.

"이미 늦었어. 이렇게 된 이상 끝까지 간다."

케이아르의 목소리가 들려왔다. 하지만 난 더 이상 그들에게 주의를 기울일 수 없었다. 니드호그가 장갑을 벗고는 손톱을 세운 것이다.

"나키아!"

"나키아 케이아르!"

"나를 잊어라. 난 더 이상 나키아가 아니야."

케이아르의 목소리가 쓸쓸하게 들렸다. 그들은 고개를 숙였다. 그러나 아직도 아쉬움과 그리움이 남아 있는 모습이었다.

"나키아……."

"루커스, 어서 준비된 것을."

그의 재촉에 입을 다물고 있던 루커스는 고개를 끄덕였다.

"알겠습니다, 케이님."

곧 이어 내가 니드호그를 유인하기 위해 자리를 떠나 달리기 시작했기 때문에 더 이상 그들의 모습을 볼 수 없었다.

＊　　　　＊　　　　＊

니드호그는 날아오르며 손톱을 세우고 나의 어깨를 꿰뚫을 기세로 날아왔다. 과연 몸이 가벼운지 내가 휘두르는 검을 잘도 피한다. 나에겐 날개가 없기 때문에 니드호그와 같은 기동력은 없지만 땅 위에서의 싸움이라면 자신있었다. 제아무리 니드호그라 해도 공중전이 불리하다면 기술이 떨어지게 되어 있다.

"잔인하게 죽여주는 편이 더 재미있지. 안 그런가?"

난 피를 보는 것을 좋아하지만 죽일 땐 깨끗하게 죽이는 주의라서 저 니드호그 놈의 말을 잘 이해하지 못했다. 아니, 이해하고 싶지도 않다. 니드호그는 번개같이 날아 나의 뒤쪽에서 나타나 손을 뻗어 나의 어깨를 꿰뚫었다.

콰칙! 소리와 함께 뼈가 으깨지는 소리가 들렸다. 겉옷이 찢어지고 피가 튀었다. 니드호그는 붉게 번져 나오는 피를 보고 입가에 잔혹한 미소를 띠었다. 내 아까운 피가 튀어 놈의 얼굴에 붉은 얼룩을 만들었다.

"난 지금 너를 죽일 수 없으니 그냥 고통만 선사해 주도록 할게."

그것도 사절이야, 이 미친 독룡아! 나는 놈의 팔을 붙잡고 놈의 허리를 베기 위해 빙글 돌아 놈을 잡았다. 하지만 독룡의 또 다른 손이 오른쪽 가슴을 꿰뚫는 바람에 나는 커헉! 비명을 질렀다.

"앗, 빗나갔네."

일부러 그런 거면서 시치미 떼지 마, 이 재수없는 독룡아. 이를 악물고 나는 놈의 손을 빼내고 뒤로 물러섰다. 과연 빠르군, 독룡 니드호그!

니드호그는 붉은 피로 목을 축이면서 미소 지었다.

"손이 더러워졌네."

손에 묻은 피를 할짝할짝 핥아내며 니드호그는 푸념을 늘어놓았다. 그때 녀석에게서 틈을 발견한 나는 고통을 참으면서 놈의 심장을 노리고 검을 찔러 넣었다. 하지만 니드호그 녀석은 여전히 나에게서 주의를 떼고 있지 않았기 때문인지 간단히 피해서 빙글 날아올라 공중에 섰다.

"다음은 내 차례인가?"

니드호그가 다시 손을 뻗어 날았을 때 나는 살짝 놈을 피했다. 덕분에 왼쪽 얼굴에 손톱자국이 나긴 했지만 목이 날아간 것보단 나았다. 아무래도 저 녀석을 단번에 죽이는 것은 무리다. 날개라도 베어서 날지 못하게 하는 것이 더 좋을 것 같다.

"꺄아!!"

뭐야, 계집애의 목소리가!

우당탕 소리와 함께 집이 무너져 내렸고, 그 사이에서 긴 머리를 아래로 묶은 마른 몸의 아이 하나가 튀어나와 털썩 주저앉았다. 소녀의 눈 안에 비쳐진 공포가 니드호그를 응시하고 있었다. 하지만 니드호그의 목표는 나였다. 내가 그 계집애에게 한눈판 사이에 그는 나에게 손을 뻗었다.

"자, 고통을 느끼게 해주지, 카티스!"

손톱이 날카롭게 세워졌다. 얍삽한 날개가 등 뒤에서 푸드덕거릴 때마다 녀석의 손톱이 나를 꿰뚫기 위해 다가왔다.

나는 간신히 그것을 피했지만 놈은 매우 신난다는 듯 경쾌하게 웃었다. 묘안식과 같은 금빛 눈동자가 교차하면서 그 계집애를 향해서 손톱을 세웠다.

"아악!"

그 계집애는 멍청하게 도망갈 생각도 못하고 손으로 눈을 가렸다.

"멍청한 녀석, 피해!"

나는 그 계집애를 안아 들고 폴짝 점프했다. 불길로 타오른 집의 기둥이 쓰러져 불바다를 만들었다. 활활 타오르는 불길을 헤치며 은발 머리카락에 불의 검을 들고 있는 베리우스가 저벅저벅 걸어나왔다.

"그 녀석의 상대는 나야. 건드리지 마라!"

어느새 여기까지 오다니. 베리우스 녀석, 무식하게 힘만 센 것은 아니었나 보군. 나는 그 계집애인가 하는 녀석을 허리에 끼우고 검을 낮게 잡았다. 수다 검은 뒤쪽에 찔러 넣고 오른팔로 공갈 검을 의지했다.

"흥, 어리석은 얼간이 주제에."

니드호그가 베리우스를 향해서 빈정거렸다. 나는 그 둘 사이에 안 좋은 공기가 흐르는 상황을 포착하여 그 아이를 끼고 달리기 시작했다. 아스가르드도 나를 뒤쫓아서 다급하게 달려오고 있었지만 내 쪽이 훨씬 빨라서 내가 있는 곳까지 오기는 힘들 것이다.

그러나 베리우스와 니드호그는 내가 도망가지 못하도록 쫓아오기 시작했다.

"죽여 버리겠어, 카티스!"

"아니, 죽음보다 더한 고통을."

두 녀석은 아무래도 핀트는 어긋났지만 둘 다 나의 적인 것은 확실했다. 그러나저러나 내가 어쩌다가 이런 아이를 끼고 오게 됐지?

나는 숲으로 정신없이 달렸다. 숲까지는 불길이 번지기 전이었기 때문에 녀석들을 유인하는 데 지장이 없었다. 내가 들고 뛰고 있던 이 꼬마는 기절이라도 했는지 대답이 없었다.

숲으로 온 것이 다행이다. 이렇게 나무들이 빽빽이 가로막힌 곳은 니드호그가 잘 오지 못할 것이다. 나무들 하나하나를 가지치기하면서 오는 것은 힘들 테니. 남은 것은 베리우스인데…….

"뭐, 좋아. 아직 기회는 있어. 술래잡기도 재미있지."

니드호그가 잔인한 미소를 숨기며 하늘 높이 날아올랐다. 철수라도 하는 것 같았다. 독룡이 큰 원을 그리며 숲 위를 한 바퀴 돌고 어디론가 날아가 버리는 것을 보고 약간 안심했다. 그때 베리우스의 불검의 뜨거운 기운에 공갈 검의 검날을 길게 늘려 가로막았다. 과연 솔직하지 않은 공갈 검! 하지만 실전에선 꽤나 쓸모있는 기술이다.

"한눈팔지 마, 네 상대는 나야."

귀찮은 은발의 얼간이 녀석은 자이비엘의 검날에서 불을 내뿜으며 나를 쫓았다. 나는 놈의 무지막지한 힘이 실린 검을 막아내면서 한 발자국 폴짝 가볍게 뛰어 녀석에게서 떨어졌다. 그리고 녀석을 유인하기 시작했다. 비록 꼬마를 끼고 있기는 했지만 달리기라면 베리우스 녀석보다 내가 한 수 위다. 다행히 먼 곳에서 물소리가 들린다. 이 근처에 폭포가 있는 것 같았다.

『카티, 어떻게 하려고?』

어떻게 하긴 저놈은 멍청이니 속아 넘어가겠지. 나는 달렸다. 폴짝 뛰어 놈을 유인하고 마침내 폭포가 있는 곳까지 왔다.

『자이비엘은 불의 정령 검이긴 하지만……』

수다 검 녀석이 그렇게 말했을 때 나는 폭포 쪽으로 뛰어내렸다.

"아하하하하, 나에게서 도망가는 것은 그만둬! 내 손바닥 안임을 알아야지!"

나는 씩 입가에 미소를 띠며 폭포로 뛰어내리는 그 멍청이를 바라보았다. 나는 적당하게 비죽이 솟아나온 바위 위에 서서 물을 맞았고, 뛰어내리는 베리우스 녀석을 뒤에서 뻥 걷어차 주었다.

"카티스, 너 이놈!"

그냥 뛰어든 네가 바보인 거야, 이 멍청한 놈아. 그 멍청한 녀석은 우아하게 포물선을 그리며 폭포 밑으로 떨어져 갔다.

"으아아아—!"

풍덩—

놈은 폭포에 떠밀려 가버렸다. 고소하군.

『이번엔 머리를 좀 썼네, 카티. 그런데 베리우스가 조금 불쌍하지 않아?』

그럴 리가 없잖아.

나는 유유히 그곳에서 빠져나와 폭포 물 흐르는 곳 뒤쪽으로 걸어갔다.

천연 동굴이 있었지만 습기 찬 곳이어서 있을 만한 곳은 아니었기 때문에 숲 쪽으로 걸어갔다. 언제 니드호그가 나타날지 모른다. 게다가 이제 해가 떨어질 시간이 되지 않았던가. 베리우스 녀석을 유인하는 데도 이렇게 오랜 시간이 걸릴 줄은 전혀 몰랐다.

『일단 한시름 놓은 셈인데』

"젠장, 이제 저녁이니 어딘가 숨어 있어야지. 빌어먹을."

슬슬 배도 고파오는데 손안에는 식량이 없었다. 게다가 미드가르드가 아끼는 식기들도 가지고 올 시간이 없었다. 게다가 내 손안에는 이상한 꼬마가 있었다.

나는 아직도 팔에 끼고 있던 그 꼬마를 바라보았다. 역시 기절한 채였다. 나이는 이질리스보다 약간 어려 보이려나.

"이질리스! 너, 이 꼬마 좀 데리고 있어."

나는 이질리스 녀석을 끄집어내어 꼬마를 던져 주었다. 이질리스는 황당한 표정으로 그 꼬마를 안아 들었다.

『그거 식량이라고 잡아온 것은 아니겠지?』

수다 검의 약간 불안한 목소리로 물었다.

"그것도 좋은 생각이로군!"

나는 손을 마주치며 입맛을 다셨다. 그때 꼬마가 신음 소리를 냈다. 자기를 식량으로 잡아먹어 버린다는 내 말을 들었나 보다.

"으음."

소녀는 눈을 가늘게 떴다. 곧 깨어날 것이다.

『일단 쉴 곳을 찾는 것이 좋겠어. 식량도 없고… 게다가 식기도… 흑』

수다 검 녀석이 아쉬운 목소리로 말했다. 꼬마가 눈을 떴는지 부스스한 얼굴로 주위를 돌아보았다.

"응? 여긴 어디죠?"

꼬마는 고개를 갸웃거리면서 자신을 안고 있는 공갈 검을 바라보며 화들짝 놀랐다.

"절 구, 구해주셔서 감사합니다!"

지나치다 싶을 정도로 고개 숙여 감사를 표하는 꼬마의 모습에 이질리스는 황당한 표정을 지었다.

"난 구해주지 않았어. 저 사람에게나 인사해. 인사할 가치도 없는 사람이지만."

공갈 검 녀석이 배알이 꼴린 목소리로 나를 가리켰다. 차갑게 그렇게 말하며 흥! 하고 고개를 돌린다. 저 공갈 검 녀석!

"감사합니다, 전 에셀휜이라고 합니다. 이 은혜를 어떻게 갚을지……."

"좋아할 필요 없어. 난 널 노예 상인에게 팔아먹을 수도 있으니까."

내가 비아냥거렸지만 순진한 꼬마는 고개를 절레절레 저었다.

"그, 그래도 죽을 뻔한 걸 구해주셨잖아요, 정말 감사해요."

꼬마는 또 지나치다 싶을 정도로 고개를 숙여 인사했다. 아깐 잘 몰랐었는데 지금 보니 제법 예쁘장하게 생겼다. 혹시 어린 시절엔 성별이 없다는 옐 족이나 아시르 인인 걸까.

『만나서 반가워요, 꼬마 아가씨. 전 미드가르드라고 해요~』

수다 껌 녀석이 자기 위치를 망각한 채 방실 웃는 목소리로 에셀휜에게 말했다. 꼬마는 껌이 말한 것보다 자기를 아가씨라고 부른 것에 더 얼굴을 붉히고 있었다.

"저, 전 아가씨가 아니에요."

『아무렴 어때요? 저기 아가씨를 구해준 심술맞게 생긴 녀석은 카티스, 저기 푸른 머리의 소년은 이질리스라고 해요』

누가 너에게 물어봤냐. 미드가르드는 소개가 자신의 담당이라는 듯이 신나게 이야기했다. 그런 미드가르드의 실없는 행동에 에셀휜은 안심이 된다는 듯 얼굴에 미소를 띠었다.

예쁘군. 나중에 아름다운 아가씨가 되겠어. 엷은 색의 머리카락에 초롱초롱한 눈, 하얀 살결의 아름다운 소녀로 아름답게 성장할 가능성이 높은 꼬마로군.

"정말 감사합니다, 카티스 씨."

"그 '씨'라는 호칭은 빼고 불러. 귀찮으니까."

내가 손을 휘휘 내저었다. 에셀휜은 방그레 웃었다.

"아, 그러고 보니 카티스 씨는……."

내가 귀찮다는 듯 손을 내저었을 때 에셀휜이 손뼉을 치며 뭔가 알았다는 듯한 표정을 지었다. 퍼뜩 정신이 든다는 듯 허무하게 입에서 내뱉은 말은…….

"현상금 수배서에서 본 얼굴이군요!"

『헉!』

어느 멍청이가 나에게 현상금을 걸어놓은 거야?! 기분 나빠진 나는 주먹으로 나무를 쳐서 가볍게 그것을 쓰러뜨렸다. 에셀휜이 두려워하면서 나에게서 떨어져 이질리스에게 슬금슬금 다가갔다. 꼬마는 어깨를 떨면서 조심스럽게 말했다.

"알타크나령의 현상금 수배서에 당신의 얼굴이 그려져 있었어
요. 좀 더 악마같이 보이긴 했지만 당신이 확실해요."

내 잘생긴 얼굴을 그렇게 했단 말야? 바르하시온인지, 로키인지,
알타크나의 얼간이 왕인지 두고 보자.

『자, 자, 그만 니드호그를 피해서 묵을 곳을 찾자고.』

분하지만 미드가르드의 말이 옳았다. 나는 씩씩거리면서 일단
피로를 풀 만한 곳을 찾았다. 보통은 하루 온종일 싸우고 한 달 동
안 피를 안 마셔도 피곤함을 느끼지 않는 나였지만 계집애가 될
밤이 두려워 발걸음이 빨라졌다.

나는 수다 검 놈의 말에 따라 숲이 우거진 곳에 자리를 잡았다.
그리고 뭔가를 먹어야 하기 때문에 가는 도중에 짐승 몇 마리를
잡았다. 수다 검 녀석이 뭔가를 만들어주겠지.

우리는 흐르는 시냇가가 있고 수풀이 우거진 곳에 자리 잡았다.
에셀훤은 수다 검 녀석의 흔해 빠진 수다가 마음을 풀어주었는지
더 이상 어깨를 떨거나 하지는 않았다.

『그런데 에셀훤은 아까 그 마을 사람인 거야?』

"아뇨, 전 다른 곳에서 심부름 왔어요."

『어디서 왔는데?』

"알타크나에 있는 작은 마을에서요."

에셀훤이 웃으면서 수다 검의 수다에 대답했다. 에셀훤은 말하
는 칼을 보아도 하나도 신기하지 않은 것 같았다. 아니면 아까 마
을에서 벌어진 상황 때문에 사고 능력에 이상이 생긴 것인지도 모
른다.

『거기서 여기까지 심부름을 온단 말야?』

"절 키워주신 고마운 분이 시키신 것인걸요."

『그래도 너무하는군, 이런 귀여운 아이에게.』

수다 검 녀석은 밤이 되어가니 신나는지 그 가벼운 입을 주체 못하고 있다. 쳇.

『그럼 알타크나에 가는 길에 아가씨를 데려다 주면 되겠네.』

"뭐야?"

나는 눈썹을 씰룩 움직였다.

"전 아가씨가 아니에요. 전 그냥 남자애라고요."

에셀휜이 당황하면서 정정하기는 했지만 문제는 그게 아니다. 이 꼬마를 데려다 준다거나 하는 것은 무리다. 안 그래도 니드호 그 녀석이 달라붙어서 기분 나빠 죽겠는데.

"안 돼! 이애는 알아서 자기 갈 길을 가라고 해."

『냉정한 자식, 피도 눈물도 없군.』

난 남의 일보다 내 일이 더 중요한 라그나란 말이다.

『카티, 가는 길에 데려다 줘도 되잖아. 이렇게 귀여운 애를 누군 가 다치게 하거나 하면 어떻게 하려고.』

그렇게 데려다 주고 싶으면 네가 하면 되잖아, 이 색골아! 난 사 람 좋은 너 같은 놈이 싫어. 이것저것 잡다한 일에 말려들게 되니 까.

"시끄러워! 피를 빨고 먹어버리지 않은 것만 해도 다행으로 알 라고!"

그 말에 수다 검 녀석은 툴툴거렸다. 일단 불을 피우고 그곳에 앉았다. 망을 볼 놈이 필요했기 때문에 이질리스 녀석을 앉혀두었 다. 창백한 얼굴을 보니 녀석의 상처가 아직도 아물지 않은 모양 이다.

멍청한 녀석, 그러게 그런 건 잊어버려야지. 그렇게 마음속에 끌어안고 살기 때문에 상처가 낫질 않는 거란 말이다.

새까만 밤이 찾아왔고 예상대로 난 계집애의 몸이 되었다.

예나 지금이나 마법사 녀석의 무리들은 날 항상 신경 쓰이게 한다. 100여 년 전에는 자유롭기 그지없었던 내가 지금 왜 이런 고생을 해야 하는 걸까. 즐겁게 생각하면 경쾌하게 싸움을 즐길 수 있는 계기라고도 할 수 있겠지만 밤에 계집애가 된다는 것만은 참을 수 없다. 덧붙여 나키아 케이아르나 니드호그, 그리고 그 빌어먹을 로키라는 놈의 손에서 놀아나야 하는 것도 기분 나빴다. 로키라는 놈은 얼굴 한번 보지 못했지만 카나, 그 빌어먹을 여자와 함께라니 더 더욱 싫다.

"에에?! 카티스 씨, 혹시 여자로 변한 거예요? 아니면 밤에는 여자로 변하는 종족인가요?"

에셀휜이 눈을 동그랗게 뜨고 그렇게 물었다.

곧 이어 미드가르드 녀석이 수다쟁이 검신에서 나와 키가 훤칠한 남자로 변하는 것을 보고 꼬마는 이번에도 눈이 휘둥그레졌다.

"어어어어어, 어떻게!"

"그렇게 놀라지 마, 에셀휜. 나도 이질리스와 똑같은 존재라고."

수다 검 녀석이 웃으며 검지손가락을 내밀자 에셀휜은 고개를 갸웃거리며 이질리스를 바라보았다. 이질리스는 '흥!' 소리를 내며 고개를 옆으로 돌렸다. 약간 얼굴을 찡그리는 것으로 보아 아직도 상처가 욱신대는 모양이다. 역시 에셀휜은 모르겠다는 눈치다.

"저 형은 어디 아픈 거예요?"

"음… 하지만 에셀휜이 보호해 주면 나을 거야."

수다 검 녀석이 이를 반짝이면서 말했다. 에셀휜은 수긍한다는
듯이 고개를 끄덕인다. 에셀휜은 이질리스를 보다가 다시 나와 미
드가르드를 번갈아가면서 바라보았다.

"그나저나 두 분 다 저, 정말 신기한 능력을 가지고 계시네요."

"시끄러워! 능력은 얼어죽을! 난 이런 거 딱 질색이란 말이다."

나는 저기압이 되어서 자리에 앉아 장화를 벗어 던졌다. 헐렁헐
렁해진 옷이 귀찮다. 지금 보니 에셀휜보다 내가 겨우 조금 더 큰
정도로군. 재수없어라.

"원래 저 녀석은 여자가 되면 안 그래도 신경질적인 녀석이 더
신경질적이 되어버려. 그러니까 카티나에게는 가까이 가지 마."

"아, 네."

에셀휜은 뭐가 그렇다는지 알 순 없었지만 고개를 끄덕였다. 이
질리스가 자기 나이 또래에 가장 가깝다고 믿고 있는 에셀휜은 이
질리스에게 말을 걸어보았지만 이질리스는 차갑게 외면하며 아무
런 말도 하지 않았다. 하지만 겉보기 나이로 따지면 이질리스가
가장 가까워 보여서 그런지 에셀휜은 붙임성있으면서도 다가가기
힘든 수다 검 녀석보다 이질리스 쪽에 호감을 느끼고 있는 것 같
았다.

"리스 형은 어디 아파요?"

리, 리스?

난 공갈 검 녀석을 항상 이질리스, 사검, 공갈 검이라고만 부르
기 때문에 이질리스의 이름을 줄일 생각은 해본 일이 없었다. 하
지만 에셀휜은 자기가 부르기 쉬운 대로 이질리스의 이름을 리스
라고 마음대로 줄여 불렀던 것이다. 이질보다는 리스가 더 낫다고
생각하기는 했지만 어쩐지 흔한 이름이 되어버려서 그렇게 부르

는 것이 꺼려졌었는데……. 그나저나 저렇게 이질리스에게 친근하게 다가가는 녀석은 처음 본다. 이질리스도 약간 당황하고 있었다. 에셀휜, 저 꼬마가 어쩌면 이질리스를 잘 구워삶을 수 있을지도 모르겠다.

"그럼 나는 식사를 만들게. 저녁 기대해 줘! 식기가 없는 것이 좀 가슴 아프긴 하지만."

미드가르드 녀석이 재주껏 식사를 만들겠다고 방긋 웃었다. 물론 그 녀석은 사검으로 잡아온 짐승들의 배를 갈랐다. 사검 녀석의 안색이 파리해졌지만 결국 피를 마시진 않을 테니 상관없을 것이다. 지금 쓸 수 있는 검이 이질리스밖에 없는 것도 사실이거니와.

미드 녀석이 서둘러서 곧 밥을 먹을 수 있었고 밤은 깊어갔다. 사방은 조용하고 오직 풀벌레 소리와 바람 소리만이 들릴 뿐이었다. 쏟아져 내릴 듯한 별이 한가득 채운 밤하늘에 짐승이 다가오지 못하도록 피워놓은 모닥불이 타닥 소리를 내면서 튀었다.

수다 검과 나만이 그곳을 지키며 앉아 있었다. 에셀휜이라는 아이는 이질리스에게 기대어 잠든 모양이다.

"카티, 알타크나에서 너에게 수배령을 내린 모양이야."

"그래서?"

나는 관심없다는 듯 나뭇가지를 불꽃 안에 던져 넣었다. 수다 검은 고개를 숙인 채 말을 계속했다.

"수배령을 내린 것은 케이아르가 아니야. 다른 사람이겠지. 케이아르가 원하는 것은 너의 죽음이지만 알타크나의 사람들은 널 생포하길 바라고 있어."

"그래?"

여전히 나는 관심없다는 듯이 반문했다.

"케이아르는 예전엔 무뚝뚝하긴 했지만 그런 앤 아니었는데."

"너, 나키아 케이아르와 아는 사이냐?"

어지간한 녀석, 여기저기 아는 놈도 많군. 오지랖이 넓기도 하지. 물론 다 쓸모없는 것들인 것이 문제지만. 과연 이 녀석은 나이를 많이 먹었다. 겉보기론 20대 초반으로 보이지만, 시실 이놈은 나보다 훨씬 나이가 많다. 그렇기 때문에 아는 사람도 훨씬 많을 것이다. 내가 아는 놈이라곤 이미 다 죽었겠지. 이름 모르는 그 여행자나 뭐, 베리우스 같은 녀석이 있긴 하지만 수다 검처럼 많지는 않을 것이다. 나는 사람을 사귀는 것보다 죽이는 것에 익숙한 타입이니까.

"좀 그렇게 됐어. 내가 원래 사교성이 좋잖아?"

저 능글맞은 녀석이 웃는 것은 좀 기분 나쁜걸.

"그 썩어 죽을 사교성, 갖다 버려."

미드가르드 녀석은 내가 발로 정강이를 차자 신음 소리를 냈다.

멍청한 녀석, 피할 수 있으면 피할 것이지.

"나키아 케이아르가 원하는 것은 어쩌면 복수일지도 몰라."

"복수? 나한테? 난 사람을 무의식 중에 대량으로 죽였지만 그런 생존자는 남긴 일 없어."

나는 뒤로 몸을 젖혔다. 나뭇가지 사이로 보이는 까만 하늘에 별이 반짝이는 것이 보인다.

"그게 아니라 알타크나의 지배자에게."

"지배자라고?"

"그래, 케이아르의 종족은 검을 지키는 종족이지. 검의 힘이 남아 있는 마검의 무덤을 지키는 역할이었어."

"그래서?"

"하지만 로키와 바르하시온이 그것의 힘을 필요로 했지."

"그래서 그 수호 종족을 전멸시키고 힘을 탈취했다라는 것인가?"

나는 뻔한 녀석의 의견에 어깨를 으쓱했다. 피곤하기는 했지만 그다지 잠은 오지 않았다. 그러나 에셀휜은 피곤한 듯 곤히 잠들어 있다. 이질리스도 나무에 몸을 기댄 채 휴식을 취하듯 눈을 감고 있었다. 녀석은 계속 피로함을 느끼는 모양이다. 별로 하는 것도 없는 주제에.

"그런 거지 뭐."

"그런데 왜 날 죽이면 녀석에게 복수가 되지?"

"알타크나의 계획 때문이 아닐까? 알타크나에서는 널 필요로 하고 있어. 네가 필요한 존재라는 거겠지. 그런 네가 없어져 버리면 나름대로의 복수가 되지."

"쳇."

지겹군. 내가 왜 알고 싶지도 않은 이런 일과 관계해야 하는 건지 모르겠다.

"인기있는 자의 설움이라고 생각하고 포기해, 카티."

수다 검 녀석이 자기 일 아니라고 풋, 하고 미소 지었다. 나는 녀석을 한 대 더 때려주었다.

"그나저나 저 에셀휜이라는 아이, 이질리스의 곁에서 잠들었네."

미드가르드가 이질리스의 옆에서 잠들어 있는 에셀휜을 보고 한숨을 쉬었다.

"왜 저런 무뚝뚝한 녀석 옆에서 자는지 이해가 안 가는걸."

"이질리스가 이 중에서 에셀휜과 가장 나이가 비슷해 보이잖아."

이질리스도 인간의 나이로 치자면 실제론 몇백 살이 넘는 늙은 이일 텐데 겉보기로 속다니. 에셀휜은 모르겠지.

"흥, 귀찮게시리 왜 저런 혹이 달려 버린 거지?"

귀찮아. 내가 왜 저런 꼬마애를 구했는지 모르겠다. 나도 참 바보 같은 자식이다.

"그래도 이질리스가 의외로 잘 보살피는 것 같아 다행인걸."

"그런가."

별로 싫은 내색하지 않고 그 계집애를 곁에서 자게 해주는 것을 보니 그럴지도 모르겠다. 어쩐지 이질리스 녀석도 마음을 놓고 있는 듯하다.

"하지만 저 계집애를 데려갈 순 없을 텐데, 그냥 죽여 버릴까? 맛있을지도 모르고."

"아직 여자애는 아니지. 아직 성별이 없는 아이야. 아무리 너라고 해도 아직 성별이 없는 아이는 건드리지 않을 거 아냐?"

나는 입술을 깨물었다.

"쳇, 밤에는 제약이 있고, 내가 이게 또 무슨 꼴이지? 간만에 마법이 풀렸다고 생각했었는데. 젠장할."

또다시 그 마법사 계집애 때문에 속이 상해온다. 여자의 몸이 되면 능력도 현저하게 떨어져 버리기 때문에 이런 몸으로 꼼짝없이 숨어 있어야만 하다니.

"하긴 누군가가 공격할지도 모르지. 여러모로 조심하는 게 좋아."

"무슨 수로 공격해? 녀석들은 여기가 어디인지도 찾지 못할 텐데."

찾는 것이 어려운 일은 아니지만 니드호그라면 날 찾으러 다니
진 않았을 것이다. 그 녀석은 함정을 파놓고 먹이가 걸리길 기다
리는 타입이라고 생각한다.

"사냥개를 풀어놓는다던가?"

"그깟 개 같은 짐승들에겐 안 들켜."

수다 검 녀석이 쓴웃음을 지었다.

"하지만 들킨 것 같은데?"

"무슨 말이야?"

나는 눈을 크게 떴다. 미드가르드가 일어섰다. 미드가르드의 녹
색 눈이 어둠 속에서 반짝이고 있었다.

"누군가 있어."

녀석은 폭포 소리가 들리는 쪽으로 고개를 돌리며 몸을 일으켰
다.

"어서 에셀휀을 깨워, 카티스."

"젠장할!"

여하간 도움이 안 되는 녀석들만 잔뜩이다. 내 식량인 그 아스
가르드 녀석도 없고 힘도 너무 약해져 있었다.

"이대로 어디로 도망치려고?!"

미드가르드가 당황하면서 물었다.

"니드호그에게 걸리면 힘들 거 아냐!"

니드호그 녀석이라면 날 죽도록 괴롭혀 준 후 알타크나의 바르
하시온에게 끌고 갈 것이다. 아니, 바르하시온이 아니라 로키일지
도 모른다.

"그야 그렇지만!"

미드가르드가 별로 없는 짐을 챙기고 이질리스와 에셀휀을 깨

웠다. 에셀휜은 어리둥절해하면서 일어섰다.

바스락!

수풀을 헤집고 나오는 소리가 들려왔다. 그것은 인간. 인간이었
다. 다행스럽게도 니드호그는 아니었다.

"뭐야, 니드호그는 아니었네. 괜히 걱정했잖아!"

내가 옷을 툭툭 털면서 한숨을 내쉬자 미드가르드가 당황한 듯
고개를 돌렸다.

"조심해!"

미드가르드의 목소리를 듣고 나는 뒤로 물러섰다. 살기조차 느
끼지 못했는데 짐승처럼 검은 물체가 튀어나왔다.

만일 자세를 낮추고 그 빠른 물체를 피하지 않았다면 내 몸은
이미 두 동강이 나 있었을 것이다.

"아앗!"

나 대신 에셀휜이 소리쳤다. 그것은 인간이었다. 그러나 보통 인
간은 아니었다. 감정도, 자신의 생각도 나타내지 못하는 그런 인간
이었다.

바로 바르하시온의 개조 인간이었던 것이다.

"어, 어떻게 된 거예요?"

에셀휜이 어깨를 가늘게 떨면서 두려운 눈으로 그 인간이라고
하기 힘든 존재를 바라보고 있다.

"아, 괜찮아. 지명 수배범이니까 이런 일도 있어야지."

수다 검 녀석은 친절하게도 그 꼬마한테 설명해 주었다. 그 설
명 같지도 않은 설명을 듣고 에셀휜은 수긍한다는 듯이 고개를 끄
덕였다.

"그런데 그 파란 머리의 리스 형은?"

"그 녀석은 저 검 안에 들어갔지. 나와 똑같은 거야."

꼬마는 미드가르드의 품 안에서 고개를 갸웃했다.

"헤에……."

에셀휜은 놀랍다는 듯 고개를 끄덕였다. 미드가르드는 그런 에셀휜의 작은 몸을 안고 살짝 공중으로 뛰어올랐다.

"개조 인간 정도는 알아서 할 수 있지? 네 말대로 이애는 내가 맡아두도록 할게."

얄미운 목소리로 수다 검 녀석이 그렇게 말했다.

쳇, 그래도 베리우스 정도의 미친 녀석을 상대하는 것보다는 이쪽을 상대하는 것이 훨씬 쉬울 것이다.

그 녀석은 인간이지만 마치 인형처럼 움직이고 있었다. 살기도, 의지도 느낄 수 없기 때문에 좀처럼 어딜 공격하려고 하는지 감을 잡기 힘들 정도였다.

파앗!

그 녀석이 투 핸드 소드를 나에게 향했을 때 나는 아슬아슬하게 그것을 피했다.

"쳇, 저 인형 같은 녀석이 잘도……!"

뺨에 약간의 상처를 입고 나는 입술을 질끈 깨물었다. 그 녀석은 지치지도 않는지 또다시 양손을 들어 검을 휘둘렀다.

나는 검을 피해 뒤쪽으로 훌쩍 뛰었다. 수다 검 녀석의 날갯짓 소리가 들려오는 것으로 보아 녀석은 내 주위를 맴돌고 있는 것 같다.

나는 작전상 후퇴하기로 했다. 기계와 같은 정확성을 가진 저 녀석을 상대하기엔 이 몸은 너무 불리했다.

나는 가벼운 몸에 가속을 가하면서 지그재그로 숲의 나무를 밟고 점프했다. 나는 그를 베리우스 놈이 떨어진 폭포 쪽으로 유인했다.

나는 폭포의 바닥을 짚고 뛰어내렸다. 그러나 그 존재는 나를 바싹 쫓아오고 있었다. 나는 닿을 듯 말 듯한 거리에서 달리면서 녀석을 유인했다. 그리고 절벽이 나타나자 풀쩍 뛰어올라 녀석의 주의를 분산시켰다.

그 역시 고개를 들었을 때 나는 사검 이질리스를 뻗어 녀석의 팔을 베었다. 물론 녀석의 심장을 노린 것이었지만 안타깝게도 아슬아슬하게 비껴 나간 것이다.

그러나 그 괴물 같은 녀석은 전혀 아픈 내색을 하지 않았다. 통증을 느낄 수 없으니 두려움도, 망설임도 없었다. 그러나 내가 이곳 폭포로 녀석을 유인한 것은 녀석의 주의를 분산시킬 수 있기 때문이었다.

게다가 무엇보다도 몸의 유연함과 빠르기는 내가 우위가 아니던가. 녀석은 팔에서 피가 흐르는데도 전혀 내색하지 않았다. 그 녀석은 나에게 다가왔다. 그러자 나는 기다렸다는 듯이 녀석의 다리를 베었다. 그 녀석의 검이 내 어깨에 상처를 냈지만 그보다 저 괴물을 처치하는 것이 우선이었다. 나는 상처난 다리를 오른발로 걸어 넘어뜨리고 그 녀석을 발로 세게 차서 폭포 아래로 떨어뜨렸다.

쏴아아―!

폭포는 끊임없이 흘러내리고 얼굴도 기억할 수 없는 개조된 인간은 폭포 밑으로 떨어져 버렸다.

"휴우~ 살았다."

나는 땀을 닦으면서 돌아섰다. 아니, 돌아서려고 했다. 그러나 눈앞에는 갈색 머리의 케이아르가 서 있었다.

"거기까지야."

"나키아……."

날 이곳으로 유인한 것은 저 녀석이었던가! 케이아르의 나긋한 목소리와 함께 엄청난 통증이 전해져 왔다. 저 녀석이 사술이라도 쓴 것인가.

"카티스!"

푸드덕 소리와 함께 수다 검 녀석이 근처에서 나를 보았는지 외쳤다. 나키아 케이아르는 고개를 올려 근처에 미드가르드가 있음을 확인했다.

"역시나 빠지지 않는군."

그는 입술을 깨물었다. 녀석은 나에게 다가오고 있었다. 손 안에는 평범한 검이 들려 있었다. 그의 손 안에 있는 칼날은 나를 향하고 있었다.

"나키아 케이아르. 이 자식, 결국 나를 죽이겠다는 거냐?"

나는 비아냥거리듯이 그렇게 말했지만 케이아르는 생각보다 강한 힘으로 내 양 손목을 잡고 그 자리에 쓰러뜨렸다. 내가 이대로 당한 것은 녀석의 사술에 포박되었기 때문이다. 나는 식은땀이 흐르는데도 불구하고 피식 미소 지었다.

"역시 네 녀석도 나를 죽여서 복수하면 그만이라는 듯이 생각하고 있군."

케이아르의 갈색 눈동자에 나의 모습이 비춰 있었다.

날갯짓 소리와 함께 수다 검 녀석이 저쪽에서 날아오는 것이 보였다. 녀석은 별로 걱정 안 하면서 항상 이런 때만 궁상을 떤다. 녀석의 안색이 파리해져 있다.

"카티스!"

도움이 안 되는 미드가르드 녀석과 에셀휜의 모습이 보였다. 검은색 눈동자의 소녀는 나를 바라보고 있었다.

"케이아르……."

"미드… 가르드인가?"

미드가르드가 서서히 다가가려고 했지만 케이아르는 씨익 웃으며 나의 왼쪽 가슴에 단도를 들이밀었다.

"그만둬. 복수는 아무 소용 없는 거야. 그건 너도 알고 있는 사실 아닌가?!"

수다 검 녀석이 한 발자국씩 나에게 다가왔다. 바로 옆에 이질리스의 칼날이 있는데도 그걸 잡을 수도 없다니 분통이 터졌다.

"역시 당신은 잘 알고 있군."

"케이아르… 그만둬. 그를 죽인다고 해도 바르하시온은 눈 하나 깜짝하지 않을 거야. 그렇게 되면 넌 네가 있을 곳으로 돌아갈 수 없을 거야."

미드가르드가 외쳤지만 케이아르의 얼굴 표정은 전혀 변하지 않았다. 그 녀석은 여전히 나의 심장을 찌르려 하고 있었다. 케이아르가 미드가르드의 설교를 듣고 잠시 말이 없다가 얼마 후에 큰 소리로 웃었다.

"하하하하! 웃기는군."

"케이아르?"

실성한 듯한 케이아르의 웃음소리에 미드가르드가 눈을 휘둥그레 떴다.

"당신은 내가 바르하시온에게 복수하는 거라고 생각한 건가?"

"……?"

의혹을 품은 수다 검의 눈에 케이아르와 나의 모습이 비치고 있
었다.

"물론 그가 나의 종족을 멸족시킨 것은 사실이야."

그는 서서히 칼날을 들었다.

"하지만 난 그보다 더 증오하고 있는 인물이 있지."

"……"

미드가르드는 불안해하고 있었다. 녀석은 섣불리 움직이지 않으
며 그 자리에 서 있는 채였다. 폭포를 타고 올라오는 거센 바람에
날려 그 큰 날개가 흔들렸다.

"바로 당신, 미드가르드. 당신이 우리 마을에 오지 않았더라면
그런 일은 없었겠지. 당신은 만들어진 마검, 당신의 눈을 통해서
바르하시온 공작은 모든 것을 볼 수 있지 않은가!?"

그는 그 이름을 담아 더럽다는 듯 입을 거칠게 칼을 들고 있지
않은 손등으로 훔쳐 냈다.

"그, 그런……!"

미드가르드는 당황하고 있었다. 미드가르드의 입술이 바르르 떨
리고 있다.

"당신은 그럴 계획으로 우리 마을을 찾아왔던 거잖아! 그걸 알
고도 뻔뻔스럽게 찾아온 이 위선자!"

케이아르의 증오가 깃든 그 낮은 목소리에 미드가르드는 입을
다물었다. 아니, 입을 열려 해도 녀석의 중압감으로 짓눌리고 있었
을지도 모른다. 그는 힘들게 다시 그 입을 열었다.

"나, 난 모르는 일이야. 아니, 아냐. 네 말대로 알고 있었을지도
몰라. 하지만 진심이었어. 당신들에 대한 마음만은 진실이었다고."

미드가르드는 한 방 먹은 사람처럼 중얼거렸지만 케이아르에게

는 그 목소리를 진실로 받아들일 마음이 없었다.

"상관없어. 난 지금까지 당신에게 복수하기 위해 알타크나의 성으로 들어갔던 것이었으니까."

그는 나를 바라보았다. 케이아르는 말을 이었다.

"하지만 당신은 저 가넬 족에게 얽매여 있더군."

"나키아……"

미드가르드가 흐트러진 모습으로 고개를 들었다. 미드가르드는 약간 슬픈 표정을 지었다.

"죽이겠어. 그럼 당신도 알겠지, 소중한 가족을 잃어버린 슬픔을."

그 녀석은 진심이었다. 설마 지금까지 나를 괴롭힌 것은 저 바보 수다 검을 괴롭히기 위해서였단 말인가!

"이거 놓아줘, 이 병신아!"

이대로 이렇게 죽고 싶은 마음은 없단 말이다! 나는 이를 박박 갈면서 케이아르의 손을 뿌리치려고 했지만 소용없었다. 나키아 케이아르가 이렇게 힘이 셌던가?

"그럴 수 없지. 당신은 죽어야 해, 카티스."

나키아 케이아르, 이 자식, 날 정말로 찌르려고 한다.

"이 미친놈! 이거 놔!"

라고 해도 놓아주는 놈이 바보이겠지만. 젠장할, 미드가르드 녀석은 왜 저런 놈에게 미움을 받아서 나를 고생시키는 거야! 케이아르 놈도 그렇지, 미드가르드에게 복수하려고 했으면 그놈에게 직접 하면 될 거 아냐!

"당신이 그만큼 집착하고 있는 상대는 이 녀석뿐이지. 당신은 항상 자신에 대한 이야기를 하지 않았어. 하지만 그 행동을 보면 알 수 있어. 당신이 그를 소중하게 생각하고 있다는 것을. 당신은 아니라고 부인하겠지. 그러나 나는 느낄 수 있었어. 부드러운 껍질에 휩싸인 차디찬 당신의 마음이 약간이나마 동요하고 있다는 것을."

케이아르의 목소리가 떨리고 있었다.

"케이아르……."

미드가르드가 허공을 바라보듯 케이아르를 응시하며 그 이름을 불렀다. 미드가르드는 케이아르에게 약간이라도 양심의 가책을 가지고 있는 것일까.

폭포의 시원한 소리를 제외하곤 아무것도 들리지 않았다.

잠시 침묵에 싸여 있었다. 케이아르도, 미드가르드도 더 이상 서로 대화하지 않았다. 단지 한쪽 구석에서 오들오들 떨고 있는 에셀휜만을 볼 수 있었을 뿐이다. 에셀휜은 상황은 잘 모르지만 내가 케이아르에게 죽임을 당하게 생겼다는 것만은 알고 있을 터였다. 미드가르드의 입술이 파리해졌고 그는 케이아르에게 손을 들어 무언가 말하려고 했다.

"가까이 오지 마, 살인자."

"케이아르, 난, 나는……."

이 자식들이 날 아예 무시하고 있군. 나는 공갈 검에게 손을 뻗으려고 했지만 케이아르 녀석이 내 오른쪽 어깨를 칼로 찌르는 바람에 그만 신음 소리만 내고 행동을 저지당했다. 내가 다칠 때마다 수다 검 녀석의 얼굴이 묘하게 일그러졌다.

"아하하하하, 어때? 당신의 소중한 사람이 죽어가는 모습이!"

누가 죽어간다는 거야, 아직 죽고 싶은 마음조차 없단 말이다.

이런 잔상처 따윈 얼마든지 재생한다고!

"난 이것보다 더한 고통을 받아왔어. 그건 당신도 알고 있을 텐데?"

"알아, 나도 소중한 사람을 잃어버렸으니까."

미드가르드가 천천히 이쪽으로 걸어오면서 말했다. 달빛을 받아 그의 얼굴은 더 파리하게 보였고 여느 때의 그와는 달라 보였다. 슬프게 보이기도 하고, 또 차갑고 이지적으로 보이기도 했다. 녀석의 뒤에서 하늘하늘 움직이는 검은 날개는 그 깊은 정적을 더하고 있었다.

"아니, 이런 것만 가지고는 모를 거야. 당신은 나처럼 잃어버린 경험이 없을 테니까."

케이아르는 여느 때와는 달리 감정적이었다. 그 녀석의 감정적인 모습을 본 것은 이번이 처음이었다. 항상 나긋하고 냉소적인 얼굴로 나를 골탕 먹이곤 했던 그 녀석에게 이런 면이 있을 줄이야. 아마 자신의 종족을 보았기 때문이리라. 그래도 하나도 안 반갑다.

"넌 마치 나를 보고 있는 것 같아, 케이아르."

케이아르와 미드가르드는 아는 사이였던 것 같다. 미드가르드는 바르하시온이란 미치광이에 의해 만들어진 마검, 이름없는 마검, 이그드라실의 마검들 중에 하나였다. 그들을 만든 것은 그 미치광이 공작인데 케이아르의 말에 따르면 미드가르드와 같은 마검이 보고 들은 것을 모두 보거나 들을 수 있는 모양이다.

그렇다면 내가 아무리 숨어 다녀도 왜 알타크나의 놈들에게 잘 들키는지 이해가 갔다. 그래도 지금은 마음 편하게 상황을 따지면서 이해하고 있을 만한 상황이 아니었다.

케이아르 녀석이 단도를 내 목에 찍으려던 찰나였다. 솔직하게 말하면 나는 아무리 깊은 상처라도 치유해 낼 수 있는 힘을 가지고 있다. 하지만 그것도 목과 몸이 분리되지 않았을 때의 이야기이다. 심장을 관통당해 꼬챙이처럼 된 채 100여 년 간 잠들어 있었던 것도 다 상처 치유를 위해서였다. 그런데 만일 케이아르가 내 목을 자르기라도 한다면 그때와는 상황이 다르고, 정말 그렇게 되면 죽을지도 모른다.

"자, 죽어라. 그에게 그만한 아픔을 맛보게 해줘."

미드가르드의 녹색 눈이 달빛을 받아 금빛으로 보였다. 미드가르드 녀석은 말없이 분노하고 있었다. 왜일까. 미드가르드가 나를 주인으로 받아들었던 것도 아니고, 그렇다고 해서 신주 단지처럼 여겼던 것도 아니다. 그렇다면 녀석은 왜 내가 죽을지도 모른다는 생각을 하며 분노하고 있는 걸까. 아니면 케이아르에게 그런 짓을 한 자기 자신에게 분노하고 있는 것일까.

나는 더 이상 가만히 있을 수 없어서 케이아르가 잡은 손목을 세차게 흔들어 풀어내려고 했으나 허사였다. 케이아르의 힘은 강했다. 내가 계집애 몸이어서 그런 것도 사실이지만 수다 검에 대한 분노가 케이아르의 힘을 이끌어내고 있었던 것이다.

"이 자식, 이거 풀어!"

내가 저항해 보았지만 풀려나는 건 쉬운 것이 아니었다. 그리고 그렇게 될 리도 없다.

"자, 죽어라."

"카티!"

수다 검, 미드가르드의 얼굴에 애달픈 녀석의 또 다른 얼굴을 보았다. 항상 수다스럽고 사람 좋기만 했던 그가 저런 슬픈 표정을 지을 수 있으리라고는 생각지 못했었다.

"그만둬, 그런 길을 걷는 사람은 나 하나로 족해."

미드가르드는 쓸쓸히 웃었다. 그러나 케이아르에게 그런 말이 들릴 리 없었다.

우선 케이아르 녀석의 싸늘한 칼날이 심장을 찔렀다. 칼날과 같은, 아니, 칼날의 통증이 뼈 속까지 전해졌다.

"크아악!"

절로 비명이 터져 나왔다. 젠장할, 육시랄 케이아르 녀석!

나는 터져 나오는 욕지기를 내뱉었지만 케이아르 녀석은 눈도 깜짝하지 않았다. 그리고 냉기 어린 칼날은 나의 목 부위에 닿았다. 식은땀이 절로 흘렀다.

"카티스!"

그는 내 목에 검을 들이댔다. 미드가르드는 케이아르에게 다가왔다. 그가 날갯짓을 하자 그의 주위에 돌풍과 같은 바람이 일었다.

그런 미드가르드를 막은 것은 루커스였다. 그러나 금빛 눈의 싸늘한 표정을 지은 수다 검 녀석이 손을 뻗어 루커스의 심장을 꿰뚫었다. 수다 검의 손톱은 칼날과 같이 날카로웠고 여느 때보다 감정적이었다.

미드가르드를 막아선 루커스는 안색이 파리해진 채 케이아르를 감쌌다. 케이아르는 루커스를 받아 들었지만 결코 날 잡은 손을 놓진 않았다. 나는 발로 그 녀석을 차려고 했지만 놈은 용의주도하게도 나의 발목을 자신의 왼쪽 발로 지그시 눌렀다.

"나키아 케이아르……."

루커스의 입에서 핏방울이 떨어졌다. 무뚝뚝한 얼굴이었던 그 남자는 케이아르에게 환한 미소를 지어 보였다.

"당신의… 뜻… 을 이… 루… 고 돌아와…… 주십시오……."

그의 목소리가 흔들림에 따라 케이아르의 눈동자가 고통스럽게 흔들리고 있음을 느낄 수 있었다. 젠장할, 그보다 나에게서 손을 떼란 말이다.

"…무슨 소리를 하는 거냐, 루커스."

하지만 그 루커스라는 녀석은 커헉 소리를 내며 검붉은 핏덩이를 내뱉었다. 루커스에게 더 이상 말할 힘이 있을 리가 없다.

"미드가르드, 당신은 나의 혈족을 두 번이나 죽였어!"

수다 검은 대답이 없었다. 그 녀석의 눈은 달빛을 받아 아마 빛에서 금빛, 어떻게 보면 싸늘한 은빛으로 반짝이고 있었다.

"당신을 용서할 수 없어!"

그는 포기하지 않고 나를 검으로 내리찍으려고 했다.

푸드덕!

미드가르드의 그것과는 다른 얍삽한 날갯짓 소리가 들렸다. 그 소리는 폭포로부터 들려왔다. 그것은 빠르게 날아올라 이제는 져 가는 달을 가리고 있었다. 그것은 인간의 형상을 하고 등에 두 날개가 달린 독룡, 니드호그였다.

달빛에 가려서 녀석의 얼굴은 잘 보이지 않았지만 녀석이 다시 이곳으로 급강하하며 케이아르에게 날아오르기 시작한다.

그의 얼굴엔 잔인한 미소가 띠어져 있었다. 니드호그는 이미 장갑을 벗어버린 손을 들어 그 녹색 손톱에 혀를 들이대며 깔짝였다. 그는 곧 이어 케이아르와 수다 검과 멀지 않은 곳에 착지했다.

"아하, 케이아르, 이곳에 있었네. 가넬 족을 죽이려고 하다니 역시나 명령 위반인가?"

"난 누구의 명령도 듣지 않아."

케이아르는 무뚝뚝하게 대답했다. 그의 부하인 루커스는 이미 싸늘한 시체가 되어 있었다. 케이아르의 눈은 모든 것을 초월한 것처럼 암울하고도 공허한 눈빛이다. 그의 그런 모습을 보고 독룡은 재미있어서 참을 수 없다는 듯이 킬킬 웃어댔다.

"하지만 로키님은 널 처단하라고 하셨어. 도움이 되지 않는 미개한 종족 따위는 진작에 처리했으면 좋았을 텐데 말야."

"시끄럽다. 너완 상관없는 일이야."

케이아르가 내 목을 찍으려고 하자 독룡이 맨손으로 검날을 붙잡았다. 녀석의 몸놀림은 가볍고도 믿을 수 없을 정도로 빨라서 케이아르도 예상하지 못한 일이었다. 같이 날개가 달린 놈인데도 레스베르그나 미드가르드와는 달리 니드호그의 움직임은 훨씬 기동성이 있었다. 니드호그는 검을 잡은 왼손을 오른쪽으로 꺾으면서 다른 손으로 케이아르의 어깨를 관통했다.

"어때, 괴롭지 않아? 괴로움이라는 것은 신이 주신 최상의 선물이야."

상당한 궤변이로군. 나는 니드호그가 케이아르를 공격한 그 틈을 타서 일어났다. 아직도 심장에서 흐르는 피는 몸을 적시고 있었다. 피가 멎지 않고 있었던 것이다. 피가 멎어야만 상처가 치유되기 시작할 텐데 그러기엔 너무 회복률이 저조했다. 과연 라그나나 인간이나 심장이 급소인 것은 사실인가 보다.

"이질리스!"

나의 부름에 답하여 이질리스가 검 안에서 나왔다. 그 녀석은 상처가 아직 낫지 않았는지 얼굴이 파리한 채였다.

"넌 저기 검은 머리 꼬마를 데리고 있어."

이질리스는 순순히 꼬마의 곁으로 갔다. 이질리스를 본 에셀휜은 오들오들 떨던 것을 멈추고 일어나서 이질리스에게 뛰어갔다.

"리스 형!"

이질리스는 비록 대답하지 않았지만 에셀휜에게는 이질리스의 존재만으로도 큰 힘이 될 것이다. 에셀휜이 절대 이질리스에게서 떨어지지 않는 것을 보면 알 수 있었다. 나는 이질리스의 검을 부여잡았지만 관통당한 오른쪽 어깨와 왼쪽 심장 때문에 몸을 잘 가눌 수 없었다. 오른쪽 어깨는 피가 멎어 회복되기 시작했지만 심장은 아직 그대로인 채였다.

수다 검 녀석은 푸드덕 공중으로 날아올랐다. 내가 해방되었다고 생각해서인지 약간 안색이 나아져 있는 상태였다. 나는 폐부를 통해 올라오는 피를 퉤 뱉었다. 젠장, 폐에도 피가 차버릴 뻔했군.

"카티스, 괜찮아?"

미드가르드가 다급하게 다가와 물었다.

"이 밥통아, 그렇게 물어볼 시간 있으면 도움이나 되라고!"

나는 1.5m에 달하는 이질리스 검에게 몸을 의지했다. 마검 미드가르드의 본신은 이질리스에게 맡긴 채였다. 하필 계집애일 때 몸에 상처를 입는 바람에 이렇게 치유가 더딘 거라고. 나는 혀를 차면서 말했다.

"여전히 입이 험한 걸 보니 안심이다, 카티."

미드가르드는 여느 때와 같은 미소로 나를 반겼다. 나는 나의 쓰디쓴 피 맛을 느끼며 케이아르 쪽으로 고개를 돌렸다.

"자, 널 처단하라고 나를 보내신 건 로키님이야. 원망을 하는 것도 좋지만 그 원망을 로키님에게도 배분해 달라고."

니드호그는 장난기 어린 미소를 케이아르에게 보내며 그에게 다가가 팔을 꺾었다. 부러진 뼈로 인해 상처를 입어서 피가 튀고 살점이 튀었지만 니드호그 녀석은 그런 것은 상관하지 않았다. 케이아르 녀석은 고통에 겨워 비명을 질렀다.

"으아아악!"

"뭐, 피는 좋아. 별로 맛은 없지만 그 빛깔은 아주 좋아하지."

니드호그는 즐겁다는 듯이 케이아르의 목에 그 녹색 손톱을 밀어 넣으면서 까르르 웃었다. 그의 손톱에 독이 묻어 있다는 것을 나는 기억해 냈다.

"별로 맹독은 아냐. 그냥 천천히 죽어갈 수 있을 정도야."

독룡은 잔인하게 미소 지었다.

나는 조금 피가 멎었다고 생각했을 때 독룡 녀석의 날개를 향해서 공갈 검을 날렸다. 공갈 검은 보통의 검과는 달리 줄었다가 늘었다가 하는 특수 어빌리티를 가지고 있다. 나는 그것을 이용해서 독룡을 찌르기 위해 칼을 늘였다. 그러나 얍삽한 독룡은 그것을 느끼고 피했다.

"카티, 그런 위험한 짓을……!"

"시끄러워, 이 밥통 검아!"

나는 숨을 헐떡이면서 녀석을 윽박질렀다.

"너무하군, 난 밥 안 먹어."

잔소리를 해대는 것을 보니 수다 검답다는 생각이 들어 약간 안심이 됐다. 미드가르드는 자기 힘으로 견제할 생각인지 독룡을 향해 날아올랐다. 미드가르드의 대응으로 독룡의 손에서 빠져나온 케이아르 녀석은 고통에 찬 신음을 내며 자신의 부하인 루커스가 있는 곳에 가서 주저앉았다. 녀석은 실성한 듯이 작은 목소리로 중얼거렸다.

"당신은… 지도자에게 있어 필요한 것은 부드러움이라고 말했지. 하지만 난 달랐어. 강인함과 카리스마성이라고 생각했지."

　나키아 케이아르는 고개를 숙인 채 알 수 없는 말을 중얼거린다. 죽음이 임박해 오니 이젠 헛소리마저 나오는 모양이었다. 흘린 피의 양을 보아하니 녀석은 곧 죽을 것이다. 뼈가 드러날 정도로 뜯긴 오른쪽 팔과 독룡이 찢어버려 너덜너덜해진 왼쪽 팔을 보면 차라리 죽는 쪽이 더 편할 것 같았다.

　나는 푸른 날의 검을 들었다. 놈은 독이 퍼져서 녹색이 되어 가는 얼굴을 하고도 씁쓸한 미소를 지으며 독룡을 견제하고 있는 미드가르드를 바라보았다. 미드가르드가 고개를 돌렸을 때 나는 검으로 나키아 케이아르의 허리를 베었다. 목을 날려주는 것이 아마도 더 깨끗하게 죽이는 법이었겠지만 놈에겐 아직 할 말이 남아 있는 것 같았다.

　"당신이 틀렸다고는 생각하지 않아. 하지만 난 내가 틀렸다고도 생각하지 않아……."

　그는 자기 부하인 루커스를 바라보았다. 그가 자기를 감싸고 죽은 것이 조금 마음에 쓰였던 모양이다. 그 녀석은 그렇게 말하며 내가 휘두른 공갈 검의 칼날에 허리가 두 동강 나버렸다. 케이아르는 말없이 눈을 감고 그렇게 폭포 아래로 떨어졌다. 두 동강 난 그의 몸은 곧 더 이상 보이지 않게 되었다.

　미드가르드는 사라진 케이아르를 보며 슬픈 표정을 지었다.

　"미드가르드, 과연 이그드라실의 마검인 모양이로군."

　니드호그는 케이아르 쪽에 정신을 파느라 틈이 생긴 미드가르드의 날개를 물려고 했지만 큰 날개를 가진 미드가르드의 날갯짓으로 인해 생겨난 기류에 밀려 나갔다.

　"그래도 이그드라실의 마검이니까."

미드가르드가 니드호그의 앞을 가로막고 있었다.

니드호그 녀석, 아무리 혼자라지만 저 녀석은 지나치게 강했다. 저 녀석은 정말 고통을 주기 위해 태어난 독룡인가! 아마 원래의 남자 몸으로 돌아간다고 해도 이 상처라면 녀석을 상대하긴 벅찰 것이다. 수다 검 녀석이 일으킨 기류에 휘말려 날개에 약간 상처를 입어서 그런지 니드호그 녀석은 더 이상 날지 않고 절벽 위에 착륙했지만 그래도 방심할 수 없었다.

"이제 그만 비켜, 마검 미드가르드. 너에게는 상처를 입혀도 소용없잖아? 재미도 없다고. 난 저 가넬 족을 잡아 로키님에게 대령하도록 하지."

니드호그가 빙그레 웃고 있었다. 그 자신이 넘치는 얼굴은 여전했다.

"어림없는 소리!"

새벽을 알리는 듯 검기만 했던 하늘에 달이 사라지고 푸른 선을 그리며 밝아져 왔다.

"이제 낮이 되어가는 건가?!"

나는 마음속으로 쾌재를 불렀다. 낮이 되면 이 피도 금방 멈출 것 같았다. 게다가 여자일 때의 나보다 남자의 몸일 때가 훨씬 회복력도 빠르니까.

"카티스, 조심해."

수다 검 녀석이 시간 제한에 걸려 쓸쓸하게 미소를 지으며 이질리스가 들고 있는 검 안으로 들어가 버렸다. 녀석은 약간 아쉬운 표정을 지으며 그 안으로 들어가 버리고 나는 마법이 풀린 듯 계집아이의 몸에서 사내의 몸으로 돌아갔다. 그래도 심장의 통증은 여전했다.

"이질리스, 에셀휀, 이리 와!"

나는 더 이상 생각할 것도 없이 놈들을 불렀다. 주춤거리던 에셀휀은 이질리스에게 이끌려 나에게 다가왔다. 이렇게 된다면 줄행랑치는 방법밖에 없다. 내 몸은 이미 한계에 달해 있고 니드호그 녀석은 다행히도 미드가르드에 의해서 날개를 다쳐 날 수 없는 상태였다.

그렇다면 일단 도망가고 보는 것이 당연하다. 미드가르드는 이미 이질리스의 손 안에 있는 검신 안으로 돌아왔다.

『카티, 그런데 날 데리고 갈 거야?』

이 자식이 바빠 죽겠는데 뭘 물어보고 있는 거야.

"이 지식이, 당연하잖아!"

『멍청하긴, 내가 있으면 넌 바르하시온의 손바닥 안일 거라고.』

"시끄러! 난 내 것을 남에게 빼앗기는 것은 더 질색이야!"

난 공갈 검을 뒤에 짊어지고 이질리스에게 수다 검을 받아 챙겨넣었다. 그리고 이질리스를 검신 안으로 사라지게 한 뒤 에셀휀을 어깨에 짊어졌다.

그리고 달리려고 했지만 니드호그 녀석이 내 앞에 나타나 내가 가려고 하는 곳을 가로막았다.

이크! 이 녀석은 공중전에서만 기동력이 있는 것이 아니라 육지에서도 기동력있는 녀석이었군. 역시 일전에 만났을 때 내가 니드호그를 따돌렸다고 생각했던 것은 착각이었던 건가. 니드호그는 나키아 케이아르를 죽일 구실을 찾고 있었을 뿐 절대로 지상전에 약했던 것은 아니었던 것이다.

저 마르고 작은 체구에서 어떻게 그런 힘이 나오는 것일까.

나는 혀를 차며 녀석이 다가옴에 따라 뒤로 뒷걸음질쳤다.

하지만 재미있다는 듯한 얼굴을 하며 니드호그는 나에게 다가
왔다.

"벼랑에서 떨어져 죽기라도 하면 곤란해, 가넬 족. 난 널 데려가
기 위해서 이곳에 왔어."

이제 피는 거의 멎어간다. 하지만 매우 어지러웠다.

젠장, 저런 독룡 녀석에게 잡혀가는 것은 별로 내키지 않는 일
이다.

"자, 고집 부리지 말고 따라와. 아직 죽이진 않을 거야."

녀석은 날카로운 송곳니를 드러내며 배실배실 웃었다.

누가 그런 말을 믿을 것 같아?

나는 한 발자국 뒤쪽으로 옮겼는데 그곳이 무너져 내리는 바람
에 그만 떨어질 뻔했다.

"아악!"

에셀휜이 그것을 느끼고 비명을 질렀다.

그렇게 가까이서 소리치지 마! 고막이 다 울린다. 나는 침을 꿀
깍 삼켰다. 치욕적인 패배라고 할 수 있었다. 나는 쓴웃음을 지었다.

부드러운 태양빛이 내리쬐고 폭포 소리도 끊이지 않았다. 그때
자연의 섭리를 거스르듯 전신이 투명한 한 아름다운 여자가 내 앞
에 나타났다. 얼굴을 보니 나도 잘 아는 얼굴이었다. 백금발에 창
백해져 버린 얼굴, 부드럽고 금방이라도 눈물이 터져 나올 것 같
은 구슬픈 눈동자의 마법사. 그녀는 니드호그를 의식하지 않은 채
나에게 다가왔다. 니드호그도 유령과 같이 나타난 이미르의 모습
에 약간 당황한 듯했다.

온몸이 투명했지만 손을 뻗으니 그 부드러운 살이 닿았다. 그녀
가 다쳤다는 말을 들었던 것이 기억났다. 백지장같이 얼굴이 하얀

것을 보면 큰일을 겪은 것은 틀림없어 보인다. 그게 나에 의한 상처인지는 확실히 알 수 없지만 그녀는 힘들어 보였다.

"카티스……."

그녀는 그 부드럽지만 핏기가 가셔 버린 입술을 나의 입에 맞추었다.

달콤한 사과 향기가 그녀의 입술을 통해서 전해졌다.

난 내가 좋아서 오는 여자는 안 막는 주의였다. 더욱이 마법사 이미르는 엄청난 미녀가 아닌가. 적(敵)이고 나와 원수였지만 그래도 막을 이유는 없다고 생각하며 나는 그녀의 허리를 살짝 끌어안았다. 아직까지도 심장 부분이 쿡쿡 쑤셔온다. 간신히 피는 멎었지만 성상적인 작농은 아직 하고 있지 않는 듯했다.

"미안, 아직은 나한테 오면 곤란해."

그녀는 부드럽게 미소 지었다. 어째서 이 내가 마법사의 미소가 포근하고 안심된다라는 생각을 할 수 있었는지는 나도 모르겠다. 그녀의 입술에서 매혹적인 사과 향이 났다. 새콤하고도 달콤하고 시원한 그 향기에 취해서 나는 눈을 감았다. 그리고 내 몸이 그곳에서 사라졌다.

공간 이동.

그것은 공간 이동의 마법이었다. 나의 몸은 어디로 옮겨져 가는 것일까.

그녀가 알타크나의 로키가 있는 곳으로 우리를 안내한 것은 아니라는 것만은 확신할 수 있었다.

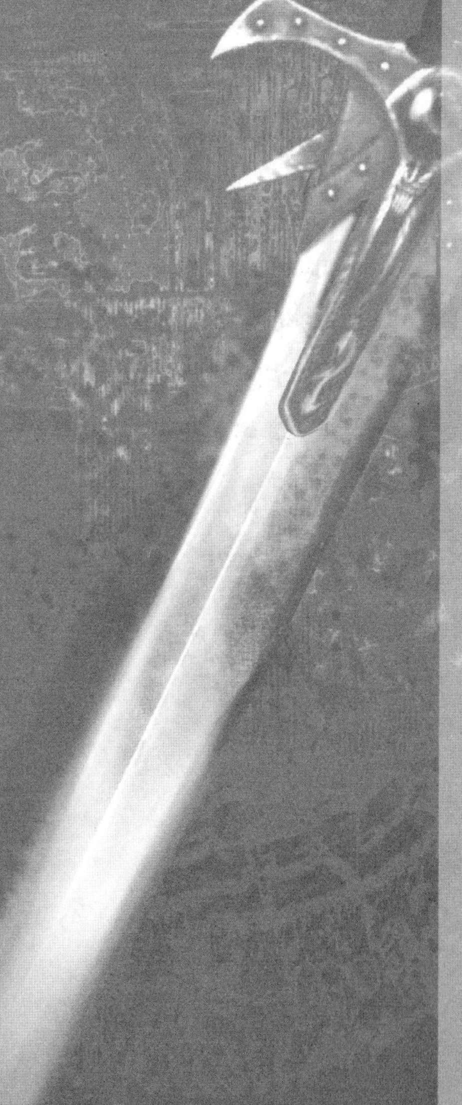

Chapter 26
저주받은 동굴

불안한 마음에서 공포가,

미워하는 마음에서 증오가,

아스라이 스러진 기억의 한 저편에서

복수라는 이름의 저주가

현실을 기반으로 살며시 다가오면…….

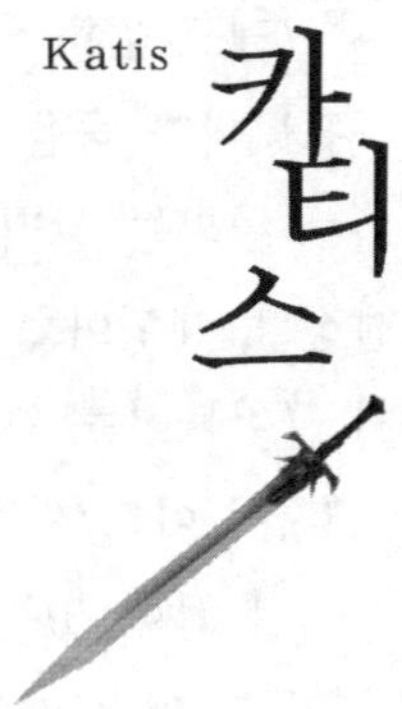

푸르다 못해 검다라고 말할 수 있을 정도의 흑림이 내 눈앞에 펼쳐져 있었다. 눈앞이 깜깜할 정도로 아찔해져서 그대로 쓰러져 버릴까도 생각해 봤지만 이 나에겐 걸맞지 않다는 생각에 정신을 차렸다.

말 그대로 아무도 없는 숲. 인기척도, 심지어 들짐승의 발자국 소리도 들리지 않는다. 마치 인위적으로 만들어놓은 것처럼 생명체의 숨소리가 들리지 않지만 그래도 확실한 것은 지금 내가 살아있다는 것이다. 나는 한숨을 내쉬며 어깨를 으쓱했다.

찔린 심장 부위가 아파온다. 아프다 못해 저리기까지 해서 절로 눈살이 찌푸려졌다.

"어째서 이런 곳에 오게 된 거지?"

나는 피가 잔뜩 묻은 상의를 벗어버렸다. 찐득찐득한 것은 질색이다. 일단 갈아입을 옷이 여의치 않으니 피라도 빨아서 입어야겠다는 생각이 들어서 일단 물소리가 나는 개울가로 걸어갔다.

『그래도 잡혀 죽는 쪽보단 이쪽이 낫지 않아?』

흥! 내가 죽을 리 없잖아. 아직 그 상처가 낫지는 않았지만. 다른 부위와는 달리 심장의 상처가 아물려면 꽤나 시간이 걸리니까. 젠장할, 케이아르 녀석, 죽을 땐 자기나 곱게 죽을 것이지 왜 나까지 끌어들이는 거지?

"많이 아프신 것 같아요."

피가 묻어 있는 셔츠를 보고 에셀휀은 정색을 했다. 꼬마는 내가 들고 있던 셔츠를 내 손에서 빼앗아서 자기가 냇가에 담그었다.

지나치리만치 붉은 피가 번져 작은 냇가가 금세 피로 물들었다. 그걸 그 작은 손으로 박박 문지르는 것을 보니 이 꼬마는 의외로 생활력이 있는 듯했다.

"괜찮아. 네가 걱정할 정도는 아냐."

이런 꼬마애가 걱정할 정도로 내 얼굴이 창백해져 있었던가. 나는 어깨를 으쓱했다. 이런 때 술이라도 한 모금 마시고 푹 자면 좋을 것 같다. 술을 마시면 아픔을 잊을 수 있으니까.

아직도 다친 심장 부위가 쑤셔온다. 피는 응고되었고 외상도 회복 단계에 들어갔지만 아직도 흉해 보이는 것은 사실이다. 나는 근처에 있는 바위 위에 걸터앉았다. 푸른 나무들, 인기척이 없는 숲 속. 새의 지저귐도, 그 흔한 풀벌레 소리도 들리지 않는 곳이라니. 젠장할, 마법사는 왜 날 이런 곳으로 끌어들인 걸까.

"여긴 어딜까요?"

에셀휀이 이마에 흐르는 땀을 닦아내면서 여전히 내 옷을 빨고 있었다.

"모르지."

"그럼 이제 어떻게 할 건데요?"

"적당히 옷을 말리고 그냥 걸을 거다."

"하지만 무슨 방법이라도 고안해 내야 하지 않을까요? 이대로 이렇게 걷기만 한다는 것은……!"

내 말이 한심했는지 에셸휀은 고개를 돌려 소리치듯이 자신의 의견을 말했다. 이 꼬마, 설마 불안한 것일까. 하긴 이 꼬마는 작은 일에도 불안을 느낄 나이였다. 항상 위험에 노출되어 있기 때문에 위험이 익숙한 나와는 다르다. 나는 이 스릴을 즐길 줄 알지만 이 꼬마는 아직 두려워하는 법밖엔 배우지 않았을 것이다.

"섣불리 방법을 고안하는 것보단 차라리 그냥 걷는 게 나아."

『원래 이런 녀석이니까 신경 쓰지 마, 에셸휀』

미드가르드가 보다 못해 나와 에셸휀의 대화에 끼어들었다. 녀석이 익살스러운 목소리로 에셸휀에게 말을 걸자 꼬마는 약간이나마 마음이 안정되었는지 휴우~ 한숨을 내쉬었다. 꼬마는 거의 핏물을 뺀 옷을 나뭇가지에 걸었다. 별로 햇빛이 스며들지 않아 그다지 빨리 마를 리는 없을 테니 그런 건 차라리 입고 있는 것이 낫다.

나는 꼬마가 열심히 널어놓은 옷을 그냥 걷어서 입었다. 약간 축축했지만 피가 묻어 있는 옷보다야 훨씬 나았다.

"그런 거 그냥 입으면 감기 걸려요."

『이 녀석은 잡초 같은 녀석이라서 걱정할 것 없어』

미드가르드가 여전히 밉살맞게 말했지만 나는 관심을 가지지 않기로 했다. 미드가르드의 말이 겁먹은 꼬마를 편안하게 해주는 것도 사실이었으니까.

　그런데 어쩐 일로 이질리스 녀석이 조용하군. 하긴, 원래 조용한 녀석이었으니까. 에셀휜이 내가 왼손에 잡고 있는 미드가르드를 요리조리 보면서 고개를 갸웃거린다.

　"그런데 리스 형이랑 미드 형은 어째서 검 안으로 들어갈 수 있는 거예요? 혹시 형들은 마법사인 건가요?"

　『그, 그건……』

　정말 순진해 빠진 소리를 하는군.

　"귀찮으니까 그런 건 물어보지 마."

　그런 거 설명하는 것은 내 성미에 맞지 않는다고. 그리고 그런 걸 모른다니 말도 안 돼.

　『카, 카티, 너무 쌀쌀맞잖아. 어리니까 모를 수도 있는 거 아냐? 게다가 마검도 이제 많이 사라져 버렸고』

　"잘됐네. 어차피 그건 네 이야기니까 네가 해, 임마."

　『휴우……』

　미드가르드는 또 길게 한숨을 내쉬는 시늉을 했다.

　"……?"

　에셀휜이 내가 앉아 있던 커다란 바위에 걸터앉았다.

　『난 마검이야』

　"헤에, 마검?"

　『응, 마검은 정말 오래된 종족과도 같은 거야. 마검 일족이라는 것이 있을 정도니까』

　"그, 그런 것도 있나요? 전 한 번도 본 일이 없어서……"

　『지금은 거의 없어. 보기도 힘들지. 이 녀석만 이렇게 그 드문 마검을 두 자루씩이나 들고 다니는 거야. 정령 검이라는 검도 있긴 한데 마검과는 다르지. 요샌 마검이 정말 보기 힘들어져서 어떻게 설명해야 할지 모르겠네.』

마검은 지능을 가지고 있는 고도의 생명체이다. 하지만 그런 뛰어난 생명체일지라도 결국 인간이나 라그나에 의해 지배당한다면 성능 좋은 무기나 도구밖에는 될 수 없는 것이다. 그러한 마검이 지금 거의 멸족해 버린 이유도 바로 그것, 그들이 그렇게 강한 힘을 가지고 있음에도 불구하고 인간에 의해 지배당하고 있는 것 때문이다.

"검이 말하는 거 왠지 이상한데요?"

『하지만 왠지 귀엽지 않아?』

수다 검 녀석, 배시시 웃으면서 꼴 같지 않은 소리를 하는군. 나는 낮게 혀를 치면서 검을 뽑아 땅에 박아 넣어주었다. 이 자식이 자기가 귀엽다는 씨나락 까먹는 소리를 하고 있다니.

『성깔 더러운 것은 여전하군. 카티스, 너와 결혼해 줄 여자가 불쌍하다.』

"그 주둥이 닥치라고 했잖아."

게다가 여자 문제는 너보다 내가 더 잘 해결하니 안심하란 말이다.

『카티, 이 녀석이 이렇게 보여도 얼마나 귀여운데.』

정말 성질 더러워지게 구는군. 나는 그 녀석을 나무에 박고, 땅에 박고, 또 연못에 박아 넣었다.

"하, 하지만 역시 저 사람은 무, 무서운걸요."

그 계집애는 땅에 미드가르드를 박아 넣는 것을 보고 그 자그마한 어깨를 떨었다.

"무서우면 나에게서 떨어지면 되잖아."

그렇게 말하면서 내가 박아 넣었던 수다 검 녀석을 다시 뽑아 들었더니 수다 검 녀석은 푸하~ 하고 숨을 쉬었다. 이 자식은 물건인 주제에 자기가 생물인 줄 안다니까.

시원한 바람이 불어와서 젖은 옷을 말려주었다. 나는 벌떡 자리에서 일어나 수다 검 녀석을 짊어졌다. 녀석의 검집을 묶은 이음새를 바르게 하고 옆으로 눕혀두었던 공갈 검 녀석을 마저 동여맸다. 내가 저벅저벅 방향도 정하지 않고 걸어나가자 에셀휜이 종종걸음으로 따라붙었다.

"하지만 혼자 가는 건 더 무서운데……."

에셀휜이 고개를 떨구었다.

"계집애 같은 소리하고 있네."

나는 혀를 찼다. 어쩐지 예전에 유에디에를 만났을 때가 생각났다. 왠지 지금의 에셀휜과 비슷한 상황이었던 것 같다. 그 사고뭉치 계집애가, 결국 그 계집애가 마법사 이미르라는 것을 알게 된 것은 조금 충격이었지만.

사실 에셀휜이라고 하는 이 꼬마는 여자도, 남자도 아니다. 물론 꼬마가 형이라고 부르는 것은 자신을 소년에 가깝다고 생각하기 때문이다. 그건 나도 잘 알고 있었다. 나는 꼬마가 계속 몸을 떠는 것을 보고 등에 짊어졌던 1.2미터나 되는 기다란 검을 꼬마의 손에 쥐어주었다.

"네가 날 따라오고 싶다면… 자, 네가 좋아하는 공갈 검이다."

"리스… 형?"

이 녀석은 어쩐지 내가 들고 있으라고 준 공갈 검을 좀처럼 손에서 놓지 않는다. 이 자식, 왜 이런 걸까. 이질리스는 마검, 검인이상 저런 어린아이가 들기엔 버거울 정도로 무거운 무게다. 양손으로 겨우 들어야 바닥에서부터 약간 띄우는 것이 가능한 주제에 그걸 자신이 들고 가겠다고 고집을 피운다.

"당신보다 리스 형이 훨씬 상냥해요."

"상냥? 웃기는군."

공갈 겸 녀석보단 내가 더 친절하고 착하다는 것은 이 나도 인정하는 사실이다. 그런데 에셀휜, 이 꼬마는 이질리스를 상냥하다고 하다니, 이런 녀석은 또 처음 본다. 에셀휜은 고집을 부리면서 이질리스를 질질 끌고 나를 따라왔다. 수다 겸 녀석이 그런 에셀휜을 보고 혀를 끌끌 찼다.

『그런데 에셀휜은 어디로 가야 하지?』

그거야 당연히 가고 싶은 곳으로 가겠지.

"리센하임의 마을엔 심부름 때문에 갔었던 거예요. 제가 살던 마을로 돌아가려던 찰나였어요."

"그런데 여긴 대체 어디야? 엄청난 산속이로군. 그 계집애는 보내주려면 똑바로 보내줄 것이지, 여하간 도움이 안 되는 계집애라니까."

『도움을 받았어도 불만이 많군』

누가 도움을 받았다는 거냐. 난 도움을 요청한 일이 없으니 받은 일도 없는 거라고. 단지 그 계집애가 나를 위해 키스해 주겠다는데 피하지 않았을 뿐이지. 그런 것을 보면 이 몸께서 더 대견하신 거라고.

『마을이라도 나오면 알 수 있겠지만 내 추측으로는……』

"추측?"

에셀휜이 눈을 동그랗게 떴다.

『이곳은 알타크나의 내부인 것 같아』

그 마법사 계집애가 날 알타크나로 보냈단 말야?

나는 눈썹을 찡그렸다. 뭐, 좋다. 이왕 알타크나에 도착했으니 원하던 목적을 행하는 수밖에. 그나저나 알타크나에 오기 위해 그토록 필요하다고 했던 통행증은 결국 필요없게 돼버린 건가. 그렇게 생각하니 왠지 열받네.

지금은 수풀에 가려 태양이 보이지 않고 지긋지긋한 녹림, 아니, 이젠 흑림이라고 할 수 있을 정도로 검은 수풀이 무성해서 오히려 밤 같은 느낌이었다. 밤인지 낮인지 잘 구분은 가지 않았지만 확실한 것은 내 몸은 지금 사내자식의 몸이라는 것이다. 그러니까 확실히 하늘엔 태양이 떠 있겠지.

"여기가 알타크나……?"

꼬마도 주위를 두리번거린다. 적당히 길어서 한데 묶은 머리카락이 이질리스와는 또 다른 활기참을 느끼게 해주고 있다.

"그러고 보니 이 숲은 본 적이 있는 것 같아요."

에셀휜이 검은 머리카락을 올리면서 이마를 만지작거렸다. 잘 생각이 안 나는지 머리까지 긁적이는 것을 보아 자기가 살던 곳과는 다른 지역이어서 헷갈리는 모양이다.

『음, 어쩐지 이상한 느낌이 드는걸?』

수다 검 녀석이 이상할 정도로 고요한 그 숲에 약간 이상한 느낌을 받은 모양이다. 약간 이상하긴 이상하다. 풀벌레 소리도 들리지 않는다. 어째서일까.

"사람도, 아무것도 없는 것 같아요. 이 나무들도 죽은 것처럼 검은 잎이고… 또 나무도 조금 이상한 느낌이 드는데… 귀신이라도 나올 것 같은 분위기……."

에셀휜이 두려운지 공갈 검을 꼭 안았다. 하긴 어린애들이란 분위기만 이상하면 무조건 귀신 같은 것에 잘 비유하곤 하지.

푸드덕!

검은 것들이 마치 바람이라도 지나간 것처럼 재빨리 우리들의 앞에 날아들었다. 검고 날개를 가진 무리 지은 것들, 그것들은 박쥐였다. 아무래도 자기 영역을 침범했다고 날아오른 듯하다.

"바, 박쥐잖아요?!"

"쳇, 생명체가 있었잖아. 살아 있는 생명이 있으니 이젠 마음에 들어?"

"아뇨, 박쥐는 싫어요."

"꽤나 까다롭군."

"그런 게 아니잖아요!"

"시끄러워."

나는 주의를 기울였다. 박쥐들이 날아오른 후 또다시 정적이 계속되었다. 오히려 계속되는 정적이 부자연스럽다고 생각되어졌다.

"그러고 보니……."

갑자기 에셀휜이 무언가 생각났다는 듯이 말했다.

『뭔가 알고 있는 것이 있어?』

"이곳이 제가 살던 마을과 그리 멀리 떨어져 있지 않은 곳이라는 걸 알았어요."

저 꼬마는 왜 이곳이 자기가 살던 마을과 멀지 않은 곳이라는 것을 지금 기억해 내는 것일까.

"아무도 가지 않는 곳이기 때문에 잘 몰랐던 거예요."

"그런 건 알 필요도 없어."

그다지 도움도 안 될 것 같군.

『이곳, 왠지 이상한 기운이 감도는 것 같은데… 뭔가 이곳에 대해서 아는 거라도 있어, 에셀휜?』

"음, 이곳은 저주받은 숲이라고 해서 사람들이 들어가지 않는 곳 같은데요."

『저주받은 숲이라… 확실히 들어본 기억이 있긴 한데……』

수다 검 녀석이 말끝을 흐렸다.

"하지만 저주에 걸린 사람이 들어가면 저주가 풀린다는 동굴도 있어요. 그 안에 이상한 샘이 있는데, 그 샘이 그런 힘을 가지고 있다고 들었거든요. 정확한 건 모르겠지만."

에셀휜이 갑자기 생각났다는 듯 방긋 웃으면서 말했다.

오옷! 그런 것이 있었단 말인가. 그 마법사가 자신이 한 짓에 대해 죄책감을 가지고 나에게 저주를 풀 수 있는 방법을 가르쳐 주기 위해 이곳으로 보낸 걸지도 모른다. …설마 그렇지는 않을 테고, 단지 이 몸께서 운이 좋은 것이다.

"그 말이 사실이겠지?"

"전 직접 본 일은 없어요. 단지 마을에서 소문을 들었을 뿐이죠."

자신도 잘 모른다는 듯이 그애는 말끝을 흐렸다. 확실하지 않아서 남에게 피해를 입히는 것을 싫어하는 성격인 듯싶었다.

"소문이라……."

소문이라는 것은 믿을 만한 것이 아니라는 걸 나는 잘 안다. 나는 약간 실망했다.

"하지만 소문일 뿐이고……."

『카티, 그런 소문 믿지는 않을 테고… 라곤 하지만 별다른 뾰족한 수는 없을 것 같군. 이대로 마을로 간다고 해도 그들이 널 잡으러 올지도 모르니까』

"네 말대로다."

나는 한숨을 푹 쉬었다. 지금 몸 상태가 썩 좋지는 않다. 어떤 동물일지라도 심장을 다치면 죽거나 병신이 되기 마련이다. 아무리 나라고 할지라도 심장에 타격을 입었으니 얼마간 고생을 할 것이다.

"……?!"

에셀휜이 내가 그렇게 말하자 어쩐지 걱정된다는 듯이 공갈 검을 안았다. 조용하고 어둡기만 한 숲이지만 아주 빛이 들어오지 않는 것은 아니었다. 울창한 나무 틈새로 가늘고 긴 빛이 새어 들어오고 있어서 앞에 무엇이 있는지는 추측할 수 있었다. 박쥐들도 더 이상 나오지 않는다.

암흑이라는 이름의 바람이 걷히고 적막이라는 이름의 바람이 불어온다.

어렴풋이 날갯짓 소리가 들려왔다. 그것은 일정한 공기의 울림이었다. 광활한 공기의 울림 소리는 땅을 울리고 사물을 진동시켰다.

『아……』

수다 검이 울렸다. 이 검은 나보다 감이 좋아서 금세 울림의 주인공을 알아차릴 수 있는 것 같았다. 광활한 공기의 울림은 조금씩 가까이 오기 시작했다. 바스락 소리와 함께 수풀이 걷히고 화사한 햇볕 아래 붉고 큰 날개를 가진 물체가 눈앞에 내려섰다. 그는 자신감 넘치는 붉은 눈동자를 내리깔며 나에게 자신만만한 미소를 지었다.

그 녀석의 주위에 검은 그림자가 몰려오듯 검은 안개가 끼더니 익숙한 두 얼굴이 그를 수호하듯 옆에 섰다.

"붉은 날개의 독수리……"

　붉은 날개의 레스베르그였다. 독룡 니드호그의 아버지. 둘이 하는 짓은 부전자전이지만 부자의 정이라곤 눈곱만큼도 찾아볼 수 없었다. 아버지가 반드시 자신의 아들을 사랑해야 하는 법은 없지만 저렇게 서로 으르렁거리는 사이도 보기 힘들 거라고 나는 확신했다.

　"저 사람은 또 뭐죠?!"

　이젠 위험한 일에서 벗어났다고 생각했던 에셀휜은 다시 당황한 얼굴로 내 뒤에 숨었다.

　"시끄러워. 네가 도움 주는 것은 하나도 없으면서."

　나는 입술을 깨물면서 에셀휜에게 잔소리했다.

　『붉은 날개의 독수리에 대해 기억해, 카티?』

　내가 기억을 못할 리가 없잖아.

　"그 독룡과 한바탕 싸웠던 놈이라는 것은 기억하지."

　그런 미친 녀석들은 한번 보고도 기억하는 법이다. 특히 요새 들어 미친 녀석이 많이 눈에 뜨이는 것을 보면, 흔히 말하는 '말세'라는 단어를 이해할 수 있었다. 말세는 그냥 오는 것이 아니라 미친놈들이 날뛰면서 오는 것일 테니까. 그런 녀석들이 많이 생긴다면 반드시 이 세상은 타락하도록 되어 있다.

　"오랜만이로군."

　그렇게 반가운 표정 지을 것 없어. 난 하나도 반갑지 않으니까.

　나는 녀석의 분위기에 압도당할 것이 두려워서 그냥 멍청하게 미소 지었다. 그게 말이 미소지 뭐 씁은 표정이었으리라.

　"그렇게 반가운 표정을 지으면 무안하지. 난 앙그라보다의 명령만 있으면 널 찾는 것은 식은 죽 먹기니까."

　그 녀석은 여유있는 미소를 얼굴에 띠어 보이며 두 녀석에게 손짓을 했다. 그 두 녀석은 레스베르그가 데리고 다니는 그 개조된 인간들이었다. 하지만 이대로 당하거나 할 생각은 없었다.

"자, 카다쉬, 아나함! 저자를 잡아와라. 그분께서 원하시는 '물건'이니까."

개조된 인간들은 말없이 다가왔다. 누군가의 논리대로 감정을 가지면 인간은 약해지기 마련이다. 하지만 감정을 가지고 있기 때문에 인간은 강하고, 또 그것 때문에 그들은 힘의 기복을 가지게 되는 법이다. 하지만 감정을 가지지 않는 인간이라면 어떨까. 아마도 그들은 계속해서 한결같은 모습을 보여줄 것이다.

바로 저 개조된 인간들이 그랬다. 저것들은 인간이 아니라 나무 인형들과 비슷했다. 어떻게 보면 라그나와 닮았다고 볼 수도 있겠다.

그렇다고 라그나가 감정을 가지고 있지 않다는 것은 아니다. 그들은 자기 자신을 위한 본능, 오로지 자기 자신만을 지키기 위한 본능, 그리고 위에 서려는 본능을 가지고 있기 마련이다. 무슨 일이 있어도 자신만을 위해 산다는 것이 인간과는 다르다.

"붉은 독수리라면… 그러고 보니 예전에 우리 마을에 와서 '마검'이라는 것을 찾아다녔어요. 그때 많은 사람을 죽인 괴물이에요."

요새 횡행하는 마검 사냥꾼의 무리들 가운데 하나가 저 레스베르그였었다. 에셀휜은 그런 레스베르그를 만난 일이 있었던 것 같다.

저 빨강 독수리 녀석과는 직접 싸우고 싶지 않았다. 이런 때 싸웠다가는 몸이 좋지 않은 내 쪽이 훨씬 불리할 것이 뻔하다. 이런 때에야말로 니드호그가 나타나면 좋을 텐데. 적어도 둘이 싸우는 사이에 도망갈 수 있을 테니까. 비겁하게 도망이냐고 묻는다면 나는 살고 싶기 때문에 어쩔 수 없다라고 대답하고 싶다.

만용은 쓸데없는 것. 자기 자신을 지킬 수 있는 것은 오로지 자신뿐이니까.

나는 일단 마검 미드가르드를 집어 들었다. 미드가르드를 가지고 있는 한 녀석은 내가 어디 있는지 알아낼 수 있을지도 모른다. 나는 일단 녀석이 나타난 곳에 있는 나무의 줄기를 노렸다. 사뿐히 도약해서 그것을 사방으로 잘랐다. 나뭇잎이 우수수 떨어졌다. 개조 인간들에게 그것이 소용있을 리 없지만, 잘라진 나뭇가지 사이로 빛이 새어 들어왔다. 갑자기 풀숲 안이 밝아져 눈이 부셨다. 하지만 눈이 부셔도 지금은 참아야만 한다!

"도망가려는 건가? 안됐지만 하늘에선 내가 너보다 더 실력이 뛰어나다는 것을 알아야지!"

내가 무성한 나무를 가지치기하자 레스베르그는 자신이 날기 쉽게 되었다는 듯 날개를 두어 번 파닥거렸다. 레스베르그의 날개는 독룡 녀석보다 커서 좁은 공간을 날기엔 적합하지 않았다. 그러니까 이곳에서는 날 수 없을 것이다. 그러나 그는 여전히 얼굴에서 여유를 잃지 않았다. 그는 오른손을 들어 개조 인간들에게 지시를 내렸다.

"카다쉬, 아나함, 어서 그를 잡아. 죽지만 않는다면 다쳐도 상관없다."

넌 상관없겠지만 난 상관있다고. 내가 눈 떨어지고 팔 떨어지면 어느 여자가 날 좋아하겠난 말이다. 나는 에셀휜을 어깨에 걸친 채로 그대로 달렸다. 에셀휜은 사정없이 흩날리는 머리카락을 한 손으로 잡으면서 귓가에 대고 외쳤다.

"꽤 끈질기게 쫓아오는데요?"

『그를 따돌리는 것은 불가능한 일일지도 몰라』

여하간 도움이 안 되는 녀석들, 짐만 되는 주제에 잘도 중얼거린다.

"어떻게 방법이 없을까요?"

"시끄러워! 집중을 못 하잖아!"

"하지만 달리기하는 덴 집중할 것도 없잖아요."

"입 좀 다물어라, 꼬마야!"

나는 호흡을 최대한 조절하면서 달렸다. 가느다랗게 빛줄기가 들어오는 것을 보면 이 지긋지긋한 숲길도 곧 끝나려는 모양이다.

그러나 개조된 인간들은 보통의 인간보다 10배 정도로 더 짐승과 같은 힘을 가지면서도 빨랐다. 젠장! 아무리 그래도 라그나 라그나드만 하려나. 다친 상태이긴 하지만 인간 따위에게 추월당하는 것만은 딱 질색이다.

『저기 동굴이……!』

녀석의 말대로였다. 마치 무대 위를 비추는 빛줄기처럼 환한 빛의 폭포가 쏟아져 내리는 곳, 하늘이 트여 있는 곳이 눈에 들어왔고 곧 이어 이상하다 싶을 정도로 깎아 만든 듯한 동굴이 눈앞에 드러났다. 붉은 흙이 뭉쳐진 바위 덩어리로 되어 있는 절벽과 같은 곳에 붉은 동굴이 뚫려 있었다. 다섯 명 정도의 인간이 나란히 서서 걸어갈 수 있을 만한 입구의 동굴이 버젓이 빛을 받고 있었던 것이다. 그곳에 깎아지른 듯한 절벽이 펼쳐져 있어서 엄밀히 말하면 무성한 숲길을 포함해서 삼면이 수풀로 둘러싸인 꼴이었다.

"동굴?!"

저게 바로 에셀휀에게 들은 저주를 푸는 동굴이 아닐까?

겉보기에는 그냥 동굴이잖아. 하지만 조금 이상하긴 하다. 그렇게 우거질 정도의 흑림이 저 동굴에만은 영향을 끼치지 않고 있다. 그 근처엔 풀도, 아무것도 자라지 않았다. 그래서 태양빛도 그 동굴로 계속 들어오고 있다. 그 때문에 동굴을 중심으로 한 반구의 공터엔 풀 한 포기 찾아볼 수 없었다. 사방은 돌덩이로 막혀 있고 깎아지른 듯한 절벽이었기 때문에 동굴 외의 다른 곳으로 빠져나갈 길은 보이지 않았다.

『줄행랑칠 만한 곳이라곤 저 동굴 속밖에 없는 것 같은데?』

"선택의 여지가 없잖아. 당연히 피해야지!"

그 개조 인간 녀석들은 내가 망설이는 동안에도 달려서 내 뒤를 바싹 쫓아오고 있었다. 레스베르그도 독수리라고는 하지만 라그나 라그나드. 녀석도 곧 따라붙을 것이다.

"자, 그 몸으론 멀리 가기도 힘들 텐데. 피는 멎었지만 창백한 얼굴을 보니 피가 부족할 것 같군."

레스베르그의 목소리였다. 동굴 앞에 서서 나는 빙글 뒤로 돌아 녀석을 노려보았다. 금빛 계열의 화려한 옷차림의 레스베르그는 팔짱을 낀 채 비웃음이 가득한 얼굴로 나를 내려다보았다.

"나에게 상관 마, 이 자식아!"

이 꼬마애가 바동거리는 바람에 조금 심장의 상처가 쑤셔온다.

나는 허세를 부리고 있었다. 실제로는 심장이 딱따구리가 쪼는 것처럼 쑤셔오고 있었다. 아마도 상처를 낫게 하기 위해 세포가 활성화되기 시작한 모양이다.

아무런 감정도 없는 개조 인간 녀석들이 양손 검을 쥔 채 나에게 달려들려 하고 있다. 감정도, 감각도 없는 그들에게 나는 더할 나위 없이 좋은 사냥감이었던 것이다.

아무런 표정도 없는 녀석들이 한 놈은 맨손으로, 한 놈은 긴 도 (刀)를 든 채 나에게 다가왔다. 그놈들의 눈동자에는 초점도 없었 다. 저런 것은 인간이라고 부를 것이 아니라 인형이라고 불러야 옳을 것이다. 힘을 얻기 위해 자신의 영혼을 팔아버린 인간들이 결국 저런 인형이 된 건 아닐까.

"널 찾는 것은 쉬운 일이지. 나의 아름다운 여주인께선 너 같은 것은 금방 찾을 수 있어. 그녀는 너의 생모니까."

쳇, 결국 벗어날 수 없는 운명이라는 말을 하고 싶은 건가. 레스 베르그는 손가락을 둥기며 개조 인산들에게 지시를 내렸다. 하지 만 난 운명 따윈 믿지 않는다. 그 여자가 날 어떤 식으로 찾든지 간에 그 여자의 손안에서 벗어나 주겠다.

"확실히 너와 그녀는 닮았어. 하지만 그녀가 더 잔인하고, 매혹 적이고, 또 얽매임이 없지. 그런 면에서 넌 그녀의 아들이라고 부 르기엔 모자라."

마음껏 지껄여라. 난 카나에게는 관심없으니까.

독수리의 지시에 따라 놈들의 움직임이 서서히 빨라지기 시작 한다. 나는 검은 날의 마검 미드가르드를 들고 녀석들의 움직임에 반격할 태세를 갖추었다.

『온다!』

이질리스 녀석이 크게 반응했다. 깜짝 놀란 에셀훤의 마음이 내 게 전해져 왔다.

"리스 형?!"

이질리스의 외침과 동시에 빛이 쏟아질 듯한 동굴의 앞부분에서 니드호그가 날갯짓을 하면서 내려섰다. 놈은 그 작은 날개로 유연하게 몸을 지탱하면서 팔짱을 낀 채 내가 서 있는 바로 뒤에 내려선 것이다.

"여어, 별로 오랜만은 아니지만 안녕했어?"

"니드호그?!"

『어떻게?!』

정말 빠르군. 이건 수가 맞지 않잖아! 라그나에게 치사하다는 말은 칭찬일지도 모르지만 참으로 치사한 녀석들이로군. 니드호그 는 당황한 우리들의 얼굴에 살며시 미소를 짓고 모자를 내리면서 정중히 인사했다.

"네가 왜 여기에……!"

그 여유있던 레스베르그의 얼굴이 딱딱하게 굳어버렸다. 아들을 만나니 꽤나 즐거운 모양이다. 하지만 니드호그는 그런 레스베르 그에게 장갑 낀 손을 들어 보이며 친절하게 이유를 설명해 주었 다.

"내가 여기 있는 이유는 간단해. 수다쟁이 다람쥐 꼬마에게 물 어봤지. 물론 약간의 협박을 했지만 죽이진 않았으니 상관없잖 아?"

라타토스크라고 하는 그 다람쥐 녀석을 협박해서 알아냈다는 뜻인가? 이미르, 그 빌어먹을 마법사는 기왕 도망시키려면 이런 날개 달린 녀석들이 올 수 없는 곳으로 도망시킬 것이지! 나는 마 음속으로 이를 갈았다.

"여전히 건방진 아들놈이로군."

그런 니드호그를 보다가 레스베르그가 한 발자국 앞으로 나오 면서 니드호그의 눈을 빤히 쳐다본다.

"빨강 독수리, 난 당신 같은 아비를 둔 적이 없어."

"이 귀여운 녀석, 아버지의 일을 또 방해하려는 거냐?"

레스베르그는 송곳니를 드러냈다. 저 이빨에 물리면 꽤나 아플 것 같다.

"흥, 아들의 사랑을 받고 싶다면 듬뿍 받게 해주지, 이 빨강 독수리!"

하지만 니드호그도 레스베르그의 기백에 절대 뒤지지 않는다. 그 아버지에 그 아들이었다. 니드호그가 무기로 사용하는 양손을 쫙 폈다. 손톱이 장갑을 꿰뚫고 나왔다. 독을 머금고 있는 장갑이 찢겨져 땅에 떨어지기 전에 니드호그의 모습이 그 자리에서 사라졌다. 저 정도로 민첩했던가? 기동성있는 니드호그는 어느 틈에 레스베르그의 앞에 서서 그 손톱을 그의 얼굴에 들이댔다.

"버르장머리없는 아들을 교육시키는 것은 이 아버지가 해야 할 일이잖아. 더군다나 마음에 드는 얼굴을 가지고 있으니 특별히 혼을 내주지!"

레스베르그는 니드호그보다 두 배는 더 큰 날개로 두어 번 날갯짓했다. 날갯짓과 동시에 나무들이 꺾여 나갈 정도의 돌풍이 불었고 놈은 팔을 들어 니드호그의 손목을 잡아 꺾었다. 그러나 니드호그의 잔인한 표정은 변함없었다. 여전히 즐거운 얼굴이었다.

"끈질기게도 나에게 아버지타령을 하는군. 죽여주겠어!"

그것은 진정으로 피를 즐길 줄 아는 자의 얼굴이었다. 희열과 기쁨으로 가득 찬 그 얼굴에 나는 질려 버린 얼굴로 검을 꽉 쥐었다.

"둘이 싸우는데요?"

에셀휜이 나를 돌아보면서 말했다.

"좋아, 이 틈에 도망가자."

나는 금세 뒤로 몸을 뺐다.

『그렇게 하려면 우선 카다쉬와 아나함을 해결해야 할 것 같은데?』

미드가르드의 말대로였다. 저 녀석들을 아무래도 해결해야만 할 것 같다. 놈들도 주인의 지시에 따라 도를 나에게 휘둘렀다. 나도 수다 검 녀석을 들었다.

『지금 상태로는 무리가 아닐까?』

재수없는 소리 하지 마. 도움이 안 되는 수다 검 자식.

무리고 자시고 할 것 없이 상대방이 나에게 공격해 온다면 그냥 당할 수는 없는 법이다. 당연히 막아야지!

녀석들의 움직임은 이미 인간의 것이 아니었다. 게다가 나에겐 지켜야 할 꼬마가 있다. 지켜야 할 것이 있는 자는 약해지기 마련이다. 나는 꼬마를 던져 동굴 안으로 밀어 넣었다.

우당탕—

소리와 함께 꼬마와 검이 동굴의 바닥에 넘어졌다. 아픈 것을 참고 일어나 걱정스러운 얼굴로 나를 바라보는 에셀휜의 시선을 느꼈지만 나는 꼬마를 바라보지 않았다. 에셀휜도 그 이유를 알아차렸는지 공갈 검을 안은 채로 동굴 안으로 뛰어들었다. 나는 아나함과 카다쉬라고 불리는 그 개조된 인간들을 상대하기로 마음먹었다.

마치 강풍이 불어오는 것처럼 종잡을 수 없을 만큼 녀석들의 몸이 빨랐다. 나도 스피드라면 한몫하지만 현재는 다친 상태였기 때문에 그 녀석들을 웃돌기는 쉽지 않다. 일단 동굴 안으로 몸을 굽혀 들어가며 녀석들이 한쪽 방향으로만 공격하도록 하는 것이 할 수 있는 최선의 방법이었다.

『울림이 있어』

"그래서 어쩌겠다는 거야?"

『무너질지도 모른다는 소리야. 입구가 무너져 버릴 것 같은 데?!』

"또 재수없는 소리!"

여하간 저 자식은 입만 뻥끗하면 다 재수없는 소리라니까! 나는 수다 검으로 카다쉬와 아나함의 검을 막았다.

챙!

검의 울림 소리가 맑고 우렁찼다. 적어도 보통 인간의 몇십 배, 아니, 수백 배는 되는 힘이 나의 어깨를 짓누르고 있었나. 함께 공격하는 것은 힘이 더 배가되어 나조차도 휘청거리도록 만들었다.

"이 자식들 보통이 아닌데!"

나는 혀를 놀리며 수다 검 녀석을 든 손의 손목에 가볍게 스냅을 주어 놈들에게 날렸다. 그때였다. 모든 것을 날릴 듯한 모래 바람이 불어왔다! 눈을 뜰 수 없을 정도로 강한 바람이 일어서 눈앞의 상황조차 판단하기 힘들어졌기 때문에 개조 인간 놈들조차 섣불리 움직일 수 없었다. 입구 근처에 있던 니드호그가 날갯짓을 하며 저항하는 것이 보였다. 그러나 무용지물이다.

"레스베르그?!"

이것은 빨강 독수리의 날갯짓인가. 정말로 강한 바람이었다. 자기 아들과 대적하기 위해서 저 정도나 되는 힘을 내뿜고 있었던 것이다.

나는 비굴해지기로 마음먹었다. 카다쉬와 아나함, 둘 중 하나만 처리하더라도 일단 성공하는 것이다. 검에 기운을 맺으며 달려들기 전에 내가 놈들을 치기 위해 달려나갔다.

카다쉬는 그 흐름을 느꼈는지 살짝 뒤로 피했다. 그 바람에 둘의 밸런스가 깨지고 아나함 쪽이 앞으로 나섰다. 얼굴에 흉터가 있는 그 녀석의 눈에선 어떤 감정도 전혀 느껴지지 않았다.

공포. 인간들에게 공통적으로 느낄 수 있는 그 감정을 이 개조된 사물에게서는 전혀 느낄 수 없다. 어쩌면 감정이라는 것이 없다면 죽을 때도 다른 무엇보다도 깨끗이, 보다 망설임없이 죽을지도 모른다.

덕분에 나는 녀석의 목을 깨끗이 베어버릴 수 있었다. 놈의 머리는 일순 촛불이 타오르듯 떨어져 나갔고 검붉은 선혈이 사방으로 튀었다. 만약을 대비해서 나는 그놈의 사지를 절단했다. 놈의 팔다리가 금세 절단되면서 돌투성이인 땅에 떨어져 굴렀다.

전신에 타오르는 듯한 통증이 느껴졌다. 그리고 기운이 빠져나갔다. 땅이 울렸다.

쿠콰광!

벼랑 위에서 누가 잡아당기듯 돌덩이가 무너져 내려왔다. 맑은 날이었음에도 그 소리는 마치 벼락과 같이 컸고 떨어진 바위 덩이는 바닥을 구르는 아나함의 목을 짓이겼다. 피가 번져 나오면서 마치 저주라도 부르듯이 지진과 같이 땅이 울렁였고 산사태처럼 돌덩이가 부서져 내렸다. 붉은 레스베르그가 날개를 쳐 피하는 것과 동시에 니드호그가 이쪽으로 물러섰다.

『안 되겠어. 레스베르그가 만든 바람과 너의 힘 때문에 무너지려 하고 있어!』

미드가르드가 다급하게 외쳤다. 그대로 있다간 나까지 돌덩이에 깔릴 것 같았다. 나는 날듯이 뛰어 뒤로 피했다. 동굴 안으로 겨우 들어갔을 때 우박과도 같이 내린 돌덩이는 금세 동굴의 입구를 메워 버렸다. 뒤이어 한 점 빛도 없는 어둠이 밀려왔다.

"멍청한 녀석, 밀려 들어가 버린 건가?"

어둠 너머로 그 빨강 독수리의 조소 섞인 목소리가 들린다. 설마 니드호그, 그 녀석도 기류에 휩싸여 들어온 것인가.

『니드호그가 안쪽으로 날아간 모양이로군』

한참의 소동이 끝나고 우박이 떨어지는 소리가 더 이상 들리지 않자 어둠 속에서 나도 꿈틀거리고 일어났다.

『일단 안으로 들어가자. 언제 이곳도 무너질지 모르니까』

미드가르드의 말대로 이곳은 상당히 불안했다. 금방이라도 천장이 무너저 내릴 것처럼 돌멩이기 계속 머리 위에서 떨이지고 있었다. 그 말을 듣고 나는 냉큼 일어섰다. 돌에 깔려 죽는 것도 비굴하게 죽는 것과 마찬가지로 내키지 않는 일이다.

일단 걸어서 동굴 속으로 들어갔다. 물론 그 안도 위험하지 않으리라고 장담할 순 없지만 할 수 없지 않은가. 발자국 소리가 점점 깊게 울려 퍼졌다. 내가 밟고 있는 동굴의 바닥은 바위 덩어리와 같이 탄탄했지만 물이 계속 새어 나와 꿀꿀한 기분이 들었다.

"정말 이 동굴, 저주가 풀어지는 동굴이 맞는 거야?"

나는 얼간이가 된 기분을 느끼며 계속 걸었다. 어쩐지 기온이 점점 낮아지는 것 같다. 좀 쌀쌀해진다. 아래는 지하수가 새어 들어오고 있었다.

『글쎄, 소문이란 원래 맞는 경우가 드물잖아. 어라?』

놈이 갑자기 말을 끊었다.

"응?"

그러고 보니! 어느새 내 몸이 줄어 있었던 것이다. 땅에 끌릴 정

도로 긴 머리카락은 거추장스럽고 흘러내릴 정도로 큰 옷도 귀찮
았다. 설마 그새 저녁이 된 것도 아닐 텐데!

"이게 뭐야? 아직 밤도 아닐 텐데?!"

"아하하, 나도 돌아왔네."

내가 당황하는 사이에 수다 검 녀석도 인간의 몸이 되었다. 녀
석은 멋쩍은 듯 뒤통수를 긁적이며 실없이 웃었다.

"크아악!"

정말 돌아버리겠군. 설마 이 동굴, 저주를 푸는 곳이 아니라 저
주를 덮어씌우는 곳 아닌가? 어쩐지 번지수를 잘못 짚은 것 같아
불안이 싹튼다.

"정말 신기한걸?"

"지금 신기하다고 좋아할 때가 아닌 것 같은데!"

나는 이를 드러내면서 놈에게 으르렁거렸다.

천하태평한 녀석. 계집애가 되는 것엔 익숙하다. 하지만 밤도 아
닌데 계집애가 된 것은 매우 불안하다. 혹시 평생을 이런 계집애
의 몸으로 있어야 하는 것은 아니겠지? 그렇다면 최악이다. 게다
가 이곳은 분위기도 그다지 좋지 않은 곳이잖아.

나는 헐렁해진 옷을 일단 움직이기 쉽도록 맞추었다.

젠장할, 여하간 계집애 몸이랑 원래 몸은 너무 달라서 옷이 제
대로 맞질 않는다. 여러모로 신경질나는 일이다.

"어떻게 하지?"

아까 우리가 걸어온 곳으로부터 우르르 소리와 함께 괴이한 소
리가 들려왔다. 하지만 이미 멀리 떨어진 터라 우리에겐 피해를
입히지 않았다.

"아무래도 돌 더미 사이에 누군가 있는 것 같은데?"

나는 신발을 조이면서 수다 검 놈에게 말했다.

"아마 레스베르그가 보낸 개조 인간이나 독룡 니드호그일거야."

둘 다 현재의 나로선 그다지 반갑지 않은 손님이로군. 그런데 공갈 검 놈을 데리고 에셀휜은 어디로 가버린 거지? 이 근처에 있을 줄 알았는데… 천장이 무너져 내리는 바람에 안으로 깊숙이 들어가 버린 모양이로군.

"어떻게 하지?"

"일단 그 반갑지 않은 녀석들이 저기서 나오기 전에 피하는 게 상책이지."

정말 귀찮은 곳에 들어와 버렸군. 왜 그 마법사는 이런 곳으로 날 안내한 걸까. 나는 약간 짜증이 났다.

"이 동굴에 어디론가 나갈 구멍이 있을 수도 있지. 여하간 없으면 구멍을 뚫으면 그만이야."

아직 불완전하지만 도망갈 힘 정도는 남아 있다. 반드시 힘을 키워서 나중엔 다 날려 버릴 생각이다.

"식량도 아무것도 가지고 오지 못했으니까. 일단 보통의 인간이라면 이곳에서 오래 있을 순 없지. 물은 있으니 며칠은 살 수 있겠지만."

하긴, 나라면 오랫동안 이곳에 머무른다고 하더라도 그다지 곤란한 일은 없을 것이다. 하지만 무엇보다도 기분 나쁜 것은 내가 계집애의 몸인 상태로 계속 있어야 한다는 것이다.

"음… 그럼, 일단 안으로 들어가야 하는 건가? 왠지 기분 나쁜 곳이지만."

천장에 돌출되어 있는 종유석에서 물방울이 떨어졌다. 뺨에 묻은 그 물방울의 맛을 보니 쇠 맛도 나고 비릿하기까지 하다. 석회라도 섞여 있는 모양이다. 피와는 또 다른 비릿한 냄새가 목구멍을 타고 흘러내렸다. 썩 맛이 좋지 않았다. 이런 물은 별로 마시고 싶지 않다. 나는 석연치 않은 표정으로 걸어나갔다.

"음……."

밟는 감촉 또한 그다지 좋지 않은 곳이다. 물기가 있고 습기 찬 공기는 호감이 가지 않았으며 거의 불지 않는 바람 때문에 출구의 방향조차 가늠할 수 없었다.

"일단 들어오는 구멍이 있으니 나가는 구멍도 있겠지. 이런 천연 동굴에 그런 걸 바라는 것은 무리겠지만."

"글쎄, 과연 천연 동굴인지 확실하지 않은걸? 인위적인 것일지도 모르지. 이렇게 저주를 걸 수 있는 곳이라면 대개 사람에 의해서 만들어진 동굴일 확률이 크니까. 그것도 보통 사람은 아니겠지만."

수다 검 녀석이 동굴의 벽을 손으로 만지작거리면서 사뭇 생각하는 듯한 표정으로 중얼거렸다.

"그럼 더 잘됐군. 인간들이라면 반드시 들어가는 구멍과 나가는 구멍을 뚫어놓을 테니까."

"너무 쉽게 생각하는군."

수다 검 녀석이 한숨 섞인 듯한 말로 나의 걸음을 뒤쫓아 왔다. 녀석의 보폭이 계집아이의 몸이 되어버린 나보다 큰지라 금방 따라잡는다. 녀석은 나와 보조를 맞추어 걷기 시작했다. 꽤 깊숙한 곳까지 걸어왔음에도 아직까지 이질리스와 에셀휜의 모습은 보이지 않았다. 길은 하나이기 때문에 이곳으로 들어갔을 텐데, 아무래도 이미 훨씬 앞서 간 모양이다. 내가 에셀휜에 대한 생각을 했을 때 미드가르드 녀석이 그 자리에 우뚝 섰다.

"앗, 저기 이상한 불빛이……?"

"잘못 본 거 아냐? 난 못 봤는데?"

나는 고개를 갸웃거렸다. 불빛이 있다면 밖과 가깝다는 증거다. 하지만 내가 보기엔 동굴 안이 어둡기만 하다. 그렇게 생각했을 때 수다 검 녀석이 고개를 들고 소리쳤다.

"밝아졌어!"

그 녀석의 말대로 확실히 밝아졌다가 다시 희미해진다. 우리들은 그쪽으로 달려갔다.

그곳은 좁은 동굴의 통로보다 훨씬 더 넓은 곳이었다. 이곳저곳에 기둥으로 보이는 석주들이 매달려 있었고, 여전히 축축한 물방울이 간혹 얼굴을 적시긴 했지만 형광 푸른 빛을 내는 작은 솜과 같은 존재가 먼지같이 공중을 떠다니고 있는 모습은 신비해 보이기까지 했다. 얼마 지나지 않아 그것들은 또다시 현란한 빛을 발했다.

"뭐야, 여기 이상한 포자 같은 것이 날아다니고 있잖아."

"이것들이 간혹 빛을 발하는 것이었군."

수다 검 녀석이 알았다는 듯이 고개를 끄덕였다. 그리고 이내 무언가 생각났다는 듯이 손바닥을 마주쳤다.

"아무래도 좋아. 내가 가장 원하는 것은 우선 이곳을 나가는 거라고."

"나가서 어떻게 할 건데?"

"그건 그때 생각할 거야."

"생각없이 살기는……. 그렇지만 이곳 정말 아름다운 곳이로군."

흥! 감상적인 척하고 있네.

미드가르드는 빛을 바라보면서 우수에 젖은 듯이 중얼거렸다.

"왜, 너도 애인이랑 함께 놀던 때라도 생각나는 거야?"

내가 녀석에게 비꼬았다. 녀석은 푸핫 웃음을 터뜨리며 내 말에 수긍했다. 하지만 이 녀석답지 않은 슬픔이 담긴 미소였다고 생각한다.

"흥, 이런 촌스러운 데서 어떻게 여자랑 노냐?"

"진정으로 사랑하는 여인이라면 가능하겠지."

미드가르드 녀석은 여전히 입가에 허탈한 미소를 감추지 않았다.

"나에게는 그런 여자 없어."

"그럴 리가. 항상 뼈에 사무치도록 강렬하게 생각하는 사람이 있잖아."

미드가르드의 목소리에 나는 잠시 생각하다가 되물었다.

"그런 사람이 있단 말야?"

난 별로 강렬하게 생각하는 여자는 없었다. 적어도 내 생각엔 그렇다. 죄책감인지도 모르는 그것 때문에 문득 생각나 버리는 여자라면 있긴 하지만 그것과 사랑은 다른 의미라고 생각한다. 하지만 나에게 있어 여자라는 존재는 항상 함께 있으면서도 바람처럼 한곳에 머물지 못하는 존재일지도 모른다. 나는 모든 여자들을 사랑할 만한 가치가 있다고 생각한다. 카나와 같은 별종 몇 사람을 제외하면 말이다.

녀석은 더 이상 말을 잇지 않고 포자들이 만들어낸 먼지 덩어리들을 손으로 잡았다. 그것들은 곧 팍 하고 터지듯 사라져 버렸고, 그의 손을 떠나자 또다시 뭉쳐 아까와 같은 푸른 빛을 발했다.

미드가르드는 더 이상 그 이야기는 입에 담지 않았다. 그보다 다른 화제거리를 찾고 있었다. 이곳에서 우선 해야만 하는 일이

나도, 녀석에게도 더 중요했던 것이다.

"아무래도 인간의 손길이 닿아 있는 것 같아."

"그런가? 하지만 아무래도 좋아."

나는 어깨를 으쓱하고 들어왔던 곳의 반대 방향으로 계속 걸어가기 시작했다. 아무래도 동굴 깊숙이 들어가고 있는 듯한 느낌이 든다. 미드가르드 녀석도 나를 따라서 어깨를 으쓱하고 아예 화제를 전환해 버렸다.

"그런데 이제 어떻게 할 거야? 이대로 마법사를 쫓아가는 것은 너에게도 좋지 않은 일일지도 몰라."

"그게 어쨌다는 거야?"

"더 이상 생각없이 행동하는 것은 위험할지도 모른다는 거지. 넌 쫓기고 있잖아."

"난 내가 원하는 대로만 행동해. 내가 좋다고 생각할 때 그렇게 행동하면 그만인 거지."

나는 녀석의 말허리를 잘랐다.

"카티……"

수다 검 녀석은 무엇을 눈치 채고 있는 것일까. 그리고 나에 대해 어떠한 죄책감을 가지고 있을지도 모른다. 누차 이야기하지만 미드가르드는 알타크나의 마검, 이그드라실의 이름없는 마검들 가운데 하나다. 내가 마검인 그를 들고 있다는 그 사실만으로도 추적자가 붙을 수 있는 것이다. 알타크나의 그 바르하시온은 미드가르드가 있는 곳을 감지해 낼 수 있다고 했으니까.

하지만 하고 싶은 말은 하나다.

"날 쫓고 싶은 사람은 쫓으라고 해. 하지만 무엇보다도 난 내가 하고 싶은 일만 해."

내가 하고 싶으면 하고 내가 하기 싫으면 하지 않는다.

내가 수다 검 녀석을 가지고 있고 싶으면 누가 뭐라고 해도 가지고 있을 것이다. 위험에 빠지든 뭘 하든 그런 걱정은 그때 가서나 하는 거다. 내가 가지고 싶으면 가지고, 내가 버리고 싶으면 버린다.

"너다운 말이로구나."

미드가르드의 말대로 나답다라는 것이 바로 이런 것이 아니겠는가. 남에게 놀아나는 것은 싫다. 남에게 선택당하기보다는 내가 선택하고, 추적되기보다는 추적할 것이다. 실행하고 후회한다면 그건 나답지 않은 짓이 아니겠는가.

"꺄—!"

공기를 타고, 미세한 바람을 타고 동굴이 쩌렁쩌렁 울릴 정도의 큰 메아리가 쳤다. 분명 인간의 목소리였다.

"무슨 소리가 들리지 않았어?"

미드가르드의 질문에 나는 고개를 끄덕였다.

"혹시 에셀휜이나 이질리스일지도 몰라."

"그런가?"

"가보자."

정말 그 꼬맹이랑 공갈 검 녀석은 저곳에 있는 건가.

그렇게 생각하면서 나와 미드가르드는 일단 달렸다. 지하수가 배어 나와서 질퍽질퍽한 길이었지만 빨리 달리는 것은 자신있다. 나와 수다 검 녀석이 모퉁이를 돌았을 때, 희끗희끗한 안개와 비슷한 것이 사방으로 펼쳐져 있어 눈앞도 제대로 볼 수 없을 지경이었다. 사방을 메우는 안개가 이내 우리들의 몸까지 덮쳐서 우리들이 뚫고 들어온 통로조차 어디인지 분간할 수 없게 만들었다.

“이 안개는 뭐지?”

“마치 에드빌 산에 갔었을 때와 같은 환영이야. 역시 그 포자들
은……”

미드가르드가 어떤 것임을 확신하고 말끝을 흐렸다.

“환영?”

그러고 보니 환영 때문에 한번 고생한 일이 있었지. 아라이라는
얼간이와 에드빌 인어를 만났을 때 있었던 일인 것 같은데 잘 기
억나지는 않는다. 인간은 자신에게 불리한 것은 잊어버리는 특성
이 있는데 그건 나 역시 마찬가지인 것 같다. 자신의 잘못, 자신에
게 불리한 기억 따윈 빨리 잊어버리는 것이 정상인의 도리인 법이
다. 그런고로 나도 그때 일이 잘 기억나지 않는다. 한 가지 확실한
것은 그다지 기억하고 싶지 않을 정도로 괴롭고, 귀찮고, 지겨운
일이었던 것 같다.

“자칫 잘못하면 자기 무덤 파기 쉬우니까 조심해, 카티스.”

“그렇게 말하는 너야말로 조심하라고, 이 인간도 아닌 수다 검.”

이질리스와 에셀휜은 이곳에 있다가 당한 것인가? 하지만 그들
을 찾아내는 것은 그리 쉬워 보이지만은 않는다.

“걱정 말아… 라고 말하려고 해도, 검신에 있지 않는 한……”

나의 말에 미드가르드 녀석은 쓴웃음을 지었다.

“별로 자신은 없는걸. 누구나 아픈 기억을 가지고 있으니까.”

아픈 기억, 오래 살았던 인간이라면 누구나 하나쯤은 가지고 있
을 것이다. 아니, 자신은 아픈 기억이라고 생각하지 않아도 마음속
구석을 뒤지고 그것의 환영을 보게 되면 기겁하는 일 역시 라그나
가운데서조차 적지 않다. 단지 인간과 라그나, 그 감정에 미묘한
차이가 있을 뿐이다.

"설마, 그럴 리가."

나는 부정했다. 난 그런 기억 따윈 잊어버린 지 오래다.

"글쎄… 안개가 자욱하군. 나에게서 떨어지지 않도록 조심해."

미드가르드가 나의 손을 잡아끌었다. 나는 녀석의 손을 뿌리쳤다.

"징그럽게 왜 사내자식이 손을 잡는 거야! 난 여자가 내 손이나 몸 만지는 것은 이해해도 사내자식이 만지는 것만은 사절이니까 나에게서 떨어져."

"혼자 가면 위험해. 잘못하면 환영으로 인해서 잠식당해 버릴 수도 있다고!"

다시 내 옷깃을 잡는 녀석의 목소리에 나는 반문했다.

"잠식?"

똑같은 방법이라면 두 번 속지 않는다고. 만일 칼리아가 나타나 또 날 괴롭힌다고 해도 난 그것에 당하지 않을 자신이 있다고. 그런데 잠식이라니?

"잠식당하면 자아는 없어져 버리고 육체라는 껍질은 놈에게 먹혀 버리지."

"그럼, 이 안개가 라그나란 말이냐?"

수다 겸 녀석의 목소리는 잘 들리지만 얼굴은 제대로 보이지 않을 정도로 안개가 심해졌다. 이거 정말 말 그대로 한 치 앞도 내다볼 수 없는 상황이었다.

"이 동굴을 만든 사람 말야, 학자들의 말에 의하면 아시르 인이라고도 하지만 타락한 아시르 인이라는 설이 유력해. 하지만 이건 나도 어디서 들은 말이라 잘 알지는 못해."

수다 겸 녀석은 어디서 많이 주워들은 모양이었다. 과연 오래된 녀석은 다르다. 나 같은 경우에도 300여 년을 살았다고는 하지만 100여 년 간은 봉인당해 있었다. 그동안 수다 검 녀석은 과연 얼마나 되는 시간을 검 속에 살면서 인간들을 지켜보고 있었던 것일까. 모르긴 몰라도 내가 태어나기 전, 아니, 그보다 훨씬 오랜 시간을 이 녀석은 마검 안에서 보냈을지도 모른다. 마검의 수명은 개인차가 있지만 대강 400~500년, 길게는 1,000년까지 간다고 들었다. 그렇다면 만들어진 마검 이그드라실의 형제는 언제부터 알타크나에서 만들어졌으며, 언제부터 '이름없는 마검'이라는 이름을 얻었던 것인가.

"조심해야 한다는 것밖엔 확실히 말하기 힘들군."

미드가르드의 목소리도 더 이상 울리지 않았다.

예전에 보았던 환상과 같은 것을 보게 될까. 칼리아에 대해서 나는 약간의 죄책감이 남아 있었던가.

칼리아, 그녀는 바람과도 같았다. 검고 긴 생머리카락을 가진 흰 살결의 소녀. 어떻게 보면 베리우스 녀석이 나와 그 계집애를 착각한 것은 모두 다 그 검고 긴 머리 때문이었으리라.

칼리아는 바람과 같이 잠들어 있던 내 앞에 나타났다. 그녀는 다른 여자들과는 달랐다. 내가 지금까지 만난 여자들은 굳건히 일을 하든 몸을 팔아 생계를 유지하든 자기 나름대로 열심히 살아가는 평범한 여자들이었다. 또 다른 부류의 여자들로 남편 잘 만나 비싼 향수를 뿌리고 비로드 드레스를 입는 돈을 잘 쓰는 귀족 아낙들과 요조숙녀와 철없는 말괄량이 귀족 계집애들도 있었다.

그런데 칼리아는 평범한 여자도, 철없는 말괄량이 귀족 계집애도 아니었고, 그렇다고 고귀한 척하는 귀족도 아니었다. 그녀는 미풍처럼 나에게 다가와서 잔잔한 추억만을 남긴 채 사라져 버렸다.

그녀는 자신을 위해 나에게 죽여줄 것을 바랐다.

죄책감? 그런 것이 아니다. 단지 그것이 추억처럼 내 마음 깊은 곳에 남아 있을 뿐이다. 하지만 그녀가 다시 내 눈앞에 나타난다고 한다면 매정하게 못 본 체할 수 있을까. 그날, 에드빌의 동굴로 가기 전의 나는 그런 기분 따위는 옛날에 이미 버렸다고 생각했었다. 그런데 왜 지금에 와서 그런 잡념들이 나를 괴롭히고 있는 것일까.

어느덧 눈앞에 붉은 대지가 드러났다. 아니, 나에게만 붉은 대지로 보이는 것일 거다. 나의 몸이 지금보다도 더 작아진 것 같았다. 나의 몸은 어린애처럼 작아져 있다. 마치 200여 년 전의 과거로 돌아가 있는 것처럼.

이 기억은 뭘까. 잊고 있었던, 몇백 년 간 가슴속에 뭉쳐 두었던 추억이라고 하는 것일까.

오싹한 기분에 소름이 돋았다. 몸이 쉴 새 없이 부들거리고 떨렸다. 눈가엔 내가 생전 흘려보지 못할 것이라고 생각했던 뜨겁고도 맑은 존재가 뺨을 타고 흘러내리는 듯한 착각에 빠졌다.

라그나는 절대 울지 않는다. 그런데 난 지금 뭘 하고 있는 걸까. 어째서 난 인간들의 전유물인 눈물을 흘리고 있는 것일까. 그리고 내 몸은 왜 이렇게 왜소하고 작아져 있으며 어째서 벌벌 떨고 무언가를 두려워하고 있는 것일까. 이해할 수 없었다.

붉은 벌판은 피의 벌판이었다. 끈적끈적한 붉은 핏줄기가 사방으로 흘러서 적자색 빛을 발하고 있었다. 그리고 그 위에 사람의 팔 하나가 떨어져 있었으며 그 옆에 앉은 검은 물체, 그것이 바로 내가 가장 두려워하고 있던 것임을 깨달을 수 있었다.

검은 머리카락, 피에 젖어서 윤기를 잃었지만 건강하고 곧은 머리카락은 나와 비슷한 검고 긴 것임을 알 수 있었다.

오도독오도독 뼈를 씹는 소리가 들려오자 소름이 끼쳐 왔다. 피가 묻은 희고 긴 손가락이 순간 멈추었다. 그 손으로 검고 긴 머리카락을 젖히자 요마라고 생각될 정도의 섬뜩함을 지닌 흰 얼굴, 하지만 마약과 같은 마성(魔性)의 아름다움을 지닌 여자의 얼굴이 떠올랐다.

그녀의 입술은 바닥을 흥건히 적시고 있는 핏빛보다도 더 붉었고, 오뚝한 콧날은 매혹적이었으며, 남을 경시하는 듯한 그 눈매는 사람을 매료시키며 얼어붙게 만들 정도였다. 그림으로 그린 것처럼 매끈한 얼굴 선이 그녀가 냉소적인 미소를 짓는 바람에 밸런스기 끼이졌다. 그녀는 나를 보고 웃고 있었다. 그것은 나와 그녀의 두 번째 만남이었다.

그녀의 몸이 서서히 일어섬과 동시에 심장의 박동수가 계속 커지고 빨라졌다. 마치 심장이 터질 것 같았다. 죽은 자들의 괴성이 들리듯 희한한, 또 꺼림칙한 목소리가 귓바퀴에 맴돌았다. 이 내가 공포를 느끼고 있는 것인가. 아니면 애틋한 그리움을 느끼고 있는 것인가.

나는 떨리는 몸을 붙잡았다.

맑고 낭랑한 웃음소리가 들렸다. 섬뜩하고 모든 것을 매료시키면서 부드럽고 우아하고도 형언할 수 없는 핏빛의 눈동자, 그것은 오묘하면서도 소름 끼칠 정도로 아름다웠다. 위험한 미모였다. 매료되어서는 안 되지만 매료될 수밖에 없는, 빠져들어선 안 되지만 빠져들 수밖에 없는 아름다움. 그것에 매혹된 결과가 처참한 광경이 되어 눈앞에 펼쳐졌다. 그것을 보며 나는 절로 신음 소리를 냈다.

그러나 그녀는 아무런 말도 하지 않았다. 하지만 그녀가 느긋하

게 자리에서 일어나고 또 입 안에 있던 무엇인가를 퉤 뱉어버렸
다. 그녀의 눈앞에 희미한 허상들이 나타났다.

나의 기억 속에서 잘 기억나지 않는 영상들이 모여져 한 인간의
형상을 이루었다. 그것은 사람의 뼈를 이루고, 또 떨어져 있던 팔
과 손을 이루었다. 어깨 아래로 늘어뜨린 검은 머리카락에 바다
빛 눈동자, 말은 없었지만 나를 이해했던 단 한 사람의 인간 남자
의 모습이 눈앞에 서렸다.

"사, 사카디은……?"

사카디은, 그것이 그 남자의 이름이었다. 라그나에게 성(姓)이라
는 것은 존재하지 않는다. 귀화한 라그나가 만일 인간과 어울러서
살아간다면 성을 가지는 것이 흔한 일이지만 잡초처럼 살아가는
나에게 '사카디은'과 같은 성이 있을 리 없었다. 사카디은은 본디
그 남자의 이름이었다.

남자로선 유일하게 내 이름 세 자 뒤에 붙임으로써 아직까지도
기억하고 있는 자의 이름이었다.

사카디은은 나에게 있어 특별한 추억을 안겨준 인간이었다. 보
통 인간이 아닌 특이한 인간, 라그나 라그나드도 아니면서 그에
맞먹는 힘을 가진 엘 족의 남성.

그가 어디서 왔는지, 또 나이가 몇인지는 잘 알 수 없었지만 그
는 라그나즈에서 잡초와 같이 살아가던 나를 길러주었다. 길고도
짧은 시간을 함께 보냈던, 말이 없고 무뚝뚝한 사람. 내가 인간에
게 있어 약점, 혹은 강점이라고도 생각하는 바로 그 정에 얽매이
는 그런 남자였다.

나와 지낸 시간이 오래지 않아 그는 그 여자에게 먹혀 버렸다.
지금은 이 세상에 없다. 그런 그가 지금 내 눈앞에 나타나다니. 바

로 이것이 필시 수다 검 녀석이 말한 그 환영이라는 것일 테지.

하지만 그의 단정하지만 헝클어진 모습은 곧 무너져 버렸고 마치 썩어가는 시체처럼 금세 악취를 내며 살덩어리가 허물어졌다. 사카디은의 형상을 한 그것의 눈은 죽음을 바라보는 것 같았다.

저것은 환영이다.

절대로 사실이 아니며 난 그것으로부터 빠져나와야만 한다.

나의 이성이 뇌로부터 지령을 내렸지만 몸은 쉽사리 움직여지지 않았다. 팔도 다리도 옛날처럼 앙상하고 왜소해져 버린 것만 같았고 무엇보다도 사카디은, 그의 말을 거역할 수 없을 것 같았다.

내 몸이 계집아이처럼 직아저 있기 때문일까. 아니면 나조자도 깨닫지 못한 나의 기억의 일면에서 그의 모습을 한 번이라도 더 보고 싶었던 것인지도 모른다.

카티스 사카디은.

그것이 그가 나에게 부여한 이름이 아니었던가. 카티스, 난 언제부터 그렇게 불려왔던가. 내가 태어났던 그때부터 누군가가 카티스라는 그 이름을 불러주었던가?

그 환영은 나의 목을 잡고 있었다.

만일 그라면, 사카디은이라면 장난은 칠지언정, 나를 위해 사람을 죽일지언정 나를 죽이는 일은 하지 않을 것이다!

"그만둬! 가면 안 돼!"

거울이 깨어져 버리듯 기억들이 산산조각 나서 그 파편을 튀긴다.

나는 어느덧 계집애의 몸으로 돌아와 있었다. 그 섬영한 눈빛의 여성도 눈앞에 보이지 않고, 또 허물어진 인간의 모습도 보이지 않는다. 그냥 돌투성이의 울퉁불퉁한 동굴의 벽과 천장에 돌출된 종유석에서부터 흐르는 물방울이 차갑게 얼굴을 적시고 있다는 것을 알아차렸다.

하지만 어떤 것이 내 목을 조여왔다. 인간의 팔이 나를 덥석 끌어안았다.

"…난 받기만 했는데 왜 넌 나에게……."

목소리를 들어보니 미드가르드, 수다 검 녀석이다. 이 녀석도 그 환영 속에 빠져 버렸는지 좀처럼 볼 수 없었던 애틋한 얼굴로 내 몸을 끌어안고 있었던 것이다. 나는 그 녀석을 한 대 갈겨주려고 마음먹었다.

"줄 기회를 주지 않는 거지… 에이아!"

미드가르드의 팔이 나를 꼭 끌어안았을 때, 그 녀석의 등에서 검푸른 사금파리와도 같은 빛깔의 날개가 등을 뚫고 튀어나와 버렸다. 마치 살아 있는 것처럼 녀석의 등에서 그 큰 날개의 깃털은 춤을 추듯 넘실거리며 내 몸을 감쌌다.

"뭐 하고 있는 거야?!"

나는 주먹으로 수다 검 녀석의 안면을 강타했다. 그대로 쿵 소리와 함께 미드가르드는 뒤로 자빠져 버렸다. 미드가르드는 눈물 자국이 아직 남아 있는 얼굴을 닦으며 힘겹게 몸을 일으켰다. 그러고 보니 이제 안개는 사라져 버렸다.

"카, 카티?"

이제 제정신을 차린 모양이로군.

나는 이를 으드득 갈면서 놈의 배를 발로 지그시 밟아주었다.

"카티, 왜 그래?"

녀석이 난처한 표정을 지으면서 갖은 귀여운 척을 다 하지만 나

는 누르던 발을 멈추지 않고 살짝 비비면서 입가에 잔인한 미소를
띠었다.

"내 몸에 손대지 말랬잖아, 이 색한 마검!"

나는 주먹으로 얼굴을 한 대 갈겨준 후 풀쩍 뛰어 앞으로 걸어
갔다. 수다 검 녀석의 눈가엔 눈물이 남아 있었고 그 사금파리 같
은 날개는 축 늘어져 버렸다. 그 녀석은 허탈하게 웃으면서 힘겹
게 자리에서 일어났다. 입가에 가까스로 미소를 띠고 있지만 피곤
함이 역력해 보인다. 에이아라고 했던 자기 옛 애인에 대한 환상
이라도 본 것인가. 조금 찜찜하기는 하지만 일단 이 동굴에서의
수상한 라그나 녀석의 유혹은 뿌리친 모양이로군. 나는 고개를 끄
덕이면서 한 길음 발을 내디뎠다. 그때.

"카티! 조심해!"

미드가르드의 외침 소리와 동시에 내가 있는 지역의 땅이 꺼지
고 미드 녀석이 있는 곳의 지형이 높아지는 것을 알 수 있었다.

어라, 이게 어떻게 된 거지? 수다 검 녀석이 날갯짓을 하며 내
쪽으로 날아들려고 했지만 무용지물, 녀석은 내려오는 돌덩이 때
문에 날갯짓할 엄두도 못 내게 되었다. 안타까운 표정으로 손을
뻗었지만 나는 그 손을 잡지 못하고 낮아지는 지표 위에서 중심을
잡고 있었다. 날리는 흙먼지와 후텁지근한 바람 때문에 뛰어오를
틈도 없이 그대로 지하 깊은 곳으로 빠져 들어갔다.

쳇, 결국 또다시 이런 꼴이로군.

수다 검 녀석의 본체를 가지고 있으니 녀석은 나중에 만날 수
있을 것이다. 하지만 지금 그 녀석의 정신체는 주위에 없는데다가
사방이 어둠으로 가득 차 있어서 기분이 묘했다.

"젠장."

아픈 엉덩이를 문지르며 나는 일어섰다. 그래도 몸이 가볍기에 다행이지 그렇지 않았더라면 그대로 바위틈에 끼어 버렸을지도 모른다.

나는 이곳이 고요하다고 생각했다. 하지만 그것은 내 생각일 뿐이었다.

정신을 바싹 차리고 나니 그 안개도 모두 사라져 버린 뒤였고 검은 어둠 안에 인기척이 느껴졌다.

"어라?"

한기… 한기가 느껴졌다. 어둠에 익숙해졌을 때 비로소 나와 가까운 곳에 한 사람이 서 있는 것을 느꼈다. 그 인간의 등에 얍삽하게 생긴 한 쌍의 날개가 달려 있었고, 망토를 걸친 치렁치렁한 모습이어서 금세 나는 그가 누군지 알 수 있었다.

"니드호그?"

하지만 니드호그의 표정이 예전과 다르다. 그래서 하마터면 다른 녀석으로 착각할 뻔했다. 그러나 오래지 않아 녀석은 입가에 잔인한 미소를 머금으며 그 녹색 손톱이 뾰족한 손을 휘둘렀다.

"난 이런 거 믿지 않아!"

니드호그, 저 녀석 혹시 아까 나와 수다 검이 당했던 것과 같은 환각에 빠져 있었던 것이 아닐까.

"니드호그?"

아, 이름을 말하지 말 걸 그랬다. 니드호그는 땀이 송골송골한 얼굴에 이내 미소를 띠면서 내가 있는 곳을 바라보았다. 어둠과 동화한 녀석의 녹색 머리카락과 전체적으로 흰빛을 띠는 망토가 빛을 발해 사뭇 신비한 느낌을 자아냈다.

"아, 넌가?"

니드호그 녀석이 히죽 웃었다. 그 녀석은 재미있다는 듯 어깨를 들썩이며 웃기 시작했다. 놈의 발걸음이 내가 있는 곳으로 향했다. 위에서부터 무너져 내린 돌덩이가 발에 걸렸겠지만 녀석은 별로 상관하지 않았다. 혹시 저렇게 손가락을 움직이면서 오는 것을 보면 날 죽이려고 하는 걸까. 아니면 저 녀석이 소중하게 생각하는 고통을 선사해 주기 위해서 오는 것일까.

에잇, 물러가라. 지금 정상적인 몸이었다면 저런 녀석쯤은 어렵지 않게 날려 버렸겠지만 지금 상태로는 반갑지 않은 손님이 아닌가.

"넌 왜 벽에 붙어 있는 거지?"

내가 한쪽 벽면에 몸을 기대고 놈이 다가오는 곳에서 멀찍이 떨어지자 녀석이 풋 웃으며 터덜터덜 걸어왔다. 자세히 보니 녀석의 날개와 얼굴, 머리카락이 엉망인 채였다. 가벼운 한 쌍의 날개는 꺾이지는 않았지만 흙먼지가 묻어 매우 지저분해져 있었으며 니드호그의 망토도 찢어진 부분이 군데군데 보였다. 나는 용기를 내어 녀석에게 물었다.

"너 역시 이 안으로 밀려든 모양이지?"

"흥, 정신 차리고 보니 이 안이더군."

니드호그는 차츰 나에게로 다가왔다. 그 녀석은 헝클어진 머리를 단정히 손으로 누르며 항상 머금고 있던 잔혹한 미소를 입가에 띠었다. 어쩐지 불안한 기분이 들어 나는 슬쩍 놈에게 물어보았다.

"너, 나 죽일 생각이야?"

"죽이다니. 뭐, 고통을 선사해 주고 싶은 마음은 있지만 지금은 별로 그럴 때가 아니라고 생각하니까. 일단 나가는 것이 중요하겠지."

그 녀석은 미친 놈답지 않게 어깨를 으쓱했다.

그렇지. 이 녀석은 얼마 전까지만 해도 날 생포하려고 했었지만 지금은 동굴 안에서 어떤 상황이 일어날지 알 수 없는 상황이기 때문에 섣불리 행동하지 않겠다는 것인가. 이런 미친놈도 머리는 있는 모양이로군.

욱! 아직도 심장이 욱신거린다. 그때 케이아르에게 당했던 상처가 쑤셔서 고통스러웠다. 자가 치유가 되려면 충분한 휴식이 필요한데 지금은 그럴 만한 상황이 되지 않는다. 내가 눈을 찡그리자 놈은 알았다는 듯이 눈을 내리깔며 물었다.

"너, 아직도 아픈 거냐?"

"이게 누구 때문인데!"

"누구긴, 그 잘난 케이아르 때문이지."

저 뻔뻔한 녀석, 자긴 더 잔인한 짓을 하려고 했으면서.

니드호그는 혀로 낼름 자신의 녹색 손톱을 핥았다. 손에 묻었던 흙들이 말끔하게 처리되었다.

"'어둠의 교살자'라고 불릴 정도의 나이지만 상황 판단만은 확실하니까 지금은 안심해도 좋아."

어둠의 교살자는 녀석에게 걸맞는 이름이긴 하지만 별로 흔쾌한 이름은 아니다. 나는 니드호그가 싸우기만 하는 타입이라고 생각했었는데 의외로 생각하는 타입이었군.

그러고 보면 녀석은 케이아르를 죽이기 위해 로키에게 반역하려 한다는 적당한 구실을 갖다 붙였던 기억이 난다. 이 녀석, 보기보다 머리가 좋을지도 모른다.

니드호그의 얼굴엔 예전과 같은 광기가 도사리고 있었지만 상황이 상황인만큼 호전적인 성격을 보여주지는 않았다. 예전의 위풍당당한 녀석의 모습과는 또 다른 모습이었고, 또 사뭇 뭔가 진지하게 생각하는 그 모습이 어색하고 낯설었다.

역시 니드호그 하면 광적으로 으하하하 웃으며 손톱으로 살갗을 찢어버리는 모습밖에는 떠오르지 않는다.

"뭐 하는 거야? 일단 밖에 나가야 뭔가 할 거 아냐?"

"그, 그렇지……."

저 녀석에게 저런 진지한 일면이 있을 줄이야. 신중을 기하고는 있지만 나로선 그다지 신뢰하고 싶지 않은 녀석이었다.

나는 일단 니드호그가 걸어가는 대로 따라갔다.

"하지만 도망은 못 가게 할 거야. 각오하라고."

하긴, 서 녀석이 어련하겠어. 나도 일단 나가서 생각하기로 했다.

또각또각.

니드호그의 발자국 소리가 들려오고 있다. 그렇게 상황 판단력이 있는 녀석일 테니 밖으로 나가는 길쯤은 잘 찾을 수 있겠지. 별로 미더운 녀석은 아니지만.

몇 시간을 그렇게 걸었는지 모르겠다.

슬슬 다리도 아프고 배도 고파온다. 게다가 난 근래 피도 마시지 못했기 때문에 기운도 없다. 젠장, 에셀흰이라도 있었으면 잡아먹어 버렸을 텐데 그렇지 못해 유감이다. 게다가 독룡 녀석의 피를 마셔도 그다지 효과가 있을 것 같지 않다.

"넌 별로 피도 맛이 없을 것 같아."

"하긴, 내 몸엔 독이 흐르고 있으니 먹으면 아무리 너라도 죽어버리겠지."

니드호그의 대답에 나는 눈썹을 잔뜩 찡그렸다. 저런 녀석과 함께 가고 싶은 마음은 없지만 저 녀석이 멀쩡하게 이곳에 있는 한 나는 놈에게서 빠져나올 수 없을 것이다. 일단은 니드호그를 따라 갈 수밖에.

"이렇게 언제까지 걸어야 하지? 배고파서 죽겠다."

나는 자리에 주저앉고 싶은 마음이었다. 확실히 계집애의 몸이라서 그런지 지구력이 떨어졌다. 게다가 무거운 수다 검을 들고 있자니 피곤하기만 하다.

아직도 축축한 바닥은 여전했고 아까보다 더 지하로 내려와서 그런지 물이 흐르는 곳이 많았다. 이거 다층 동굴인지도 모르겠다.

"배가 고파서 죽으면 곤란하지. 반드시 이곳에서 나가자고. 어차피 이 동굴에서 나가면 너는 내 거잖아. 난 그분에게 널 가져다 주기만 하면 되는 거니까 그전에 좀 고통을 줘도 상관없겠지."

니드호그가 주저앉으려고 하는 나에게 다가와 녹색 손톱을 목에 가져다 댔다. 단정했던 녀석의 둥근 모자가 약간 찌그러진 형태로 내 눈앞에 어린다.

"이 독룡 자식……!"

그 손톱에 찔리면 몇 시간 지나지 않아서 폐인이 되어버릴 것이다. 내가 뭐 씹은 표정을 짓자 그때 녀석은 갑자기 박장대소를 터뜨렸다.

"하하핫! 재미있군. 인간과 비슷해. 네 행동은 인간과 비슷해서 재미있어!"

내가 인간과 비슷해서 재미있다라고 말하는 건가.

"인간과 비슷하다고?"

나는 의아한 눈빛으로 놈을 노려보았다.

"비슷해. 하지만 넌 인간과는 다르지. 그래서 더 괴롭혀 주고 싶은 거라고."

니드호그가 짓궂은 미소로 나를 내리깔아 보았다.

흐음, 인간과 비슷하다는 말은 역시 감정적이라는 말인가. 사카디은, 그가 죽은 이후로 인간의 감정에 휘말려 들지 않도록 무던히도 노력했었다. 하지만 어쩌면 그 때문에 쉽게 감정적이 되어버리는 것일지도 모른다.

"그러니까 오히려 상처를 입히는 재미가 더 각별할 것 같아."

뭐냐, 저 확신에 찬 미소를 짓는 미친 녀석은. 나는 쓴웃음을 짓고 어깨를 으쓱하며 자리에서 일어났다. 종유석으로부터 떨어진 물방울 때문에 옷이 젖어 있었지만 나는 그 물방울을 손바닥으로 톡톡 떨구어냈다.

"그런데 독룡, 날 잡으라고 한 녀석이 누구라고?"

"그런 건 알아서 뭐 하게?"

"당연히 가서 죽여줘야 할 거 아냐?!"

내가 그렇게 소리치자 니드호그는 푸핫 폭소를 터뜨렸다.

"웃기는군. 나 하나도 이기지 못하면서 그분을 죽이겠단 말인가? 그거 정말 재미있는 발언인데!"

동굴이 떠나갈 정도로 크게 웃던 니드호그 녀석은 이전보다 더 짓궂은 얼굴로 내 얼굴 가까이 다가왔다.

"정신 차려. 살려두는 것도 다 생각이 있어서니까. 라그나 가넬의 피를 이은 것은 너뿐이 아냐. 왜 굳이 너 따위가 필요한지 나도 모르겠어."

"가넬 족이라면 역시 그 여자를 이야기하는 건가?"

니드호그 녀석은 냉기를 내뿜으며 나에게 다가왔다.

"그 여자, 카나 말이야? 그렇지. 그녀와 그녀의 자식들이 가넬 족이지."

"그 여자의 자식이라……"

나는 그 순간 헬이라는 이름의 괴물이 생각났다. 피와 같이 시뻘건 머리카락에 나처럼 붉은 눈, 그건 가넬의 증거가 확실했다. 게다가 그 녀석은 내 형이라고 우기고 있었다. 가넬 족이 나 혼자만은 아니었다는 건 알고 있었지만 그 여자의 자식들이 살아남아 있을 줄은 몰랐다. 하지만 어차피 순수한 가넬 족은 그 여자, 카나밖에 안 남지 않았던가.

키키키―

어둠 속에서 이상한 소리가 들려왔다. 나는 곧장 자리에서 일어서서 등에 꽂아둔 미드가르드에게 손을 가져다 댔다. 언제든지 칼을 뽑을 수 있도록 자세를 낮추었다.

"손님이 등장하는군."

니드호그는 재미있다는 듯이 휘파람을 불었다. 그는 즐거워서 미칠 것 같은 얼굴로 허리를 펴고 고개를 돌렸다. 과연 니드호그의 잔인한 미소와 행동은 나마저도 섬뜩하게 하는 무언가가 있다.

그 녀석이 자신만만하게 다리를 펴고 앞으로 걸어나갔다. 신경이 바싹 곤두서 있어서 어떤 물체가 움직이더라도 곧 덮칠 기세다.

파앗―!

소리와 함께 니드호그와 내가 왼쪽으로 고개를 돌렸다.

요마(妖魔)라고 부를 만한, 유령과도 같은 존재가 희미하게 어둠 속에서 모습을 드러냈다. 반은 나신의 아름다운 여성이었고 나머지 반은 나무뿌리와도 같이 앙상하면서도 유연하고 흐물흐물한 점액질의 액체 같은 느낌의 무언가였다. 라그나도 아닌 것이 이(異)생명체인 하급 요마인 것 같았다.

"이 동굴 안에서 피를 빨아 먹고 사는 요마로군."

니드호그는 재미있다는 듯 오른손을 들어 손톱을 쭈뻣하게 세웠다. 이런 때의 니드호그야말로 바로 내가 알고 있는 니드호그의 얼굴이었다.

"좋아, 다가와라. 내 피를 먹여주지. 그리고 모두 확실히 고통을 선사해 주겠다."

니드호그는 통쾌한 미소를 지으면서도 피에 흠뻑 취해서 빠져나오지 못하는 얼굴이었다. 여러 마리의 요마들이 니드호그에게 덮쳤지만 니드호그는 한 발자국도 움직이지 않은 채, 씨익 입꼬리를 올려가며 미소를 지었다.

나에게도 한 요마가 팔을 휘둘렀다. 난 기본적으로 오는 여자는 막지 않지만 하반신이 액체처럼 줄렁거리고 있어서 그다지 마음에 들지 않았다. 여자란 요염한 맛이 있어야 하는데 그것조차 없었다. 게다가 내 몸은 지금 계집애의 몸이기 때문에 아무리 내가 여자를 좋아하더라도 소용없지 않은가!

"이봐, 이것도 좀 어떻게 해보라고."

나는 고개를 돌리며 녀석에게 빼돌리려 했지만 니드호그에게서는 냉소만이 돌아왔을 뿐이다. 하급의 요마임에도 나는 피곤한 상태라 고전을 면치 못했던 것이다.

"네 일은 네가 알아서 해."

여전히 재수없는 녀석이로군.

나는 등 뒤에 메고 있던 수다 검을 들어 요마를 내려쳤다. 그 녀석은 윙윙 바람 소리를 내며 나신의 상반신을 나에게 덮쳐 왔다. 아름답기만 하던 얼굴이 어느새 입이 귀밑까지 찢어져 흉한 몰골이 되었고 곧 이어 나뭇가지처럼 앙상한 팔이 날 덮쳐 왔다.

나는 다급하게 수다 검을 들어 그 팔을 잘라 버렸다. 미라처럼 피까지도 말라 버린 손이 어렵지 않게 잘려져 나갔지만 그다지 타격을 입지 않은 듯 여전히 우웅우웅~ 이상한 소리를 내며 나에게 달려들고 있었다.

"저리 가, 이 멍청한 요마들!"

니드호그의 팔을 문 요마 한 마리가 고통스러운 비명을 질러댔다. 그것은 마치 째지는 듯한 피리 소리처럼 크게 울려 퍼졌다.

젠장, 고막 터지겠네.

"후후, 내 피가 맛있어?"

요마 녀석들이 슬금슬금 니드호그에게서 물러난다. 하지만 녀석의 팔을 물었던 놈만은 니드호그에게 잡혀 팔이 분질러졌다. 일반적인 아픔을 느끼지 않는 그들이었음에도 니드호그의 손톱에 발라져 있는 독이 닿을 때마다 타 들어가는 고통을 느끼는 것 같았다.

"흥, 아무리 하찮은 미물에게라도 고통을 느끼게 해주다니 역시 난 대단한걸."

녀석은 히죽 웃었다. 웃음소리는 통쾌한 듯 금세 커져서 녀석의 광기를 드러냈다. 놈의 녹색 날개는 약간 다쳤음에도 여전히 잘 파닥거렸고, 놈이 요마의 목을 잡아 가볍게 손가락으로 눌러주는 데까진 그다지 오랜 시간이 걸리지 않았다. 물론 덕분에 굉장한 비명 소리를 들을 수 있었다. 니드호그는 그 요마를 땅바닥으로 팽개쳐 버리고 그 목을 발로 밟았다.

그 덕에 다른 녀석들은 뒤로 물러섰다. 심지어는 나를 공격하려던 녀석조차 뒤로 물러서는 바람에 나는 공격받지 않게 되었다.

"정말 고통 주는 데에는 소질있는 녀석이로군."

나는 질린 표정으로 그렇게 말했다. 저 야리야리한 몸에서 어떻게 그런 파워가 나오는지 의심이 갔다. 겉보기엔 예쁘장하게 생긴 보통의 라그나라고 생각될 법한 모습인데 무엇이 저렇게 저 라그나를 강하게 만든 걸까.

그렇다, 녀석은 라그나다. 그냥 본 대로 들은 대로 행동하고, 자기가 원하는 것을 하며 자신의 의지만을 관철시키는, 절대 남의 밑에 있을 녀석이 아니다. 그런데 저 녀석의 상관이라고 할 수 있는 녀석은 어떻게 저런 자의식이 강한 녀석을 사로잡을 수 있었던 것일까. 저 녀석의 아버지도 하지 못한 일을 할 수 있었다니 그 녀석도 대단한 녀석인가 보다.

니드호그는 내가 무력하게 앉아 있는 곳으로 다가와 옷을 툭툭 털면서 옷맵시를 고쳤다. 그리곤 빙그레 웃었다.

"넌 라그나즈에서 살았나?"

"적어도 어렸을 땐 그랬지."

이 녀석, 이상한 걸 물어보는군. 어렸을 때는 라그나들의 땅인 라그나즈에서 살았었다. 얼마 지나지 않아 사카디은과 함께 살게 되었지만.

"그런데 왜 그렇게 약하지?"

이 자식이 지금 놀리나!

"난 약하지 않아."

내가 이를 드러내며 으르렁거렸다. 그런데도 니드호그는 냉소적으로 질문할 뿐이었다.

"인간과 살았었나 보지?"

"너무 오래돼서 다 잊어버렸어. 난 너와 같은 애송이 라그나와는 다르지, 독룡."

나는 녀석과 마찬가지로 히죽 미소 지었다.

“그 허세만은 여전하군. 그래서 더 괴롭혀 주고 싶은 생각이 든다니까. 나이만 많이 먹었다고 자랑할 수 있는 것은 아니지, 가넬족.”

“칭찬으로 받아들이도록 하지.”

확실히 내 쪽이 니드호그보다는 나이가 많을 것 같았다.

본래의 힘을 지닌 상태의 나라면 니드호그 정도는 충분히 맞설 수 있었을 테지만, 공교롭게도 지금의 나에게는 무리다. 인정하긴 싫지만 저 녀석은 강했던 것이다.

게다가 머리 쓰는 것을 보니 절대 지는 싸움은 하지 않을 것이고, 자신이 압도적으로 승리할 것을 확신했을 때만 비로소 싸울 전략적인 녀석이다. 라그나라고 해서 다 자신의 의지대로만 움직이는 것은 아니다. 저런 녀석이 바로 하급이나 중급의 녀석들을 다스리게 되는 법이다.

나는 피곤한 채로 근처 동굴의 벽에 등을 기댔다.

“니드호그, 너야말로 라그나와 살아서 그렇게 강해진 거냐? 아니면 자신에 대한 증오 때문에?”

“무슨 말을 하는 거지?”

니드호그가 손을 할짝거리면서 반문했다.

나는 녀석의 말대로 감정적이다. 내가 하고 싶은 대로 한다. 그렇다면 니드호그, 이 녀석은 나와 비슷하면서도 근본적으로 다를 것이다. 난 나를 소중하게 여기는 것은 아니었지만 적어도 증오하지는 않았다. 나는 자신을 아낄 줄 안다. 그렇다면 니드호그는 어떨까. 저 녀석도 항상 청결을 유지한다. 하지만 목적없이 살인에 취해 있는 것을 보면 어쩌면 녀석은……

“라그나들은 감정에 격하게 반응하지. 어떻게 보면 라그나들은 이성이 있는 인간들보다 더 못한 존재일지도 몰라. 너도 그렇기 때문에 모두를 고통 속에서 죽이는 것이 아닌가? 이 세상이 두렵다는 이유로."

"더 말하면 죽여 버리겠어."

니드호그가 섬뜩한 붉은 기운을 금빛의 눈동자에 띠었다. 그 녀석은 과민 반응을 하고 있었다.

"날 죽이면 그 잘날 너의 상관한텐 뭐라고 말하게? 넌 날 죽이지 못해."

"흥, 내가 언제까지나 얽매일 거라고 생각하는 것은 아니겠지?"

"물론."

니는 히죽 웃었다. 저렇게 말해도 니드호그는 날 죽이지 못할 것이다. 게다가 난 죽을 수 없다. 왜냐면 아직 살려고 하는 의지가 남아 있단 말이다.

"하지만 그렇기 때문에 지금 네가 날 죽일 수 없다고 믿는 거야."

죽이는 것도 좋아하지만 저 녀석은 고통을 주는 쪽을 더 즐긴다. 그렇기 때문에서라도 넌 날 죽이지 않겠지.

나는 혀로 입술을 쓸어내며 이 녀석조차 떨쳐 버리지 못한 자신에게 조소를 보냈다.

어랏?!

내가 깊숙이 몸을 뒤로 뺐을 때 강력한 힘이 내 몸을 벽 쪽으로 잡아당겼다.

"뭐, 뭐야?!"

미끈미끈하군. 이건 뭐지? 내 몸이 벽 속으로 끌려 들어간다. 이대로 질식해서 죽어버리는 건 아니겠지? 니드호그의 당황한 모습이 눈에 서린다. 녀석이 재빨리 내게 손을 뻗었지만 벽의 흡인력이 놈의 힘보다 더 강하다. 어떻게 된 거지?!

숨이 막혀온다. 진흙과 같은 것이 온몸을 짓눌러 마치 뼈라도 부서질 것처럼 강한 힘으로 날 누른다.

"젠장! 어떻게 된 거야, 이 동굴은!"

니드호그의 목소리가 들렸다가 곧 이어 아릿하게 멀어져 버리고 뼈가 아스러질 정도의 충격이 온몸을 덮쳐 왔다.

누군가 내 몸을 휘어 감는 듯한 느낌이 들었다. 느낌, 아니, 느낌뿐만은 아닐 것 같았다. 강한 힘이 날 반대 편으로 끌어당기고 있었던 것이다.

나는 잠시 흐릿해진 정신을 가다듬었다. 한 대 얻어맞은 느낌이었다. 공기가 부족한 것처럼 머리가 아팠다. 혼미한 정신을 가다듬으려고 고개도 흔들어보았다. 온몸을 죄어온 그 충격은 사라졌지만 아직도 몸에 아릿한 아픔이 남아 있는 것으로 보아 지금 처한 이 상황이 꿈이 아니라는 것을 알 수 있었다. 마치 소화하는 소화 기관처럼 힘차게 연동질하는 듯한 그 충격이 뇌리에 남아 나는 입술을 깨물었다.

그렇게 생각하면서 눈을 떴는데 흐릿하게 사방이 밝아져 오고 있었다. 푸른 형광 색의 은은한 빛이 내 눈 안에 가늘게 새어 들어왔다. 나는 물이 흘러 축축한 바닥에 누운 채 머리카락이 헝클어지고, 젖어 있었다. 머리에도 약간의 충격이 전해져와 골이 흔들렸다.

"으으……"

난 가까스로 몸을 일으켰다. 몸은 성한 편이었다. 압박을 받아

아프긴 했지만 그래도 그 충격으로 뼈가 부러지지도 않았고, 심하게 다친 것도 아니었다. 단지 머리가 아플 뿐이었다. 흐릿한 눈이 제대로 초점을 맞추었을 때 나는 눈앞에 은색이 섞인 검은 머리카락을 길게 늘어뜨린 남자가 나를 빤히 바라보고 있는 것을 느꼈다.

이런 이상한 동굴에 인간이 있다는 것도 수상한 일이었지만 그 인물 자체가 워낙 수상한 느낌이었다. 푸른 어둠에 묻혀 그의 얼굴은 잘 알 수 없었지만 큰 키로 보아 20대는 넘은 인간인 것 같았다.

특별한 기운은 느껴지지 않았고 살기도 감돌지 않아 나는 다소 안심했지만 그래도 경계를 늦추진 않았다.

"괜찮아?"

"뭐야, 넌?"

나는 놈을 쏘아보았다. 은흑 색 머리카락을 질끈 묶은 것이 어떻게 보면 에셀휀과 닮았다. 하지만 보통의 인간은 아닌 것 같은 느낌이 드는 남자였다. 은흑 색의 머리카락엔 조명 때문에 푸른 빛이 가미되어 있었고, 복장은 수수하지만 본디 스타일 때문인지 화려해 보였다.

오뚝한 콧날에 샤프한 눈동자, 굳게 다문 입술에 깃든 장난기 어린 미소가 어딘지 눈에 익숙하다는 생각이 들었다.

"난 그냥 지나가던 여행자야."

수상한 녀석, 그렇게 말하면 누가 믿어?!

하지만 그 녀석은 아무렇지도 않게 이죽거리는 얼굴로 나를 응시했다. 놈은 곧 오른손을 내밀어 나를 일으켜 주겠다는 듯한 몸짓을 해 보였다.

그런 수상한 몰골로 여행자라고 하는데 믿을 내가 아니다. 나는 의심스러운 얼굴로 그 손을 뿌리치고 자리에서 일어섰다. 옷이 물을 먹어 축축하고 머리카락도 엉망이었다. 녀석은 뿌리친 손을 왼손으로 스윽 문지르며 눈을 내리깔았다. 그리곤 의아한 듯 어깨를 으쓱해 보였다. 여행자 하니까 요새 만나기 힘든 에즈가 생각나는군. 그 녀석은 어디에 있을까.

"하마터면 그대로 먹혀 버릴 뻔했군."

"먹히다니? 그리고 넌 또 누구지?"

난 놈을 노려보았다.

"그렇게 경계할 필요 없어. 난 수상한 사람이니까."

그 따위의 자기소개도 오랜만에 듣는군. 사카디은이 처음에 자신을 설명할 때 그런 식으로 말했던 것으로 기억한다. 물론 사카디은은 그때 무뚝뚝하면서도 신뢰할 수 있는 미소를 지었지만 이 녀석은 조소를 머금고 있었다.

"그렇게 말하니 더 할 말 없어지는군."

나는 차라리 포기하기로 마음먹었다. 저런 타입과는 더 이야기 해도 소용없다는 것을 알고 있었다.

"네가 벽 속에서 고전하고 있길래 내가 구한 거야."

누군가 날 잡아당긴다는 느낌이 강하더니, 그게 이 은흑 색 녀석이었나 보다. 내가 수상한 눈길을 주자 그는 어깨를 으쓱해 보였다.

"그런데 아까 먹힌다는 말은 무슨 뜻이지?"

"간단한 거지."

불 같은 성격인 나는 한 가지라도 되새겨 듣는 경우가 드물다. 하지만 이 알 수 없는 녀석이 말한 '먹힐 뻔했다' 라는 말은 뇌리에 남아 있었다.

"간단하다니?"

"이 동굴 자체가 생명체이기 때문이지."

동굴 자체가 생명체라면 난 그 생명체의 입속에 들어가 있다라는 건가.

"하하하하!"

웃음밖에 안 나오는군.

나는 어깨를 들썩이며 웃다가 말고 다시 붉은 두 눈으로 놈을 노려보았다. 하지만 전혀 기세가 꺾이지 않는 녀석이다.

"넌 어째서 그런 걸 알고 있지?"

"봐."

놈은 고개를 돌렸다. 여전히 얼굴에 긴장이나 진지함이 깃들어 있지 않지만 그의 행동에 눈이 가는 것은 당연한 일이다.

"숨 쉬는 소리가 들리지 않아?"

숨소리라니, 이 자식 헛소리를 하는 거야?

난 눈을 감았지만 숨소리 같은 것은 들리지 않았다.

"난 또 속았군. 저주를 풀어줄 수 있다는 소리를 들어서 들어왔는데……."

나는 혀를 끌끌 차며 사방을 두리번거렸다. 물론 저주를 풀 수 있다는 그런 말을 들어서 이곳에 들어온 것은 아니지만 그래도 약간의 호기심을 가지고 있었던 것은 사실이다. 하지만 이곳에 들어와 얻은 것은 니드호그의 협박과 동굴이 살아 있다라고 우기는 수상한 은흑발 머리카락의 남자뿐이다.

"저주를 풀어준다라……."

내가 있는 곳은 여러 갈래로 길이 있는 곳이었다. 모두 시꺼먼 동굴로 이어지는 것으로 보면 밖으로 나갈 수 있는 길은 먼 모양이다. 푸른 바위 덩어리가 빛을 발하고 있는 것도 저 수상한 녀석이랑 내가 있는 곳뿐이었다.

"저주를 풀어준다는 말을 들었던 것도 같은데?"

"그거 사실이야?"

그런 말을 믿는 것은 아니지만 그래도 그런 말을 들으면 반가워지기 마련이다.

"글쎄, 이 동굴 안엔 샘이 하나 있지. 그 샘이 저주를 풀어줄지도 몰라."

샘이라… 별로 달갑지 않군. 에드빌 호수가 생각나네.

"그런데 생명체라는 동굴에 왜 그런 것이 있지?"

생명체라고 말하는 동굴 안에 샘이 있는 것은 혹시 위액이 아닐까, 아니면 위액이 나오는 위샘일지도 모른다.

"글쎄, 왜일까."

그 녀석은 이죽거리며 앞서 오른쪽 구멍으로 들어갔다. 그는 나에게 몸짓으로 따라오라고 했다.

"이 자식, 수상한데?"

나는 이를 갈았지만 놈은 너무나도 태연했다. 저 녀석은 이곳에 알고 들어온 것 같으니 길을 잘 알고 있을지도 모르겠다.

"왜 그래? 그대로 있다간 길을 잃는다고, 귀여운 아가씨."

윽! 무슨 느끼한 소리를 하고 있는 거야. 나는 오만상을 찌푸리고 종종걸음으로 앞으로 나섰다.

"그래, 기운차서 좋군. 어서 가보자. 나도 이곳에 알아보고 싶은 것이 있어서 들른 거니까."

저자는 분명 평범한 인간은 아니겠지만 특별히 이상한 기운을 뽑고 있는 것도 아니다. 그렇게 심사숙고하는데 하나로 단정하게 묶은 머리카락을 흩날리며 녀석은 내 목을 끌어안았다. 그 날카로운 이미지의 얼굴에는 부합하지 않는 밝은 표정으로 그렇게 다가오니 오히려 소름이 끼쳐 왔다.

"너, 나에게서 떨어져. 난 남자는 질색이라고!"

나는 놈을 뿌리쳤지만 녀석은 나와는 같은 기분이 아니었던 것 같았다. 익숙한 솜씨로 내 입에 키스하려는 것을 내가 정강이를 차서 쫓아내 버렸다.

그 녀석은 어깨를 으쓱하며 혀를 날름거렸다.

"여자가 남자를 싫어해선 곤란하지."

"누가 여자라는 거야?!"

그는 다시 나에게 다가왔다. 그 녀석이 빠르게 내 목을 끌어안고 놓아주질 않는다.

"으악! 이 손 치워!"

역시 남자란 동물이 다가오는 것은 싫다. 늘씬한 미인이라면 상황이 다르지만 그것도 저주가 풀린 다음에나 반가운 일이다.

"그렇게 부끄러워하면 곤란하지."

부끄러워한다니……! 나는 놈의 오른 손목을 잡아 그대로 앞으로 넘겨 버렸다. 쿵! 하는 소리와 함께 은흑발을 휘날리며 녀석은 그대로 엎어져 버렸다. 그러고 보니 이 녀석의 허리춤에 어쩐지 낯익은 마검이 꽂혀 있음을 알 수 있었다. 화려한 장식으로 되어 있는 검의 손잡이에 나는 고개를 갸웃했다.

잘 기억이 나지 않는다. 어쩐지 본 것 같은 느낌이 드는데…….

그 녀석은 몸을 툭툭 털며 일어서서 내 시선이 가 있는 것을 느꼈는지 마검의 손잡이를 어루만졌다. 그는 의미심장한 웃음을 지으면서 입을 열었다.

"이 검, 마검이야."

"마검?"

"내 마검이지."

마검은 마검 사냥으로 인해 대부분 사라졌다고 생각했는데 이렇게 건재한 경우도 있단 말인가. 하기사, 나도 두 개의 마검을 가지고 있잖아. 지금 이질리스가 내 손 안에 있는 것은 아니지만.

"그런데 그 샘을 찾은 후 넌 나갈 건가?"

그가 말을 돌렸다. 아까 그 행동은 뭐였을까? 역시 어린 소녀의 몸에 흑심을 품은 사내자식의 단순한 추태였단 말인가.

"물론이잖아. 이렇게 기분 나쁜 곳에 오랫동안 있고 싶은 마음은 없다고."

실은 샘이고 나발이고 관계없이 나가 버리고 싶었지만 지금 상황에선 그것도 쉽지 않을 것 같았다. 나는 주위를 둘러보았다.

"그런데 이런 동굴치고 인간의 뼈조차 보이지 않는군."

"당연한 이치지."

"어째서?"

나는 얼굴을 찡그리며 녀석을 돌아보았다.

"이 동굴이 소화해 버리니까."

그럼 동굴이 해삼이나 고래의 배와 비슷한 거란 말인가.

지금은 내륙을 여행하고 있지만 일전엔 해안 지대에서 노닐던 때도 있었다. 본디 사카디은과 함께 있던 곳은 숲이지만 사카디은이 죽은 후 바닷가를 돌아다녔었다. 고래나 해산물에 대한 이야기를 들었던 것도 그때였다. 하지만 아무리 큰 고래라도 뱃속이 이렇게 미로로 되어 있다는 말은 들은 기억이 없다. 그리고 그렇게

따지면 니드호그와 함께 있었을 때 본 그 요마들은 뭐가 되냔 말
이다. 혹시 뱃속에 기생하는 기생충과 같은 건가?

"그럼 이 동굴 자체가 라그나라는 말인가?"

"어째서 라그나라고 생각하지?"

"그거야 대부분 요상한 것들은 라그나들이 대부분이잖아."

"편견이야."

꽤나 쌀쌀맞은 대답이었다.

"라그나라고 생각하지만 그것은 사실이 아니지."

다시 녀석은 얼굴을 펴고 입가에 미소를 띠었다. 한순간이지만
날카로운 눈에서 광채가 났다.

"너, 뭘 알고 있는 건가?"

"글쎄."

저 재수없는 녀석은 아까부터 '글쎄'라는 말만 연발하고 있었
다. 턱 선이 굳건하고, 굳게 다문 입술 선을 보면 사내자식이 맞는
데 방실 웃는 것이 마치 계집애 같은 아스가르드를 닮았다. 하지
만 그 푸른 색의 눈은 어쩐지 피와는 정반대의 빛깔임에도 불구하
고 섬뜩한 느낌마저 자아내는 것이었다.

"하지만 너에겐 까다로운 손님이 등장했군."

마침 녀석의 말대로 괴이한 소리가 동굴에 울려왔다. 그 녀석은
고개를 돌려 나를 내려다보며 빙그레 웃었다.

"꼭 위대한 것이 선이고 추한 것이 악인 것은 아니지. 그런 멍청
한 공식은 아시르 인에게나 통하는 거야."

"무슨 말을 하는 거야?"

지금 이상한 것이 밀려오는데 이런 태연한 표정으로 태연한 소
리를 하다니, 이 녀석도 니드호그와 맞먹을 만큼 힘에 자신있는

모양이다.

우리가 양 갈림길에서 섰을 때 한쪽 구멍이라고 추정되는 곳에서 꾸물꾸물거리고 끈적거리는 어떤 것이 꾸역꾸역 밀려오는 모습이 보였다. 마치 소화되어 나온 어떤 찐득찐득한 물체와 같이 보이기도 하고, 어쩌면 이자액과도 같은 느낌이 드는 노란 액체였다. 물밀듯 밀려오는 그 액체를 보니 먹은 것이 올라올 것 같았다. 불행이자 다행인 것은 그동안 제대로 먹은 것이 없어서 토하고 싶어도 토할 수 없다는 것이다.

"아시르 인의 영혼이다."

"영혼이라고?!"

저런 괴이하게 생긴 것이 영혼이다, 이 말인가.

"이 동굴 자체가 죽은 아시르 인들이 만들어낸 괴생명체지."

"허어, 그거 참 흥미없는 일이로군. 누가 만들었든 간에 날 방해한다면 다 처리해 버리겠어."

나는 마검 미드가르드를 등에서 뽑아 눈앞에 대기시켰다. 마검으로 벨 수 있는 것인지 모르지만 마검이 벨 수 없는 것은 없다고 들었다. 하지만 저런 끈적끈적한 것들은 베어도 별다른 반응이 없을 듯한 느낌도 든다.

"보통의 마검은 벨 수 없지만 영혼이 깃든 마검은 벨 수 있을 거야."

"영혼이 깃든 마검이라……."

파도와 같이 밀려오는 점액질이 천장 구멍에서부터 쏟아져 흘러나왔다.

이번엔 천장을 뚫고 내려오는군. 끈적끈적한 점액질로 되어 있는 그것은 나와 그 수상한 녀석을 덮쳤다.

“윽!”

그 녀석의 말대로 베이지 않는다. 베이지 않는 것뿐만 아니라 겉으로 보기엔 끈적끈적하고 말랑말랑해 보이지만 강철과도 같은 강도였다. 그것이 칼날에 부딪칠 때마다 챙— 소리가 났지만 그래도 그것을 썰기 위해서 스피드를 가중시켰다. 나는 정신 나간 사람처럼 그것을 베었지만 그것은 다시 붙어 재생했다.

젠장, 무용지물이잖아!

“도와줄까?”

그 녀석에겐 이상하게 그 점액질의 물체가 달려들지 않는다. 이상하게 그것은 저 녀석을 둥글게 감싸면서도 다가가지는 않았다. 또한 그 녀석의 딤딤한 표정이 계속되있다. 어쩐지 심동나는 녀석이었다.

“뭐야, 네 녀석은!”

아무것도 하질 않잖아! 내가 녀석을 노려보자 녀석은 배실 웃어 보였다. 자세히 보니 이 자식 더 기분 나쁘군. 어두워서 잘은 보이지 않아도 녀석의 푸른 눈은 빛나고 있었다.

“도와주길 원한다면 도와줄게.”

그 녀석은 칼집을 들어 올려 보였다. 하지만 남에게 도움을 받는다는 것은 자존심이 용납하지 않는 일이다. 난 원래 도움을 받는 것 따위에는 익숙하지 않은데다가 저렇게 깝죽대는 사내자식은 질색이었다.

“도와주길 원한다라고… 그런 건 필요없어!”

나는 다시 미드가르드를 손 안에서 팽그르르 돌리며 점액질 괴물에게 달려들었다. 하지만 오히려 그 끈끈한 괴물이 넓게 퍼져 내 몸을 감쌌다. 말이 감싼 것이지, 고양이의 미늘처럼 까슬까슬해서 무지하게 아팠다.

"고집 부리긴."

그 은흑 색 머리카락의 수상한 녀석이 안쓰럽다는 듯이 칼날을 빼내었다. 은색 날의 검날이 뽑혀 나왔다. 나는 몸을 조이는 그 괴물 녀석 때문에 고전하고 있었다.

"크흑!"

젠장! 이런 건 정상일 땐 금방 썰어버렸을 거라고! 본체가 없는 마검은 무용지물이라는 건가. 젠장, 무슨 놈의 동굴이 이 모양이람?!

"재미없는 녀석이로군."

그 수상한 녀석이 피식 미소 지으며 그 괴물 녀석에게 다가왔다. 괴물은 오히려 그를 보고 흠칫 놀라는 기색이었다. 녀석은 얼굴에 미소를 띤 채 그 괴물을 은색 날의 검으로 찔러 넣는 시늉을 했는데, 그 바람에 그 괴물은 나를 두고 뒤로 물러섰다. 마치 겁먹은 사람처럼.

단지 저런 행동만으로 저 괴물을 놀라게 하다니, 저 녀석은 보통의 여행자가 아닌 것 같다.

"어때, 카티스?"

"어떻게 내 이름을 알고 있는 거지, 네 녀석!"

나는 눈을 가늘게 뜨고 은흑발에 푸른 눈을 가진 그 녀석을 의심스러운 눈초리로 쳐다보았다.

"그런 건 중요한 게 아니잖아."

생각났다! 저놈의 손 안에 있는 것은, 화려한 은빛 날의 검은 그때 리아드 녀석의 성에서 보았던 마검이 아니던가. 은빛으로 빛나는 칼날, 가늘고 날카로운 긴 칼날, 달빛을 반사한 듯한 아름다운 빛과 은흑 색 머리 청년의 일이 생각났다.

약간 닮지 않은 것 같지만 깎아지른 듯 오뚝한 콧날에 날카로워 보이는 눈매를 보니 그때 봤던 그 녀석이다. 그때 그 검으로 나에게 상처를 입힌 녀석!

약간 얼굴은 다르지만 분위기는 분명 비슷했다.

나는 괴물보다도 저 은흑 색 머리의 남자 쪽이 더 두려워졌다. 그 괴물이 슬금슬금 뒤로 물러서자 다른 쪽 동굴로 그는 나를 안내했다. 그 녀석을 따라가는 것이 최선의 방법이라고 생각했기에 따라가기로 했지만 그래도 어딘지 석연치 않은 기분이었다.

검은 바위가 널려 있고 아무것도 보이지 않을 정도로 컴컴한 어둠이 밀려왔다. 뿐만 아니라 단순히 곧 어둠에 익숙해지리라고 생각했던 시신경은 익숙해질 생각을 하지 않는다. 그도 그럴 것이 빛 한줄기 보이지 않는 어둠 속이었으니까. 숨소리와 같은 깊은 바람 소리가 들려오긴 했지만 그것이 정말로 생명체의 숨소리라고 생각하니 소름 끼쳤다.

"이제 곧 그 샘을 볼 수 있을 거야. 그리고 그 샘에서 너는 네 미래를 볼 수 있을 거야."

그 녀석이 감정이 섞이지 않은 목소리로 중얼거렸다. 녀석은 나에 대해 알고 있고, 나에 대해 아는 놈에게 물어봐 봐야 제대로 대답해 주지 않을 것이지만 그래도 물었다.

"저주를 풀 수 있다고 했잖아?"

"미래나 저주나 그게 그거지. 저주는 현재, 저주가 풀리는 것은 미래를 뜻하는 거니까."

저 자식, 알쏭달쏭한 말을 하면서 얼버무리고 있군. 여전히 마음에 들지 않는 녀석이다. 게다가 항상 웃는 얼굴 뒤에 숨겨진 날카

로운 눈빛도 기분 나쁘다. 저 녀석은 그 리아드와 관계가 있는 녀
석이 아니던가.

"아까 그 괴물은 뭐지?"

"최종적으로 동굴의 심장을 지키고 있는 진흙 괴물이지."

아무것도 아니라는 듯 녀석의 목소리엔 감정이 느껴지지 않았
다.

"그렇다면 그 샘이라는 것은 이 이상한 동굴의 심장이라고 말하
는 거야?"

"이를테면 그런 셈이지."

저 녀석의 대답은 역시 마음에 들지 않아.

어쩐지 불안한 느낌도 든다. 제대로 이곳에 있는 샘에 닿을 수
있을지, 또 그것이 진실인지, 이곳에서 제대로 빠져나갈 수 있을지
모두 알 수 없었다.

"어둡군."

"하지만 곧 밝아질 거야."

녀석의 말대로였다. 얼마 지나지 않아 새까맣다고 말할 수 있을
정도의 어둠이 엷어져 가며 점점 밝아지기 시작했다. 눈도 그 빛
에 익숙해져서 나는 파란 어둠 속에 들어앉은 느낌이 들었다. 푸
른 색이긴 하지만 차가운 색이 아닌 부드러운 푸른 빛깔이었다.

"곧 심장을 볼 수 있을 거야, 귀여운 아가씨."

"내 이름을 알면서 그렇게 말하다니, 내가 원래 남자인 것 잘 알
잖아."

나는 눈썹을 찡그리면서 녀석의 말을 외면해 버렸다.

"하지만 넌 지금은 여자니까."

치마만 두르면 계집애라고 생각하는 녀석 가운데 하나인 모양

이로군.

"내가 장담하지. 넌 그 저주가 얼마 안 있어 풀리게 될 거야. 아깝지만 그 귀여운 모습이랑은 안녕하게 되겠지."

"그거야 기쁜 말이지만."

어째서 그런 의미심장한 미소로 그런 말을 내뱉고 있는 것일까, 저 녀석은.

"저것인가?"

붉은, 피와는 다른 투명한 붉은색이었다.

내 눈앞에 작은 샘이, 말 그대로 정말 작은 샘이 눈앞에 보였다. 그러나 어쩐지 흐릿한 분위기의 안개가 샘의 주변을 뒤덮고 있어서 신비한 느낌이었다.

"저게 저주를 풀도록 도와준다는 말인가?"

"그래, 그 샘물을 마시면 그 상처에도 도움이 될 거야."

"어떻게 알았지?"

"피 냄새가 났거든."

내가 아프다는 것을 눈치 채고 있다니, 역시 이 녀석은 알타크나의 무리들 가운데 한 놈일 테지. 내 상처는 겉으로 티가 나지 않기 때문에 피 냄새를 느낄 리가 없다. 이 녀석은 전사임에 틀림없다. 그런 피 냄새를 맡을 수 있다는 것은 인간이 아니라는 뜻이겠지. 역시 알 수 없는 녀석이다.

"오라, 또 사람이 오는군."

응? 녀석의 말에 나는 고개를 돌렸다. 다른 쪽에 뚫려 있는 구멍에서 푸른 머리카락의 소년이 보였다. 엷은 색 머리카락을 하나로 동여 묶은 소녀도 눈에 띄었다.

"이질리스?"

왼쪽 가슴에서부터 솟구치는 피가 온통 옷을 적시고 있었다. 숨을 헐떡이는 이질리스가 보이자 심장이 심하게 방망이질하는 것이 느껴졌다.

"이질리스?!"

"앗, 그……!"

이질리스를 부축하고 있던 에셀훤이라는 그 꼬마가 나를 알아보았다. 얼굴에 희색이 돌기 시작하다가 이내 눈물을 머금은 모습으로 나에게 낑낑거리며 다가왔다. 이질리스의 얼굴이 창백하다 싶을 정도로 하얗게 질려 있었다.

저 녀석에게도 똑같은 시련이 있었을까.

"리스 형은 지금 아파요. 예전에 입었던 상처가 덧난 모양이에요."

꼬마의 말대로였다. 꼬마는 여기저기 상흔이 있는 것으로 보아 꽤 공격을 받았던 모양이다. 그래도 정작 큰 상처는 없는 것을 보니 이질리스가 에셀훤을 막아준 것인가.

"흠."

은흑발의 수상한 남자는 이질리스의 모습을 요리조리 살피면서 고개를 끄덕였다. 에셀훤은 흐르는 눈물을 닦고선 불안한 얼굴로 물어보았다.

"이 사람은 누구예요?"

"수상한 사람."

나는 대답하고 이질리스의 상태를 보았다. 미드가르드처럼 검신 안에 들어갈 수 없단 말인가.

"괜찮아. 단지 마검 안에 들어갈 수 없어서 그런 거야."

나는 일단 꼬마를 진정시켰다. 꼬마가 울며불며 매달리는 것은 가장 질색인 일이다.

"리스 형은 나 때문에……."

아직도 훌쩍이며 에셀휜은 소매로 눈물을 닦았다. 눈물자국이 뺨 언저리에 메말라 있는 것으로 보아 오랫동안 훌쩍인 모양이다. 이질리스를 바닥에 내려놓자 그 녀석은 거친 숨을 내쉬었다. 하지만 눈빛은 예전보다 살아 있었다.

"용케 저 꼬마를 지켰군, 공갈 검."

나는 녀석의 어깨를 툭 치면서 말했다.

"어린 녀석을 다치게 하진 않아."

이질리스가 중얼거렸다. 그래도 허세 부리고 있군. 하지만 이질리스는 기침을 심하게 해대면서 피를 쏟아냈다.

"이런, 아픈 모양이로군."

마검을 어떻게 낫게 해줄지 감이 잡히지 않는다. 마검 안에 들어갈 수 없는 상태라면 이질리스는 죽어버릴지도 모른다. 또 울음을 터뜨릴 것 같은 에셀휜을 보며 은흑발의 수상한 놈은 어깨를 토닥여 주었다.

"괜찮아. 죽지 않을 거야."

녀석의 행동에 에셀휜은 조금 마음이 진정됐는지 눈물을 거두어냈다.

"그런데 이 수상한 사람은……?"

이질리스가 창백한 얼굴로 나에게 물었는데,

"말 그대로 수상한 사람이지, 귀여운 꼬마."

뻔뻔한 녀석이 그렇게 대답했다. 녀석의 꼬마라는 말에 이질리스는 눈썹을 찡그렸다. 이질리스 녀석은 엄밀히 따지자면 나보다 나이가 많을 수도 있다. 확실히는 모르지만.

"그런데 그……."

이질리스가 무뚝뚝하지만 고통이 채 가시지 않은 얼굴로 묻는다.

"수다 검 녀석?"

이질리스가 긍정을 표했다.

"아마 이 동굴 어딘가에서 허우적거리고 있겠지."

여하간 그 녀석은 어딘가에 잘 살아 있을 거라고 생각한다. 비록 어디에 있는지는 모르겠지만.

"하지만 이게 손안에 있으니 걱정없어."

나는 귀찮은 얼굴로 등 뒤에 매달아두었던 수다 검을 들어 보였다. 그것을 본 에셀휜이 자기도 힘겹게 들고 있던 검을 들여 보였다.

"저, 저도 가지고 있어요."

공갈 검 녀석의 본체다. 저렇게 길어서 들기 힘든 것을 잘도 들고 왔구나.

"다행이로군."

나는 고개를 끄덕거리며 솔직한 마음으로 칭찬해 주었다.

"그런데 이 샘물이 정말로 상처에 도움이 된다는데?"

"정말이에요?"

에셀휜이 기뻐하는 얼굴로 나에게 물었는데 나도 저 은흑발 녀석에게 들었던 것일 뿐 잘 모르는 일이기에 그냥 어깨를 으쓱했다.

"글쎄."

"아, 그러고 보니 그 샘의 물은 저주도 풀고 또 상처도 치유할 수 있는 능력이 있다는 소문을 들었던 기억이 있어요. 어쩌면 리스 형은 나을 수 있을지도 몰라요."

그런 소문을 들었던 것을 이제야 기억해 내다니 저 꼬마도 어지간한 녀석이로군. 나는 혀를 끌끌 찼다.

이질리스 녀석, 이런 상처를 입고 과연 살아날 수 있을지 모르겠다. 상처는 크지 않지만 피를 너무 많이 흘렸다. 단도직입적으로 지금의 상황에 대해 말한다면 이 공갈 검 녀석은 산송장과 다를 바 없는 상태다.

그때 은흑발 머리에 수상한 녀석이 에셀휜에게 빙그레 웃으며 말했다.

"확실히 그럴 수도 있지."

녀석은 이해하기 힘든 묘한 분위기를 자아낸다. 그 녀식이 검지 손가락을 까딱하면서 그렇게 말을 이었다.

"하지만 그만큼 자신에게 자신있는 사람이 아니면 위험할 수도 있어 안 돼."

"또 무슨 헛소리야, 난 그런 소린 못 들었어!"

아까는 그런 말 하지 않았잖아.

"지금 말하고 있잖아."

이 자식의 말… 정말 믿을 수 있는 것인가. 괜히 놀아나는 것은 아니겠지.

나는 미심쩍은 기분이 들었다. 하지만 점점 일그러지는 나의 얼굴과는 달리 녀석은 진지한 얼굴로 에셀휜에게 말을 계속했다.

"강하지 못하면 샘에게 먹혀 버릴지도 몰라. 그건 동굴의 심장 부거든."

"제가 다녀올게요."

녀석의 말을 곧이곧대로 믿은 에셀휜이 자청하고 나섰다. 진지

하게 마음먹은 얼굴이었다. 저런 얼굴의 인간을 보는 것도 오랜만
이다. 하지만 주제넘는 행동이려니 하는 생각에 나는 코웃음부터
쳤다. 누가 만난 지 얼마나 됐다고 이질리스에게 목숨을 바치겠냐.

"네가 무슨 수로?"

나는 입을 삐죽 내밀며 건성건성 물었다.

"전 리스 형에게 많이 도움받았으니까 지금은 제가 도울 차례예
요."

검은 눈동자를 초롱초롱 빛내며 꼬마는 결심에 찬 표정을 짓고
있었다. 지금이라도 달려나갈 수 있는 용기있는 얼굴이었다.

"어리석은 꼬마, 그런 감정에 휘둘려선 좋은 어른이 되지 못해."

그런 행동은 용기라고 할 수 없다. 그것은 만용이다. 나는 손을
휘휘 내저으면서 비웃었다.

"하지만 전 어차피 부모도 없고, 지금은 얹혀사는 노예 같은 신
세니까 차라리 죽는 것이 나을지도 몰라요."

에셀휜은 내가 무심코 내뱉은 말에도 진지한 얼굴로 대답했다.
눈가에 아롱아롱 눈물이 져 있는 것을 보니 아무래도 진심인 모양
이다. 아니, 처음 꼬마의 눈을 보았을 때부터 꼬마의 마음이 진심
이라는 것은 알고 있었다.

"이런, 눈물이 날 정도로 아름다운 마음이로군. 카티스, 어떻게
할 거지?"

조롱하는 듯한 얼굴로 수상한 은흑발의 남자가 그렇게 물었다.
또 일이 이렇게 되는군. 나도 참 멍청한 놈이다. 언제 봤다고 이질
리스에게 목숨을 주겠다는 듯이 말하는 꼬맹이도 마찬가지로 멍
청한 녀석이고.

"내가 가겠어. 어차피 이질리스는 내 검이야. 그리고 난 저주를

풀어야만 하니까."

"하지만……."

꼬마는 인정할 수 없다는 듯 몸을 앞으로 빼내며 나왔지만 나는 일어서며 꼬마의 머리를 눌렀다. 새까만 눈동자가 나를 향해 있다. 놀라움 반 기대 반이 섞여 있는 얼굴이다.

쳇, 그런 눈으로 보지 마. 난 단지 내 물건을 고치려고 하는 것뿐이니까.

"시끄러워. 이질리스는 내 것이고, 내가 녀석이 죽지 않도록 돕는 것은 당연한 거야."

난 일어서서 샘 쪽으로 걸어갔다. 꼬마는 고개를 숙였다. 그리고 속삭이는 듯한 작은 목소리로 중얼거렸다.

"리스 형, 미안… 미안해요."

"……."

무뚝뚝한 이질리스도 자기 때문에 눈물을 쏟아 붓는 에셀휜을 보며 착잡한 기분이 든 모양이다. 어쩌면 저 꼬마가 있었기 때문에 이질리스는 유디엔의 잔상을 쫓을 겨를이 없었던 것인지도.

"저기……."

꼬마는 다시 나에게로 시선을 고정하면서 오른손을 내밀었다.

"구차하게 매달리지 마. 귀찮아지니까!"

내가 외치자 꼬마는 내밀던 오른손을 거두어들였다. 아직도 눈물방울이 아롱진 얼굴로 고개를 숙였다. 그 꼬마의 어깨에 손을 짚으며 수상한 은흑발 머리카락의 남자 녀석이 방글방글 웃으며 다른 손을 흔들었다.

"그럼, 잘 다녀와."

흥, 수상한 녀석.

나는 한 발 한 발 핏물과 같은 붉은 샘에 다다랐다. 샘은 작았
다. 매우 작아서 사람 셋이 겨우 들어갈 정도의 크기밖에는 되지
않았다. 폐쇄된 공간임에도 불구하고 샘물 안이 들여다보일 정도
로 투명하고 맑은 것을 보면 계속 지하수가 공급되는 모양이다.
나는 침을 꿀꺽 삼킨 후 그 자리에 앉아 샘물을 들여다보았다.

여자 아이가 되어 있는 내 모습이 비치려니 했는데 본래 모습의
내가 그 안에서 비쳤다. 충혈된 듯이 붉은 눈동자에 다듬기 귀찮
아해서 헝클어졌지만 질 좋은 머릿결을 길게 늘어뜨린 사내의 얼
굴이었다.

미드가르드가 말하는 카티나가 아닌 카티스일 때의 모습이었다.

이게 어떻게 된 일일까. 나는 나의 손을 샘에 가져다 댔다. 금세
물이 흐릿해지더니 내 얼굴이 사라졌다. 손도 작았고 내 모습도
그대로인 채였으나 다시 물결이 잠잠해지자 남자인 나의 모습이
보였다.

어떻게 된 노릇인지 영문은 알 수 없지만 일단 양손을 들어 그
샘의 물을 떴다. 맑은 핏물처럼 보였던 샘물은 더할 나위 없이 투
명했고 아무런 냄새도 없었다. 단지 그 샘을 들여다볼 때만 붉은
색으로 빛을 발할 뿐이었다. 나는 그것을 입에 가져가 목을 축였
다. 이렇게 하면 나을까 하는 마음에 반신반의했지만 어쨌든 그것
을 목구멍 너머로 넘겼다.

이내 심장의 박동이 더 커졌음을 느꼈다. 게다가 심장 부위에
쑤셔오던 통증도 가라앉았다. 신기한 일이로군.

쿡쿡 찌르는 것처럼 매번 통증이 가시지 않았던 심장이 다시 제
기능을 찾기 시작하며 힘차게 운동하기 시작했던 것이다.

어쩐지 묘한 기분이 들었다. 이런 신기한 호수가 존재하다

니……. 더 실험해 보고 싶은 생각도 들었지만 일단 이질리스의 문제가 더 시급했기에 물을 떠 가기 위해 양손을 모아 그 샘의 물을 떴다.

나는 물이 흐르지 않도록 조심하면서 이질리스가 있는 곳으로 다가갔다.

숨을 죽이며 나의 행동을 보고 있던 에셀휜의 표정이 밝아졌다. 수상한 사내놈은 여전히 미소 짓는 얼굴로 나를 반기며 지시를 내렸다.

"자, 그걸 소년의 가슴에 뿌려."

어라? 난 마셨는데 이질리스는 뿌리라는 건가. 역시 마겸과 인간은 다른 모양이로군. 물론 난 인간은 아니고 라그나 라그나드지만.

"가슴에 뿌리면 나을 거야."

"정말 나을까요?"

에셀휜이 걱정이 가득한 눈망울을 굴리며 물었다. 이 꼬맹이 정말 짜증나게 구는군.

"시끄러워! 안 나으면 그냥 죽어버릴 텐데 뭐 어때!"

"그, 그렇게 심한 말을……! 해, 해보면 되잖아요!"

또 울먹거리는군. 그렇게 연약해 빠져 가지곤 어떻게 살려고 하는 건지.

하지만 곧 에셀휜은 물을 뿌리기 위해 이질리스의 피로 흥건한 푸른 색 계열의 옷을 아래로 내렸다. 상처가 터진 모습이 비참해 보였다.

"리스 형, 미안해요. 몸에 손을 대서."

그리고 곧장 내 손에 있는 물을 자신의 손에 넘겨받은 에셀휜은 마치 술김에 강간 미수라도 한 사람처럼 중얼거린다.

하지만 그 물을 뿌린 순간, 이질리스는 고통스러움을 참지 못한 채 결국 비명을 터뜨렸다.

"으윽……!"

"상처가 벌어졌군."

물에 닿으니 상처가 더 드러나 보였다. 붉게 부풀어 오른 상처와 흘러나온 핏자국 때문에 에셀휜은 충격을 받은 모양이다.

"리, 리스 형, 이렇게까지……!"

"신경 쓰지 마. 이건 이전에 입은 상처니까……."

이질리스는 그렇게 에셀휜에게 대답했다. 하지만 실제로 이질리스 녀석의 상처는 에셀휜을 지키다가 도진 듯했다. 물론 그 상처는 이전에 리아드가 찌른 상처인 것은 확실하지만. 하지만 물을 더 쏟아 붓자 이질리스 녀석은 또다시 고통스러운 듯 비명을 질렀다.

"아악!"

"참아, 아프더라도."

사내자식이 엄살은. 나는 지그시 밟아주고 싶은 마음이 들었지만 일단 참았다. 이질리스가 고통에 찬 비명을 지른 후 녀석의 상처가 눈에 띄게 아물어가는 것을 볼 수 있었다. 거참, 신기한 샘이다. 게다가 지금의 나는 심장도 아프지 않았다.

"이젠 괜찮아."

은흑 색 머리카락의 수상한 남자가 에셀휜을 달래듯 말했다.

"상처가 아물어가고 있어!"

에셀휜이 탄성을 지르며 기뻐했다. 그렇게 좋아하는 에셀휜을 보자 이질리스도 방긋 미소 지었다.

"뭐, 다행이로구나. 이로써 난 할 일을 마친 것이로군."

네 녀석이 한 일이 뭐가 있다고 그런 말을 하는 거냐. 내가 의심스러운 눈초리로 은흑발 녀석을 바라보았지만 그 수상한 녀석은 의식하지 않고 혼잣말하듯 중얼거렸다.

"그럼 이 녀석을 처리해야지."

"이 녀석을 처리한다는 것은 설마?!"

"바로 맞았어."

이 동굴이 생명체라고 이 녀석이 말했었다. 그렇다는 것은 이 동굴을 해치우겠다고 말하는 것인데, 그러기 전에 이곳에서 나갈 수 있어야 하는 것 아닌가.

"그럼 이곳에서 어떻게 나가는데?"

내가 물었는데,

"적당히."

그 녀석은 어깨를 으쓱하며 건성으로 대답했다.

녀석은 은빛 날의 검을 밖으로 빼내었다. 새하얀 섬광이 빛도 없는데 발해서 날이 반짝반짝 빛났다. 그리고 보니 저 칼날에 베이는 바람에 오랫동안 상처가 아물지 않았다는 생각이 들었다. 흠, 그럼 저 검 역시 예사 마검이 아니라는 말인데.

"뭘 하려는 거야?"

내가 퉁명스럽게 묻자 녀석이 얼굴에 미소를 띠었다. 단정하게 목에서부터 질끈 동여맨 은흑 색 머리카락이 찰랑찰랑 허리춤에서 춤을 추었다. 그 녀석은 칼날을 반듯하게 세우며 그 샘이 있는 곳으로 다가갔다.

"이 녀석을 죽여서 나가자."

윽! 심장부라고 하더니 정말 심장처럼 저것을 찌르려고 하는 건가.

나는 황당함에 당황한 얼굴로 그 수상한 은흑발 남자에게 외쳤
다.

"아예 먹혀 버리는 것이 아니라?!"

쿠콰!

소리와 함께 놈의 은빛 날의 검에서 흰 섬광이 빛났다. 그와 함
께 녀석의 눈이 반짝하고 빛을 발했고 동시에 놈의 몸이 공중으로
뛰어올랐다. 동굴이 갑자기 심하게 진동하기 시작했다. 그런데도
그 녀석은 아랑곳하지 않고 펄쩍 뛰어 그 샘을 노렸다.

"어떻게 된 거예요?"

"몰라!"

심하게 움직이는 것으로 보아 이 동굴도 얼마 지나지 않아 무너
져 버릴지도 모른다. 나는 수다 검의 손잡이를 쥔 채 심호흡을 했
다. 무슨 일이 있으면 바위라도 부수고 빠져나가야만 한다. 이질리
스도 자리에서 일어나서 묵묵히 현재 일어나고 있는 괴이한 현상
을 눈여겨보았다.

"이질리스, 이제 괜찮아진 것 같으니 에셀휜이나 잘 보살펴."

쳇, 사내자식이 아직 성별도 안 생긴 꼬마에게 도움을 받다니.
어찌 보면 이질리스도 사람 꼬시는 데 재능이 있군. 보통의 늙은
이만 꼬시는 줄 알았는데. 이질리스 녀석도 마음을 단단히 먹었는
지 엉망으로 풀어헤쳐진 옷을 여미고 에셀휜의 작은 몸을 끌어안
았다. 그와 동시에 엄청난 소리가 동굴 저편에서부터 들려왔다.

"동굴이 발광한다!"

아무래도 이곳이 보통 동굴은 아니라는 것을 다시금 확신했다.
나는 검을 뽑아 날아오는 돌멩이라도 베고 바위를 부숴서 도망갈
태세를 갖추었다. 그 은흑발 머리카락의 수상한 녀석은 여전히 태

연한 얼굴로 샘 앞에 섰다. 은빛의 칼날을 세운 채로 그는 섬뜩한 눈동자로 그 붉은 샘을 응시했는데 입가에 띤 잔인한 미소는 사물을 얼어붙도록 만들었다.

"네 이 녀석, 뭘 하려는 거야?"

"아시르 인을 아시르 인의 피로써 잠재우려고 하는 거야."

"아시르 인의 피? 그렇다면 이 동굴은 네 말대로 아시르 인의 영혼이 만들었다고 하는 거냐?"

나는 혀를 찼다. 동굴의 요동이 멈추었다. 하지만 그렇다고 해서 이렇게 담소를 나눌 때도 아니었다. 이 동굴은 다시 움직일 것이다.

"그렇다는 거지."

그 녀석은 입술을 혀를 훑으며 섬뜩한 기운이 흐르는 칼날을 바로 세워 그것에 깊숙이 꽂아 넣었다. 꽂아 넣음과 동시에 그곳에서부터 핏물과 같은 붉은 물줄기가 분수대의 분수처럼 솟아오르기 시작했다.

"으윽! 또 요동 친다."

물이 점점 밀려오고, 게다가 동굴은 마치 죽기 전에 발악하는 포유동물처럼 몸을 흔들거리고 있었다. 나는 부서지는 바위를 칼날로 베어버리며 돌 가루 때문에 희미해지는 시야를 바로잡으려고 애썼다.

"이질리스, 그 꼬맹이를 잘 잡고 있어!"

샘의 물에서 피가 콸콸 솟아 나오자 녀석은 은색 날의 마검을 뽑아 들어 다시 허리춤에 꽂아두었다. 그리곤 다시 칼집을 잡고 검 손잡이에 손을 가져다 댔다.

"아아, 넌 일을 잘 마쳐 주었어. 아시르 인의 동굴, 그럼 이제 편히 저 세상으로 보내주지."

더 큰 진동이 시작되었다. 마치 지진이라도 난 것처럼 심하게 지반이 흔들리고 곳곳에서 지하수가 터져 나왔다. 이대로 가다가 익사해 죽는 것이 아닌가 싶을 정도로 많은 양의 물이었다.

내가 그런 걱정을 하고 있는 사이에 녀석은 은빛 날의 검을 칼집에서부터 바람처럼 뽑아 길게 솟아오르는 핏빛 분수를 그었다.

고오오오!

비명과도 같은 울음소리가 동굴 전체에 퍼져 나갔다.

"이런!"

"은빛의 검?!"

검이 피에 닿자 피는 얼음처럼 얼어버리고, 마치 피의 기둥처럼 천장에 눌어붙은 상태가 되었다. 그 수상한 녀석은 그것을 검으로 가볍게 쳐서 무너뜨려 버렸다. 그 기둥이 깨어짐과 동시에 동굴의 천장이 무너지고 빛이 반짝이며 들어와서 눈을 찌른다.

새벽에 빛을 보듯, 암흑 속에서 빛이 들어오듯 그것은 아주 강렬하게 눈을 찔렀다.

밖?!

천장은 밖으로 나갈 수 있는 통로였던 것인가?

나는 눈부신 빛을 한쪽 손을 들어 가리며 무너지는 돌덩이 하나를 베어 넘기고 있었다. 이질리스도 그때 에셀휜의 몸을 감싼 채 물의 기운을 확산시키려던 찰나였다. 벽이 부서져 버림과 동시에 이공간과 같았던 기둥들은 모두 무너져 버리고, 그 사이로 익숙한 얼굴 하나가 비쳐졌다.

"카티나?!"

미드가르드였다. 그 녀석은 반가움과 놀라움이 교차한 모습으로 내가 있는 곳으로 달려오기 시작했다. 비록 장애물은 많았지만 미드가르드 녀석은 반가움 때문에 그것들을 가볍게 뛰어넘거나 피해 버렸다.

"미드가르드?!"

미드가르드뿐이 아니었다. 작고 얍삽한 날개의 독룡도 어딘가 뚫린 구멍을 통해 날아올라서 빛나는 태양을 가렸다. 그 녀석은 즐거운 얼굴로 그 수상한 남자의 옆에 섰다. 그 수상한 남자를 알아본 것은 니드호그뿐 아니라 미드가르드 역시 마찬가지였다.

"로키님, 이곳에 계셨군요."

로, 로키라고? 저 뻔뻔하고 유들유들한 녀석이?!

"아아, 오랜만이로군, 독룡 니드호그."

알타크나의 바르하시온과 로키의 이름은 거의 알타크나의 왕과 왕자보다 더 알려진 이름이 아니던가?! 사신(邪神) 로키라는 이름은 나도 기억하고 있었다.

"오랜만이라뇨, 당치 않습니다."

니드호그가 입을 삐쭉이면서 말했다. 녀석의 장난기 어린 눈과 입가의 미소가 내겐 어처구니없게 느껴졌다. 미드가르드는 긴장으로 굳었던 몸을 풀고 다시 나에게로 날아왔다.

여느 때의 녀석과는 달리 근심이 가득한 얼굴로 나를 보자마자 금방이라도 울 것처럼 싱거운 표정을 지었다.

"괜찮아, 카티?"

보면 모르냐? 난 멀쩡하다고.

"아무 일 없어서 다행이다."

그 녀석이 급기야 나를 꽉 껴안았다. 나는 녀석의 몸을 밀치며 이를 으드득 갈았다.

"떨어져!"

내가 미드가르드를 떨어뜨림과 동시에 미드가르드의 정신체가 흐릿해졌고 나의 몸이 다시 원래의 나의 모습으로 돌아오기 시작했다. 다시 손과 발이 커졌고 작고 여린 여자 아이의 몸은 사내의 그것으로 돌아왔다. 나는 안심한 모습으로 옷을 적당히 편하게 풀어버렸다.

"아, 돌아왔다."

내 몸이 돌아옴과 동시에 미드가르드의 모습은 자취를 감추었다. 사라지면서도 녀석은 따뜻한 미소를 짓고 있었다.

"일단 계집애의 몸에서 돌아왔군."

아직은 그 저주에서 풀려났다고는 생각지 않지만. 여하간 그 빌어먹을 긴 여정에서 돌아온 셈이었다.

『이질리스는?』

수다 겸 녀석이 그제야 이질리스를 챙겼다. 이질리스도 에셀휜과 함께 멀지 않은 곳에서 다가오는 것을 보니 안심이 된다.

"나았어. 멀쩡해."

『다행이군!』

독룡 니드호그와 그 로키라는 남자, 그 녀석들은 이젠 얼음처럼 녹아 내려가는 그 샘의 심장 위에 서서 나를 보고는 피식 미소를 지었다.

"그럼 돌아갈까, 니드호그?"

"해야 할 일이 있지 않습니까?"

니드호그가 묻자 로키는 조소를 지었다.

"확실히 아직은 할 일이 남아 있긴 하지."

나 역시 저 녀석을 이대로 보낼 순 없다. 알타크나는 나에게 저

주를 건 마법사가 있는 최종 목표. 그리고 저 녀석이 바로 알타크
나의 실권자이자, 날 쫓으라고 한 녀석이 아니던가. 로키는 내가
해치워야 할 인물이기도 했다.

나는 붉은 눈을 부릅뜨고 로키를 향해 소리쳤다.

"너의 이름이 로키인가?"

"그래, 내가 바로 널 쫓으라고 명령한 로키지."

그 녀석은 고개를 내 쪽으로 조금 돌리고 간사한 미소를 지었
다.

태양빛이 스며 들어와 은흑발 머리는 더 빛을 발했다. 어쩐지
아까와는 또 다른 모습으로 변해 있는 것 같았다. 한창 더 위협적
이고 매혹적으로 잘생긴 얼굴은 입가에 조소를 띠고 있다. 게다가
녀석의 몸 주변에 흐르는 위압감과 그 잔혹한 눈빛에 어쩐지 심장
이 심하게 뛰는 것을 나는 감출 수가 없었다.

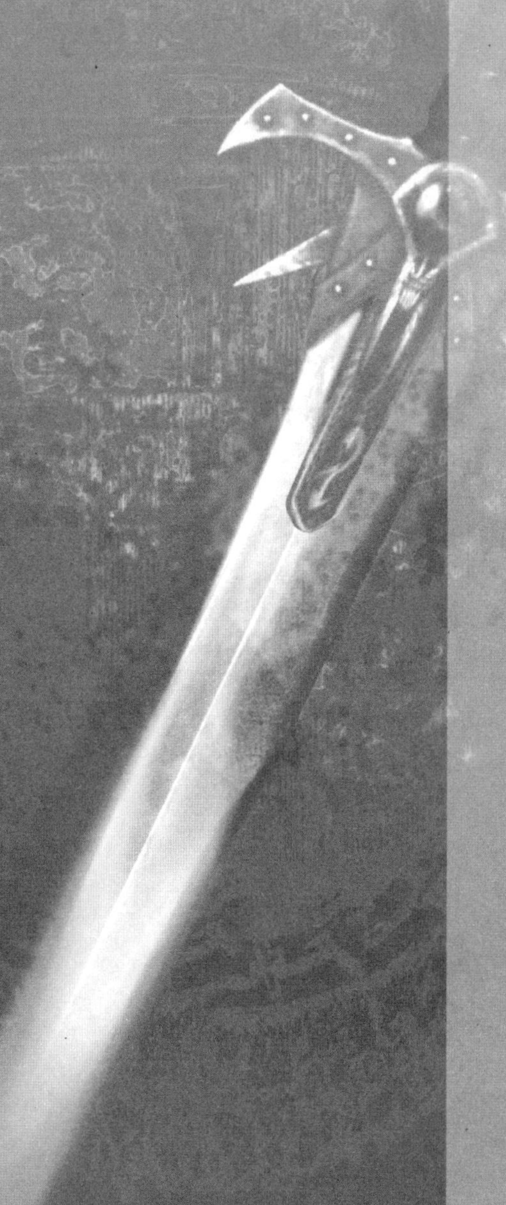

공갈 검과 수다쟁이 검X∷에셀휜

약하다고 해서 잃기만 하는 것은 아니에요.
그 웃음을 지키기 위해 제가 노력할게요.

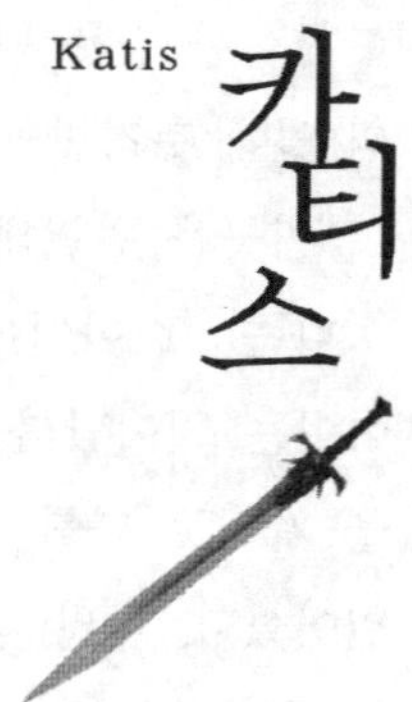

그 동굴은 이상한 곳이었다.

마검인 나는 검인 채로는 있기 힘들어서 검신 밖으로 튕겨 나올 정도였다. 그 동굴은 이상하게 검신 안에 들어가 있는 마검을 분리해 내는 힘이 있었다.

왜인지는 알 수 없다. 에셀휜이라는 그 꼬마는 불안에 떨며 동굴의 구석에 쪼그리고 앉아 있었다. 카티스가 밖에서 레스베르그의 개조 인간들과 싸우고 있는 것을 바라보며 두려운 얼굴을 하고 있었지만 내가 검 속에서 튕겨 나오자 반가운 표정으로 나를 반겼다.

"리스 형, 검에서 빠져나왔군요."

나는 아직 몸이 좋지 않았다. 검 안에 들어가 있어도 나아지지 않는다. 미드가르드는 나에게 마음의 상처가 씻기지 않았기 때문에 낫지 않는 것이라고 말했다. 하지만 내 마음속에 그런 상처가 남아 있는지는 나 자신도 잘 알 수 없다.

확실한 것은 난 아직도 유디엔의 이름을 기억하고 있고, 리아드의 일에 충격받았다는 것이다.

"이곳은 위험해."

나는 그 아이에게 말을 건넸다. 엷은 머리카락을 찰랑 흔들며 아이는 일어났다. 아직 어린아이라서 맑고 초롱초롱한 검은빛 눈을 가지고 나를 믿는 눈으로 바라보았다. 아이는 우물쭈물거리며 일어섰다. 나의 검신을 꼭 끌어안은 채로 그 동그란 눈을 데굴데굴 굴렸다.

대체 왜 그 검을 그렇게 소중히 안고 있는 걸까. 아이에겐 무거울 텐데 낑낑거리면서 굳이 안아 들고 있는 모습을 보며 황당하다는 생각이 들었다.

"하지만 카티스 씨가 이곳에서 기다리라고 했는걸요?"

"기다리라곤 하지 않았어. 들어가는 것이 좋겠어."

그라면 우리를 잘 찾아올 수 있을 것이다. 이렇게 굳이 기다리고 있는 것은 어리석은 일이다. 나는 아이에게 손을 내밀었고, 에셀휜은 그 손을 잡았다.

"네, 알겠어요."

에셀휜은 손을 잡고 나를 따랐다. 조심스러운 걸음걸이였지만 결코 내 옆에서 떨어지지 않았다. 에셀휜의 불안한 마음이 내게도 전해졌지만 나는 여전히 무표정한 얼굴로 말없이 길을 나아갈 뿐이었다.

얼마 지나지 않아서 아름다운 빛을 발하는 동굴 안으로 들어섰다. 동굴은 가면 갈수록 더 깊숙해지는 것 같았고 좀처럼 길을 찾을 수 없을 정도로 미로이기도 했다. 처음에는 길이 하나인 것 같았지만 안으로 들어갈수록 갈래 길이 나왔고 포자와 같은 것이 공기 중에 떠다니는 것을 볼 수 있었다.

형광 빛 흰 색의 석주가 빛을 발해 신비스러운 분위기를 자아냈다.

"정말 아름다운 동굴이로군요."

에셀휜이 그것을 보며 감탄했다. 에셀휜은 천진스러운 얼굴로 동굴 안을 둘러보았다.

"……."

나는 말을 하지 않았다. 특별히 동굴 안이 아름답다고 생각되진 않았다. 단지 수상하다는 것만 느끼고 있었다.

"진 이곳은 처음 와봐요. 소문민 들었을 땐 그냥 무시무시한 곳이라고 생각했는데… 이렇게 아름다운 곳일 줄은 몰랐어요, 리스 형."

에셀휜은 계속 감탄을 퍼부었다. 그애는 이곳저곳을 신기한 표정으로 바라보면서 즐거워했다.

"……."

에셀휜과는 달리 나에게는 이 동굴이 불길한 느낌이 드는 것은 왜일까.

"난 이렇게 아름다운 것은 영주님 저택 외에 밖에선 처음 봐요."

에셀휜은 감탄한 표정을 지으며 나 자신, 사검의 검신을 끌어안았다.

"……."

"전 원래 고아거든요. 언제부터 일했는지는 기억나지 않지만 영주님의 하인이 절 보살펴 주었어요."

어쩐지 쓸쓸한 빛이 얼굴에 감도는 에셀휜의 모습에 나는 무심코 반문했다.

"버려진 건가?"

"모르겠어요. 제가 언제부터 그곳에서 일하고 있었는지도 기억나지 않아요. 부모님은 본 적도 없어요. 제가 아는 것은 지금 그곳에서 은혜를 갚기 위해 일하고 있다는 것뿐이에요."

에셀휜은 웃었다. 은혜를 갚기 위해서 일하고 있다라고 말하는 에셀휜의 모습이 힘들어 보였다. 그런 그 아이가 측은하게 느껴졌다는 것은 아직 내게 남에 대해 걱정할 힘이 남아 있다는 뜻일까. 어쩐지 심장이 아파왔다. 평소에 검 안에 들어가 있으면 그다지 느껴지지 않는 심장의 통증이 공기 중에 노출되니 더 심각하게 느껴졌다.

순간 나는 주춤했다.

돌출된 동굴 바닥에 걸려 하마터면 넘어질 뻔한 것을 에셀휜이 붙잡아주었다.

"조심해요. 아래 돌이 있었어요."

심장이 조금씩 더 아파온다. 어느 길로 갈지도 막막한데 몸까지 말을 듣지 않는다니, 나 자신이 갑자기 한심해졌다.

"리스 형은 무리해선 안 돼요."

"상관할 거 없어."

나는 쌀쌀맞게 말했다. 내가 무표정한 얼굴로 그렇게 말하자 에셀휜은 당황한 얼굴로 꾸벅 인사했다.

"죄송해요."

"뭐가 죄송하다는 거야?"

"아뇨, 그냥 저 때문에 피곤하신 것 같아서……."

난 그런 말 하지 않았어. 피곤한 적도 없고. 단지 상처가 아파올

뿐이야.

나는 생각을 말로 표현하지 않았다.

눈물이 글썽한 에셀흰의 얼굴은 그다지 보고 싶지 않아서였다.

나는 계속 앞으로 걸어갔다. 축축한 공기인데다가 공기가 희박한 편이었다. 나는 참을 수 없을 정도로 심장이 쿡쿡 쑤셔옴을 느끼며 식은땀을 흘리면서 걸었다. 그런 나를 딱하게 보는 에셀흰의 모습이 눈에 들어왔다. 에셀흰은 조금이라도 더 마른땅을 밟도록 노력하면서 나를 부축했다.

"이곳에 앉아서 좀 쉬도록 해요. 힘들어 보여요."

조금 힘들었기 때문에 나는 그애의 말에 수긍했다. 일단 앉았다.

이쩐지 졸려왔다. 그런 나의 모습을 에셀흰은 빙글빙글 웃는 낯으로 바라보고 있었다.

"리스 형은 참 예쁘네요."

"그런 말을 들어도 반갑지 않아."

카티스의 말처럼 남자는 예쁘다는 말을 반가워하지 않을 것이다.

"하지만 전 처음에 굉장히 예쁜 사람이라고 생각했어요."

나는 관심을 가지지 않았다. 난 예쁘다는 것의 기준을 잘 몰랐다.

"그래서 정말 마음에 들었어요. 전 예쁘지도 않아서 다른 사람들이 싫어했거든요."

에셀흰은 아직 왜소한 체격이었고 팔다리가 가늘다. 때문에 자신이 말랐다고 자조하는 것일까. 윤기가 흐르는 엷은 머리카락에 검은 눈동자는 호감이 가는 매력적인 모습으로 성장하리라는 것을 나는 알고 있었다.

하지만 내가 무슨 말을 할 수 있을까. 나는 말하지 않고 가만히 눈을 감았다.

동굴에서 제대로 나갈 수 있을지 고민이 되긴 했지만 지금 상태론 그것마저도 뒷전이었다. 심장이 아파와서 더 이상 생각하기도 힘들었기 때문이다.

그렇게 잠들었을까.

나는 흐릿한 안개 속에 서 있었다.

희뿌옇게 안개가 공간을 메우고 있어서 아무런 모습도 보이지 않았다. 나는 마냥 걸었다. 에셀휜의 모습도 보이지 않는다. 단지 아련한 꿈속에 있는 것처럼 푹신푹신한 솜과 같은 바닥을 걸을 뿐이었다.

옥색 머리카락, 흐르는 듯한 물빛. 내 눈앞에 유디엔님의 모습이 보였다.

"이질리스……."

어째서 난 잊어버렸다고 생각했던 것을 아직까지 기억하고 있는 걸까.

주군이었던 유디엔은 웃고 있었다. 미소를 지으면서 나를 반갑게 맞이했다.

혹시 난 그대로 죽어버린 것은 아닐까. 그래서 유디엔님의 곁에 온 게 아닐까.

나는 웃는 낯으로 그의 허상을 쫓았다. 그는 나를 반겨주었고 나를 감싸주었다. 하지만 그를 안았을 때 딱딱하고 차가운 시체로 그것은 변해 버렸다.

그리고 목이 날아가 버렸다.

그는 슬픈 얼굴로 피눈물을 흘리고 있었다.

내가 그를 두 번이나 죽였던 것이다. 잘려진 목은 바닥에 뒹굴고 주변은 피바다로 변했다. 홍건한 피가 내 옷을 붉게 적시고 유디엔의 잘려진 목은 나를 저주하는 눈길로 바라보았다.

"아아악!"

나는 크게 외쳤다. 그의 몸이 두 동강이 나며 살은 짓이겨지고 피가 튀었다. 나는 눈을 가렸다. 눈가에 뜨끈한 것이 흘렀다.

이대로, 이대로 유디엔님이 날 죽인다면 난 그를 따라갈 것이다.

그의 짓이겨진 손이 조금씩 움직여 나의 심장을 꿰뚫기 위해 다가왔다. 나는 가만히 있었다. 그리고 눈을 감았을 때 나를 안는 조그마한 어떤 것이 있음을 느꼈다.

눈물, 그것이 나의 팔 위로 떨어졌다.

"울지 마요, 울지 마세요."

에셀휜이었다.

에셀휜을 바라본 순간 유디엔님의 허상은 바람처럼 사라져 버리고 거짓말같이 안개도 걷혔다. 나는 망연자실하게 그 자리에 서서 울고 있는 에셀휜을 바라보았다. 그애는 나를 끌어안고 슬프게 울고 있었다.

"울지 않아……."

나는 대답했다.

"하지만 울고 있는걸요?"

그애의 말이 사실이었다. 눈에선 맑은 액체가 흘러 뺨을 타고 흘러내렸고, 그애는 그 눈물을 자기 손으로 닦아주었다.

"언제나 슬픈 것은 생각하지 말라고 했어요. 미래를 보면 행복하다고 말한 사람이 있어요."

그런 사람도 있다니 우습군. 나는 눈물을 닦았다.

유디엔의 일, 이젠 생각하지 않겠다고 마음먹었었는데. 나도 참 어리석은 녀석이다.

"울지 말아요."

그러는 너나 울지 말아. 나는 에셀휜의 눈물을 닦아주었다.

나는 이애가 이상한 아이라고 생각했다. 검은 눈동자가 신비한 매력을 자아내는 그런 소년이었다. 아니, 소녀일지도 모른다. 이애는 아직 성별이 없으니까.

"괜찮아. 이제 그만 가자."

카티스, 그 남자도 동굴 안에 들어왔을 것이다. 일단 밖으로 나가두는 것이 가장 현명한 방법이라고 나는 생각하면서 일어섰다.

스멀스멀, 무엇인가가 기어 들어왔다. 검은 액체가 다가왔다.

그것은 칼날이 되어 에셀휜을 덮쳐 왔다.

"위험해!"

나는 에셀휜을 밀쳐 냈다.

"엣?!"

에셀휜은 황당한 얼굴로 내게 떠밀려졌다. 그것은 내 몸을 꿰뚫었다.

"리스 형!"

에셀휜의 다급해하는 얼굴이 눈에 띄었다. 그애는 나를 위해 눈물을 흘리고 있다. 이대로 죽어도 좋지 않을까. 죽어도 좋다고 생각했다.

"죽으면 안 돼요! 죽는 것은 싫어요!"

그런데 저렇게 내 앞에서 나를 위해 울어주는 자가 있다…….

그것은 새로운 경험이었다. 피가 심장으로부터 쏟아져 나왔다. 정신을 잃을 정도로 타격을 입은 것은 아니었지만 상처를 입었던 곳이 터져서 붉게 물들어 살을 타고 흘렀다.

"내게 힘이 있었다면 절대 이런 일은 없었을 텐데……!"

에셀휜은 눈물을 흘렸다. 엷은 빛의 머리카락이 볼을 타고 흘렀고 그애의 손이 나를 감쌌다. 따스한 온기가 전해졌다.

"리스 형!"

나는 물을 사용했다. 요괴, 형체를 알 수 없는 요괴가 또다시 뾰족한 살기로 에셀휜을 덮치지 못하도록 물의 기운을 확산시켰다.

"푸른 물이… 흐르고 있어……."

덕분에 숨이 가빠왔다. 하지만 이런 식으로 힘을 쓰는 것은 오랜만이었다. 수증기와 같이 위로 올라가는 작은 알갱이에 닿은 형체도 없는 끈적한 액체 요수는 뒤로 물러섰다.

그 녀석은 자신의 상대가 되지 않는다고 생각했는지 모습을 감추었다. 나는 기운이 빠져서 그 자리에 주저앉고 말았다.

"리스 형……."

아직도 눈물이 아롱진 얼굴의 에셀휜의 모습에 나는 의아한 느낌이 들었다. 왜 우는 걸까? 난 아직 죽지도 않았는데. 왜 슬퍼하는 걸까.

에셀휜은 눈물을 흘리며 내 몸을 끌어안았다. 번져 나간 핏방울이 그애의 옷에도 묻어났다. 나는 힘이 빠져서 가만히 그애의 품 안에 있었다.

"내가, 내가 지켜줄게요. 다음에는 무슨 일이 있더라도 내가 지켜줄게요."

에셀휜은 여전히 눈물을 흘리며 그 검은 눈동자를 반짝 떴다. 각오한 모습으로 에셀휜은 입술을 깨물었다. 지나치게 배려하는 그 모습에 어쩐지 눈물이 났다.

"바보, 어리석은 짓 하지 마."

에셀휜은 고개를 저었다.

"아뇨, 약하다고 잃기만 하는 건 아니에요."

이상한 아이였다.

난 아직도 유디엔님의 이름이 가슴에 남아 있는데 검은 머리카락의 아이는 나를 보며 눈물짓고 있었다. 나를 위한 눈물을 흘리고 있는 아이를 보면서 나는 미소를 지었다.

내가 미소를 지은 것은 오랜만의 일이었다. 유디엔과 헤어지고, 리아드가 죽고 난 후에는 지을 수 없었던 미소가 내 입가에 아련히 묻어 나온 것을 깨닫고 나는 깜짝 놀랐다.

"그렇게 웃는 것이 훨씬 보기 좋아요. 그 웃음을 지키기 위해 제가 노력할게요."

나를 위해 눈물짓고, 나를 위해 미소 짓는 사람은 처음이었다.

그것은 슈하린, 나의 아버지 이후로 처음이었다.

"무슨 일이 있어도 죽게 내버려 두지 않을 거예요."

그애는 방긋 미소 지었다. 울다가 웃다가… 그렇게 감정의 변화를 할 수 있는 이 아이가 신비하게 느껴진다.

"왜, 왜 날 감싸지?"

내 말에 아이는 방긋 웃었다. 당연하다는 미소였다.

"리스 형이 절 먼저 도와줬잖아요. 그리고 리스 형은 예쁘니까 더 오래 살아야 한다고 생각했어요."

이상한 아이로군.

하지만 편안해졌다. 어째서일까.

어째서 이런 아이랑 함께 있는 걸로 안심할 수 있는 걸까.

　그애는 나의 검신을 꼭 안은 채로 날 부축해 주었다. 나는 에셀휜에게 몸을 맡겼다.
　빠져나가 흘러내리는 피 때문인지 나는 나른한 안식 속에서 눈을 감았다.

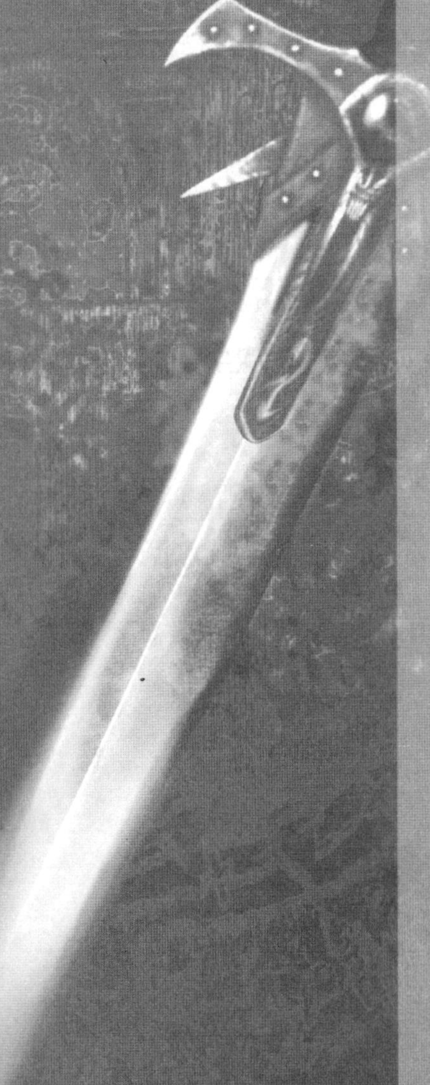

Chapter 27

신에 근접한 남자

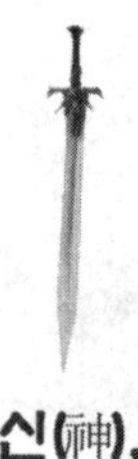

신(神),
그것과 비슷해질 수 있다고 생각힐 수 있을까.

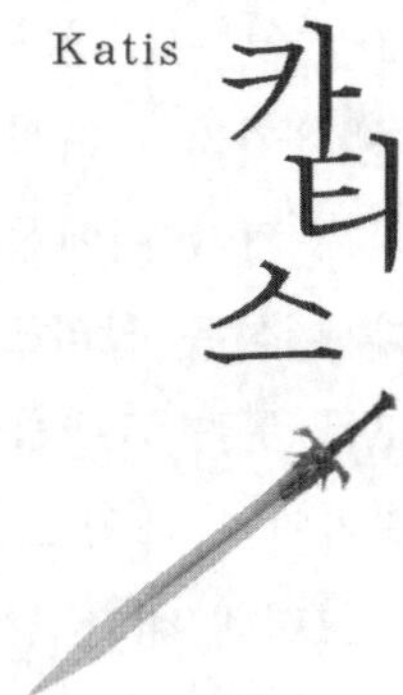

바위로 뒤덮인 산에 나와 에셀휀, 이질리스, 그리고 은흑발 머리 카락의 녀석, 그리고 니드호그가 서 있었다. 그는 입가에 여유로운 미소를 띤 채로 바람을 맞고 있었다. 그는 나를 보며 피식 미소를 짓다가 거친 손을 내게 내밀었다. 얼굴에 비해서 로키의 손은 크고 거칠었으며, 또 팔의 군데군데에 흉터도 남아 있어서 놈이 얼마나 검을 잡았고 사람을 베었는지 알 수 있었다.

"어때, 날 따라가지 않겠어? 그것을 위해 나는 여기에 왔어."

그는 손을 내밀고 뒤편에서 불어오는 바람을 맞으며 나에게 말을 건넸다.

"미쳤냐, 내가 널 따라가게?"

나는 서비스로 대답은 해주었다. 그러나 나의 그런 대답에도 녀석은 실망한 기색이 없었다.

"내가 그 저주 정도는 풀어줄 수 있지."

  그는 씩 웃으며 아주 대단한 일을 한다는 투로 말했다. 하지만 그런 이유로 내가 알타크나의 사신(邪神) 로키를 따라갈 리가 없다. 로키라는 녀석을 직접 만난 것은 이번이 처음이지만 알타크나의 로키가 어떠한 자인지는 나도 소문으로 들어서 잘 알고 있었다. 녀석은 알타크나의 왕이 해야 할 모든 공무를 도맡고 있으며 모든 무력을 행사할 권리를 가지고 있는 알타크나의 실질적인 권력자였다. 게임으로 치면 그는 라스트 보스와 같다고나 할까.

  그런데 내가 지금 여기서 저 녀석을 따라간다는 것은 처음부터 진 것을 인정한다는 뜻이 되지 않겠는가. 그것은 우스꽝스러운 일이다.

  "필요없어. 이런 저주는 마법사를 죽이면 다 풀어지게 되어 있어."

  "그럴 수 있을까? 하긴 그전에 주문을 건 사람이 자신의 위치를 깨닫게 되면 그 저주는 풀리게 되겠지. 그것을 과연 저주라고 할 수 있을지는 의문이지만."

  그 녀석은 내밀었던 손을 거두었다. 그렇다는 것은 내가 자신의 손을 잡지 않을 것을 확실히 알고 있다는 것이다. 나는 알타크나에 가서 이상한 바르하시온이라는 녀석에게 개조당하거나 이용당하고 싶은 생각은 없다. 그리고 저 로키가 이런 나를 필요로 한다는 것도 쉽게 용납할 수 없는 일이다. 그런 것을 아는 내가 덥석 놈의 손을 잡을 리 없지 않은가.

  "그럼, 널 따라갈 이유는 없지 않아?"

  나는 로키에게 나의 의지를 확인시켜 주었다.

  "하지만 넌 반드시 내게로 오게 돼 있어. 왜냐면 넌 그럴 수밖에 없게 되어 있으니까."

　로키도 자신의 의지에 확신하고 있다. 확신의 이유는 알 수 없지만 저런 녀석이 그렇게 말하면 한번 주의 깊게 생각해 보는 것이 좋을 것이다. 그 녀석이 그렇게 말했을 때 독룡 녀석이 날개를 푸드덕거리며 고개를 들었다. 동굴에 말려들 때 날개에 상처가 나 있는 그대로였지만 니드호그는 신경 쓰고 있지 않았다.

　"로키님!"

　검은 날갯깃이 바람을 타고 떨어졌다. 그것은 미드가르드의 날갯깃과 비슷한 검은색이었다. 그러나 녀석의 날개는 푸른 색을 머금고 있는 반면 저 날갯깃은 그렇지 않았다.

　"검은 까마귀입니다."

　검은 까마귀라는 말을 함과 동시에 한 쌍의 날개를 가진 두 검은 옷을 입은 자가 우리들의 위쪽에 있는 바위에서 날갯짓을 하며 내려섰다. 그 뒤에는 한쪽 눈을 검은 천으로 가린 남자가 로키를 내려다보고 있었다. 날카로운 눈매가 사뭇 호전적이다. 로키도 그를 알아본 듯 입꼬리를 올렸다.

　"호오라, 이게 누구신가. 오랜만이로군, '빛의 오스키'."

　"……."

　그는 로키의 비아냥거림에도 대답하지 않았다. 단지 매서운 눈으로 로키를 내려다볼 뿐이었다. 두 검은 날개를 지닌 까마귀 녀석들은 그를 수호하듯 양 옆에 섰다.

　"이제 잠에서 깨어나신 모양이로군. 오랜만인걸? 얼마 전 네가 깨어났다는 것은 알고 있었어. 그래, 미미르는 안녕하던가?"

　로키는 히죽 웃으며 그를 반겼다.

　"눈을 마주친 것은 오랜만의 일이군. 그 일 이후로는 처음이지?"

물론 난 저 녀석들이 하는 말의 뜻은 모르겠다. 알 수 있는 것이라면 로키 쪽이 더 여유있어 보인다는 것뿐이다. 오른쪽 눈을 가린 금빛 눈의 남자는 심판이라도 하듯 로키를 바라보다가 묵직해 보이는 입을 열었다.

"너와는 할 말 없다."

"오호라, 그렇다면 그 나이 먹은 몸으로 무얼 할 수 있다는 거지?"

오스키라고 불린 남자는 건장한 체격으로 그리 나이 들어 보이는 얼굴은 아니다. 30대 초중반이라고 말하면 믿을 수 있을 정도의 얼굴이었다. 그리고 그의 옆에 있는 두 검은 날개를 가진 녀석들은 새파랗게 젊어 보였다.

애꾸 녀석은 왼쪽에 긴 장검을 두 개 차고 있었는데 그 검은 예삿 검이 아닌 것 같았다. 설마 저 두 검, 모두 마검인가?

"네가 걱정할 일이 아니다."

여전히 묵직한 목소리의 대답이 돌아왔다. 하지만 그런 목소리에 비해 녀석의 눈초리는 매서웠고, 마치 로키를 꿰뚫어 버릴 듯했다.

"뭐야, 저 녀석들은?"

나는 이상한 녀석의 출연에 어리둥절해하며 어깨를 으쓱했다.

『저쪽은 오스키야』

"로키라는 놈과 오스키라는 저놈, 혹시 형제 아냐?"

나는 짜증나는 얼굴로 말했다.

『아냐. 우선 피하는 것이 좋겠다』

"왜 내가 피해야 하는데?"

『뻔하잖아. 잘못하면 저들에게 말려들지도 모른다고. 지금 그런 몸으로 그들을 상대하는 것은 역부족이야』

"흥."

미드가르드는 저 두 녀석이 강하다고 말하고 있었다. 그럴 만한 것도 사실이다. 저 로키라는 녀석은 저 동굴이라는 생명체를 단숨에 부숴 버렸으니 꽤 대단한 실력을 가진 녀석일 것이다. 로키는 인간이 아니었다. 그렇다면 라그나나 아시르일 텐데.

"그럼 난 간다. 둘이 잘해봐라."

나는 미드가르드 녀석의 강압적인 의견을 듣고 손을 휘저으면서 그 두 녀석들에게 작별을 고했다. 그런 나에게 말을 건넨 것은 바로 로키였다. 그가 푸른 눈을 빛내면서 내게 손을 내밀었다.

"그런 식으로 그냥 가버리면 내가 곤란하지."

그가 내게 다가오려고 했을 때 두 검은 날개를 가진 자들이 날아올라 로키의 앞에 섰다.

"나를 막는 건가, 오스키?"

로키가 눈을 빛내면서 오스키를 바라보았다. 입꼬리는 여전히 올라가 있는 상태다.

"더 이상은 못 간다."

이렇게 말한 것은 눈이 이상한 검은 날개를 가진 동안의 녀석이었다. 양 눈 모두 흰자위가 없이 검은자위밖에 없어서 라그나가 아닐까 하는 생각이 드는 녀석이었다.

"내 일을 방해하겠다는 것 같은데 그건 무리야. 난 당신보다 지금 훨씬 강해. 너처럼 몇천 년 간 묵은 몸이 아니니까."

로키는 어깨를 으쓱하면서 오스키를 얕보았다. 그 말에 그 멍청한 검은 날개를 가진 녀석이 발끈해서 덤벼들듯 로키에게 소리쳤다.

"감히 오스키님께 그런 말을 하다니!"

"닥쳐라, 까마귀 주둥이."

로키의 빈정거리는 말투에 그 까마귀 주둥이 녀석의 얼굴에 분노가 떠올랐다.

"뭣이?!"

"그만둬, 유민."

검은 날개를 가지고 있지만 레드 블론드의 아름다운 여성 쪽이 그 유민이라 불린 까마귀 주둥이를 막아섰다. 도발에 속지 말라는 것 같았다. 저 여성 쪽이 훨씬 내 마음에 든다.

"너완 할 이야기 없다. 하지만 네 녀석만은 절대 용서 못한다."

로키를 향해서 이렇게 말을 남긴 것은 그 '빛의 오스키' 라는 촌스러운 이름을 가진 녀석이었다. 하지만 로키는 그 녀석의 말에 큰 소리로 웃으며 빈정거렸다.

"용서 못한다고? 웃기는군. 이 자만심 덩어리의 미친 아시르인! 이젠 넌 왕이 아니다. 철저히 짓밟히는 걸 보게 되겠지."

아무래도 분위기가 심상치 않은 것이 싸움이 날 것 같은 분위기였다.

"이봐, 저 둘 정말 신나게 싸우는걸?"

『신경 쓸 거 없어. 어서 피하자.』

수다 검 녀석이 재촉하자 에셀휜도 고개를 끄덕였다. 아무 말도 하고 있지 않던 그 꼬마는 가자는 말에는 잘도 반응하고 있었다.

"그게 좋을 것 같아요. 왠지 저 사람들 이상해요. 빨리 가요."

에셀휜이 재촉했다. 그러고 보면 나는 저들과 상관없지 않은가.

"그래. 뭐, 저건 저들의 문제겠지. 나는 관계없으니까."

『관계없다고?』

미드가르드가 씁쓰름한 목소리로 중얼거렸다. 공갈 검이 어깨를 으쓱하더니 검신 안으로 몸을 스며들였다.

공갈 검 녀석, 어쩐지 예전보다 표정이 나아진 것 같은 느낌이 든다. 나는 그 꼬마를 어깨에 걸쳤다. 꼬마가 꺅! 소리쳤지만 별로 관심을 가지진 않았다.

『저 둘이 싸우는 이 틈을 타서 빠져나가자』

니드호그가 금빛 눈을 빛내며 내가 있는 곳으로 날아들려고 했지만 그 검은 날개의 여자가 막는 바람에 더 이상 쫓아오지 못했다. 그렇게 나는 로키라고 자신을 밝힌 은흑발의 남자와 애꾸눈과 떨어지게 되었다.

바윗돌의 계곡을 지난 후 숲이 무성한 곳으로 들어섰다. 여기가 거기 같고 거기가 여기 같아서 좀처럼 길을 알 수 없을 정도의 숲이었다. 이대로 가다간 끝이 없을 것 같다는 생각에 그 꼬마를 내려놓았다. 그리고 공갈 검 녀석을 다시 어깨 뒤로 메었다.

"그런데 꼬마, 여긴 어디지?"

"글쎄요. 숲만 봐가지고는 잘 모르겠는데요? 좀 더 가봐야 알 수 있을 것 같아요."

에셀횐이 고개를 까닥했지만 결국 여기가 어딘지 모른다는 뜻으로 받아들이면 될 것 같다.

"그런가?"

그렇긴 하겠지. 여긴 여기나 저기나 다 비슷하게 보이니까. 에셀횐을 데리고 일단 나무를 잘라 방향을 감지했다. 우린 남쪽으로 가고 있었으니 나이테가 가리키는 대로 따라가면 될 것이다.

수풀이 우거진 곳에서 떠나 겨우 드문드문한 곳으로 들어섰다.

과연 맞게 가고 있는지는 의문이었지만, 이러나저러나 상관없는
일 아닌가.

에셀휜과 내가 열심히 걷고 있는데 눈앞에 큰 나무와 이야기하
고 있는 한 은발 머리 소년을 발견했다. 소년은 귀여운 얼굴로 반
가운 미소를 지으면서 나에게 달려왔는데, 그 녀석은 아쉽게도 내
가 아는 그 빌어먹을 놈이었다.

"길을 찾고 있는 거야?"

그는 빙그레 웃고 있었다. 마치 나를 기다리고 있었던 사람처럼.

"네가 왜 이곳에……"

불사의 왕 아크였다.

난 눈썹을 찡그렸다. 적은 아니지만 도움도 되지 않는 녀석이다.
아니, 적이 아니라는 보장도 없었다.

"오랜만이지?"

아크가 손을 흔들었다.

"아크……"

나는 새삼스럽다는 듯 녀석의 이름을 불렀다. 솔직히 말하면
'불사의 왕'이라고 하는 거창한 말은 이 계집애 같은 녀석에게 어
울리지 않는다.

"아크라뇨?"

에셀휜이 지친 얼굴로 이곳에 온 이후 처음 만난 사람에게 반가
운 얼굴로 물었다.

"그런 바보 같은 녀석이 있어."

나는 대강 얼버무렸다.

"바보라니, 너무하잖아?! 아이~ 공갈 검, 오늘도 귀엽네."

아크는 내 등에 짊어진 공갈 검을 만지작거리며 귀여운 척했다.

으으, 난 사내자식이 저러는 걸 보면 느끼하더라.

"저기, 저 사람도 혹시 이상한 사람 아닌가요?"

에셀휜도 똑같이 생각했는지 나에게 귓속말로 그렇게 물었다.

"그렇지."

나도 깨끗하게 대답해 줬다.

아크는 혼자 좋아하다가 이내 푸른 눈을 동그랗게 뜨고 마치 계집애같이 양손을 뒤로 깍지 끼고 발을 앞으로 내밀며 물었다. 난 아무리 귀여운 척해도 사내자식은 싫다.

"너, 지금 마을을 찾고 있어?"

"마을을 찾는 건 아냐. 단지 난 마법사를 쫓고 있을 뿐이야."

"쫓는 거라고? 쫓기는 것이 아니라?"

그 녀석이 재수없게 방긋 웃었다.

"흥!"

나는 코웃음을 쳤다. 나는 변명거리를 생각하고 있었다. 그러나 아크가 나를 놀리는 것도 오래가지 않았다. 이번엔 에셀휜을 발견하더니 또 꺅꺅거리기 시작했다.

"그런데 귀여운 애네. 이애는 또 어디서 주운 거야?"

"길 가다가 주웠지."

"전 물건이 아닌데요."

에셀휜이 귀엽다고 붙잡고 있는 아크를 보며 나는 한숨을 쉬었다.

"어때, 에즈. 얘 귀엽지 않아?"

아크는 에셀휜을 잡고 숲을 향해 외쳤다. 그러자 숲 속에서 인기척이 느껴졌다.

"너 혼자가 아니었군."

　나는 자세히 나무 위를 살폈다. 천으로 친친 감고 있지만 익숙한 남자의 모습이 나무 위에서 밑으로 뛰어내려 가볍게 착지했다.

　"저 녀석과 아는 사이인가?"

　나는 아크에게 물었다. 에즈가 아크와 아는 사이였다니. 하긴 에즈 녀석은 여행을 자주 다니는 녀석이기 때문에 많은 사람들을 만났겠지. 불사의 왕도 그중 하나일지도 모른다.

　"불사의 왕과는 마침 지나가다가 만난 사이였어."

　에즈의 대답에 아크는 고개를 끄덕거리며 귀여운 척했다. 왜 저 기생오라비가 여기 있는 걸까. 게다가 우연히 만났다고 하기에는 서로가 너무 잘 아는 사이 같거든. 그나저나 에즈도 오랜만에 만나는군.

　"그런데 너는 왜 여기 있는 거야?"

　"글쎄, 그건 내 마음이지."

　여행자 녀석은 여행을 자주 다니니까 이곳에 있다고 해도 이상할 건 없지만 저 아크는 의도적으로 이곳에 나타난 것이리라고 나는 확신했다.

　아크는 에셸휜을 안은 채로 여행자를 돌아보았다.

　"에즈, 이제 무스페를 제외한 마검은 많이 사라져 버린 것 같더군. 로키와 바르하시온이 뭔가를 꾸미고 있기 때문일걸?"

　"꾸민다라……."

　여행자 녀석은 고개를 끄덕이면서 말을 끊었다. 아크의 말에 에즈는 붉은 눈을 차갑게 떴다.

　"역시 남은 마검은 카티스가 가지고 있는 이질리스뿐인가. 주르트르도 있긴 하지만 그는 완전한 마검이라고 하기엔 힘드니까."

　아크의 말에 수다 검이 우웅～ 공명음을 냈다.

　『벌써 그렇게 된 겁니까?』

수다 검 녀석이 걱정스러운 목소리로 물었다.

"맞아, 미드 군. 만들어진 마검을 빼곤 거의 모든 마검이 사라져 버렸지."

『정말로 그렇게 되었군요.』

미드가르드는 어쩐지 떨리는 목소리로 힘없이 중얼거렸다.

"그래, 이제 남은 검은 이질리스 하나라고 해도 과언이 아니야."

"아니, 또 하나 있어."

여행자 녀석이 아크의 말을 가로막았다.

"또 하나 있다니?"

하지만 시원스럽게 대답해 주지 않았다. 그는 단지 침묵만을 지킬 뿐이었다.

아크가 꼭 잡고 있던 에셀휜의 목을 놓아주자 에셀휜은 캑캑거리면서 숨을 골랐다. 그리고 앞을 보았는데 앞에 서 있는 여행자 녀석을 보고 놀란 눈을 했다.

"당신은……."

이내 희색이 감도는 얼굴에 어쩐지 나는 불안해졌다.

"당신은 그때 우리 마을에 왔던 사람이로군요."

"오랜만이군, 에셀휜."

여행자 녀석은 딱딱하던 표정을 부드럽게 풀면서 그애를 바라보았다.

"너, 에즈를 알고 있는 거냐?"

내가 꼬마에게 물었는데 꼬마는 자랑스럽다는 듯이 대답했다.

"네, 예전에 한 번 저희 마을에 왔다 간 일이 있는 사람이에요."

"예전에 로키의 일로 이곳에 왔다 간 일이 있지. 그때 만난 아이야."

여행자 녀석도 한마디 덧붙였다. 로키, 그는 로키에 관한 이야기를 하고 있었다. 나는 로키가 알타크나의 세력가라는 것은 알고 있었지만 그가 어떠한 존재인지는 잘 몰랐다.

"로키, 그 녀석에 대해 알고 있나?"

"그 녀석은 '신에 근접한 남자' 다."

에즈가 로키에 대해서 한마디로 일축했다. 그는 로키에 대해 잘 알고 있는 듯한 발언을 했는데 과연 에즈는 종잡을 수 없는 녀석이다. 가끔씩 이상하게 만나서 이상한 말을 하고 사라지기도 한다.

신에 근접한 남자, 그것이 바로 에즈가 로키를 지칭하는 말이었다.

그나저나 아크는 에셀휜이 귀여워 죽겠다는 듯이 다시 꼬옥 껴안았고, 에셀휜은 피하지도 못한 채 쓴웃음을 짓고 있었다. 원래 천상천하 유아독존인 불사의 왕 아크는 꼬마의 의사 따위는 상관없다는 듯 뺨을 비비적거리고 있다.

"으흥, 네가 이 아이랑 아는 사이라는 거지?"

"왜, 왜 그러세요? 리, 리스 형—!"

그 꼬마는 아크가 좀 두려웠는지 이질리스의 이름을 불렀다. 왜 거기서 이질리스의 이름이 튀어나온 것인지는 이해하기 힘들지만, 그 부름에 응해서 나타난 이질리스 쪽이 조금 더 충격이었다. 꼬마가 부르자 이질리스는 푸른 머리카락을 출렁이며 아크의 눈앞에 나타났던 것이다.

"이질리스, 오랜만이네."

이질리스는 아크를 보고 얼굴이 굳었다. 결국 아무 말도 하지 않은 채 에셀휜 옆에 섰을 뿐이었다.

"오랜만이야. 귀여워, 이질리스!"

이질리스를 껴안으려는 아크를 향해 감정없는 얼굴로 이질리스가 한마디 했다.

"누가… 오고 있어."

"아차!"

그 한마디에 아크는 깜짝 놀란 얼굴을 했다. 그때 인기척이 느껴졌고, 마치 순간 이동이라도 한 듯이 남색 머리에 키 크고 가는 눈을 가진 남자가 아크의 뒤편에 나타났다.

"아크님, 대체 또 언제 놀러 가신 겁니까? 정무를 보셔야 하지 않습니까. 다른 대륙까지 날아온다고 해서 제가 모를 줄 아셨어요?"

진소리를 하는 것으로 보아 아크의 비서 격인 아뉴였군.

"재미없어, 벌써 들켜 버렸네. 그럼 에즈, 카티스, 그만 갈게. 나중에 또 보자."

아크가 흥미를 잃은 듯이 손을 휘휘 저으며 아뉴의 말에 쉽게 굴복했다. 아무래도 꽤나 큰 정무가 남아 있나 보다.

"너 같은 거 가든 말든 상관없으니까 빨리 꺼져 버려."

꼴 보기 싫은 녀석, 이젠 다시 나타나지 않았으면 좋겠다.

"그게 무슨 말씀입니까, 아크님께!"

아뉴가 그 말을 듣고 발끈했다. 저런 것을 보면 아뉴 녀석도 놀려먹기에 좋은 녀석이다. 하긴, 아뉴도 불사의 몸을 가지고 있으니 가지고 놀면 꽤 재미있을 것이다. 아무리 때려도 죽지 않을 테니까.

"아뉴, 이제 그만 가자니까. 정무에 늦는다고 먼저 화를 낸 것은 너잖아?"

아크 녀석이 말릴 정도로 아뉴는 분노하고 있었다.

"하지만 아크님, 그런 말을 듣고도 화나지 않으십니까?"

"아니, 재미있는데?"

아크의 방글방글한 미소에 아뉴는 한숨을 쉬었다. 불사의 왕 녀석은 역시나 종잡을 수 없는 녀석이었다.

"좋아요. 어서 가죠."

역시 이상한 콤비인 저 녀석들은 이상하게 나타났다가 이상하게 사라져 버렸다. 역시 유유상종이라는 옛말이 맞는 것 같다. 끼리끼리 이상한 녀석들만 모였다.

아크와 아뉴가 떠났고 썰렁한 곳에 나와 에즈, 이질리스와 에셀휜만이 남았다.

"그럼, 이제 에즈 씨랑 함께 가는 건가요?"

"누가 그런다고 했어? 에즈는 아마 자기 갈 길을 갈 거야. 무엇을 찾고 있는지는 모르지만 에즈는 여행하는 것이 숙명이야. 어디론가 또 알 수 없는 곳으로 사라져 버리겠지."

내가 퉁명스럽게 말했는데 에즈는 나의 대답에는 아예 상관을 하지 않은 채 에셀휜에게 말을 하고 있다.

"이곳 근처에 마을이 하나 있어. 에셀휜, 너의 마을과는 다른 곳이지만 그곳에 네가 찾고 있는 네 자신에 대한 단서가 있을 거야."

"단서라고요?"

에셀휜이 고개를 들어 에즈의 붉은 눈을 바라보았다. 에즈는 엷은 미소를 지었다.

"단서라……"

에셀휜이 고개를 숙이고 생각에 잠겼다.

"이봐, 우린 마을 따위로 가기 위해 여행하고 있는 것이 아니라고!"

"어차피 마을에 들르게 되잖아."

여행자 녀석이 퉁명스레 답했다.

"난 지금 애를 돌보고 있는 것이 아냐. 잘됐군. 그럼 네가 그 꼬마를 맡으면 되겠네."

내가 아예 그 붉은 머리카락의 친구에게 꼬마를 맡기려고 했지만 꼬마는 이질리스의 팔을 잡고 놓지를 않는다.

"난 리스 형과 함께 가고 싶어요."

"리스 형? 아, 사검을 말하는 건가?"

에즈가 눈치 빠르게 되뇌이며 중얼거렸다.

"저 꼬마는 공갈 검 녀석이 뭐가 좋다고 그런 식으로 말하는 거지? 그 녀석은 무뚝뚝하고 유디엔밖에는 모르는 녀석이라고."

내가 윽박지르자,

"리스 형을 그렇게 말하지 말아요. 얼마나 친절한데요."

오히려 에셀휜은 공갈 검을 감쌌다.

"허, 공갈 검 녀석이 친절하다고?"

이 꼬마가 나 열받게 하는군. 그 녀석이 나에겐 얼마나 싸가지 없게 구는데!

"그만 해두지 그래?"

내가 에셀휜과 말다툼하는 것을 에즈가 가로막았다.

"어서 출발하도록 하지. 나도 어차피 마을에 볼일이 있어."

나는 입을 다물었다.

『에즈 씨, 카티는 마을로 가면……』

수다 검 녀석이 당황한 목소리로 말했지만 여행자 녀석은 차갑게 대꾸했다.

"어차피 자네가 있다면 마을로 가나 안 가나 상관없는 것 아니었던가?”

『그거야 그렇지만……』

미드가르드가 다소 침체된 목소리로 우물거렸다.

“그러니까 속는 셈치고 마을에 가도 괜찮을 거야.”

미드가르드는 에즈의 말에 수긍했다. 마을로 가겠다는 에즈의 의견을 결국 허락한 것이었다.

“정말 귀찮군.”

나는 한숨을 토하듯 중얼거렸다. 이 녀석이고 저 녀석이고 내 맘에 들게 행동하는 놈이 하나도 없다.

“어차피 너처럼 무작정 나가는 것 자체가 무모한 짓이야. 좀 더 앞을 내다보도록 해.”

에즈의 말에 나는 불만스럽게 고개를 끄덕였다. 나는 에즈의 고집만은 꺾을 자신이 없었다. 함께 여행한 적이 여러 번 있었는데 그때의 경험에 의하면 녀석은 한번 한다면 하는 끈질긴 성격이었던 것이다. 게다가 녀석을 한곳에 잡아놓기는 나로서도 힘들 정도였다.

“좋아, 그럼 출발하도록 하지. 하지만 마을에 도착하면 에셀휜과는 그만 헤어지겠어. 우린 지금 피크닉을 가고 있는 게 아니라고.”

『그렇다고 특별한 목적이 있는 것도 아니잖아』

“목적은 있어.”

『넌 너무 무모해. 이미르를 죽이러 간다는 것은 어리석은 일이라고. 내가 누누이 이야기했지만……』

갑자기 왜 미드가르드, 이 녀석이 감정적이 된 걸까. 나는 의아한 기분이 들었지만 녀석의 말을 묵살했다.

“나는 내가 하고 싶은 대로만 해. 네가 상관할 필요 없어.”

『하지만……!』

수다 검 녀석이 대꾸하려는 순간 에즈는 에셀휜을 데리고 앞장 섰다.

"그만 출발하자."

나는 결국 이렇게 되자 한숨이 절로 나오는 것을 느꼈다.

일단 에즈의 말대로 마을로 가는 수밖에 없었다.

에즈의 안내에 따라 나와 에셀휜은 그가 말한 마을로 가게 되었다. 에즈는 앞서서 길잡이를 하면서 필요한 말 이외의 말은 하지 않았다. 그 녀석은 간혹 에셀휜이 묻는 질문에만 간단히 대답할 뿐이었고 나나 공갈 검에게는 신경도 쓰지 않았다. 하여간 남에게 별로 관심이 없는 것은 여전한 모양이다.

그가 안내한 곳은 숲을 넘어 꽤 오랫동안 걸어야만 도착할 수 있는 마을이었다. 그런 깊은 숲 너머에 큰 마을이 있다는 것에 나는 감탄했지만 동시에 저 마을이 수상한 곳이라는 느낌이 들었다.

에즈가 안내한 마을은 그렇게 작은 마을은 아니었다. 흔히 생각하는 보통의 산골 마을보다는 규모가 컸고 뾰족하게 세워진 하얀 신전 건물이 있는 것을 보니 옛 신전 지대에 세워진 마을인 소도시인 듯싶었다.

신전은 언제나 나의 관심 밖의 일이었지만 그래도 스쳐 지나가면서 많이 볼 수 있는 곳이기도 했다. 옛날에는 아시르 인 신관을 모시는 사원이 많이 있었지만 이제 그것은 거의 찾아볼 수 없을 정도로 사라져 있었다.

"여긴 어떤 곳이에요?"

에셀휜은 사람들이 그다지 활기 차진 않지만 그래도 큰 마을 규

모에 놀랐는지 고개를 갸웃거렸다.

"이 마을은 기억에 대해 알 수 있는 곳, 슬리드Slid라고 하지."

"슬리드……."

에셀휜은 고개를 갸웃거렸다. 저 이름없는 여행자 녀석이 말하는 것이 무엇인지 잘 알 수 없었기 때문이다. 그리고 곧 표정이 어두워졌다가 다시 밝아져 방긋 웃으며 중얼거렸다.

"꽤 큰 곳이네요."

에셀휜은 산골 마을에 꽤 큰 신전이 있는 것에 놀랐는지 감탄하며 중얼거렸다.

"너희 마을은 어떤 곳인데?"

깍지를 낀 손으로 머리를 받친 채 나는 무심코 물었다.

"작은 마을이에요. 이곳과 비교할 수 없을 만큼 작은 마을이에요."

"그래?"

에즈가 에셀휜을 데리고 이곳으로 온 것은 이유가 있을 텐데 그의 생각은 잘 파악하기 힘들었다. 게다가 에즈가 수수께끼 같은 문제를 남겨주고 또 사라져 버릴지도 모른다는 생각이 들었다.

계속 걷다 보니 마을에 다다를 수 있었다. 마을 입구에서 그 하얀 신전을 올려다보며 에즈는 넌지시 입을 열었다.

"마검이 사라지고 있다는 것은 아까 들어서 알고 있지?"

왜 나에게 그런 것을 묻는지 모르겠지만 녀석의 불꽃 빛 눈동자는 서글픔을 머금고 있었다. 아니면 또 다른 의미의 불꽃이 타오르고 있었던 것인지도.

"그거야 알고는 있지만……."

나와는 관계없는 일이잖아.

나는 입술을 내밀면서 코웃음을 쳤다. 하지만 녀석은 그런 나의 대답에는 아랑곳하지 않고 자기가 하고 싶은 말을 이어 나갔다.

"하지만 마검이 모두 사라진 것은 아니야. 단지 그것이 힘을 못 쓰게 되었을 뿐이지."

"……."

나는 혼잣말 같은 녀석의 말에 더 이상 대꾸하지 않았다. 이 녀석은 여행하면서 많은 것을 보아왔을 것이다. 방관자로서 이곳저곳을 떠돌아다녔을 터였다. 에즈가 무엇을 하기 위해 여행하는 지는 잘 모르겠지만 에즈는 지켜보는 것이 일이었다. 절대로 끼어들지 않고 지켜보는 것만이 녀석의 일인 것이다. 에즈는 이글이글 타오르는 눈빛으로 하얀 색의 신진을 계속해서 응시하고 있었다.

"힘을 쓸 수 있는 마검은 이제 거의 존재하지 않지."

미풍이 불어 나무가 흔들렸다. 이젠 서늘해진 날씨를 알리듯 물들어 가는 나뭇잎이 우수수 땅에 떨어졌다.

"남은 것은 얼마 남지 않은 생명체뿐이겠지."

그 녀석은 그렇게 말하며 자기의 허리에 대롱대롱 매달아놓은 검을 만지작거렸다.

"그래도 네 수중엔 마검이 남아 있어. 빛의 오스키의 두 마검도 남아 있는 것이긴 하지만 그들은 이미 마검이라고는 부를 수 없는 존재들이야."

녀석은 나를 돌아보며 짓궂은 미소를 지었다.

"그래서, 하고 싶은 말이 뭔데?"

나는 녀석의 혼잣말에 질려서 녀석을 내리깔아 노려보았다.

"마지막으로 남은 마검이 있어."

에즈가 나를 보고 눈을 둥글게 떴다가 다시 표정을 굳힌 채 눈을 감고 입가에 자조적인 웃음을 남겼다.

"그 마검이 이곳에 있단 말인가? 하지만 나와는 관계없는 일이 잖아."

나는 퉁명스럽게 대꾸했다.

"관계없는 일이라고 생각하는 것이 더 위험해."

그는 내 말허리를 잘랐다.

"나에게 그 마지막 마검을 지키라고 말하는 거야?"

"그래."

"그런 건 네가 하면 되잖아?"

하지만 에즈는 대답하지 않았다. 그 녀석은 단지 또다시 그 흰색의 뾰족하게 솟은 신전을 바라볼 뿐이다. 그런 에즈를 바라보고 있던 에셀휀도 불길한 표정을 지었다. 에셀휀은 불안한 듯 손톱을 깨물고 있었다. 그것을 알아본 미드가르드가 꼬마에게 질문했다.

『에셀휀, 왜 그렇게 표정이 좋지 않니?』

에셀휀은 수다 검 녀석의 질문에 멍하니 에즈만을 응시한 채 한참 동안 대답하지 않다가 퍼뜩 정신이 들어서 입을 열었다.

"이곳은 제가 어렸을 때 버려져 있던 곳이라고 들었어요. 이곳 슬리드 마을은……."

『그런……』

자신의 질문이 에셀휀에게 상처를 입힌 것이 아닌가 하는 생각이 들어 미드가르드가 우물쭈물거렸다. 하지만 에셀휀은 이내 괜찮다는 듯 웃으며 손을 휘휘 내저었다.

"버려진 것은 어렸을 때의 일이에요. 그다지 신경 쓰실 것은 못돼요."

하지만 여전히 쓸쓸한 빛이 에셀휀의 얼굴에 반영되고 있었다.

인간은 자신의 자식을 버리기도 하고 죽이기도 한다. 그런 것은 동물 사회 어디에나 있는 현상이지만 당사자인 에셀휜에게는 남 다르게 느껴질 일인 것이다.

"하지만 이곳에 와보는 건 처음이에요. 전 다른 마을에서 자랐 거든요. 그 마을에서 친절하다고 할… 수는 없지만 주인 아줌마와 아저씬 갈 곳 없는 저를 거두어주셨죠."

에셀휜이 혀를 쏙 내밀고 애써 괜찮은 척했다.

"그런 이야기 들으러 온 것이 아냐."

나의 무뚝뚝한 대답을 들은 에셀휜은 시무룩하게 고개를 끄덕 였다. 하지만 역시 그런 내가 무서웠던지 꼬마는 이질리스의 옆에 쪼르르 나가 섰다.

"이제 어디로 가야 하는데?"

나는 짜증을 내면서 에즈에게 물었다. 에즈의 붉은 머리카락이 바람에 휘날리고 있었다. 그는 천천히 입을 열었다.

"별로 가야 할 만한 곳은 없어."

속 터지는 녀석, 생각대로 대답도 제대로 해주지 않는군!

"별로 갈 데가 없다니?!"

나는 인내의 마지막 끈이 끊기는 것을 억지로 잡아매면서 끈질 기게 물었다.

"이제 그들이 올 거야."

"그들?"

"얼마 지나지 않아 그들이 찾아올 거야."

역시 이해가 가지 않는 대답이었다. 에즈는 고개를 돌리고 마을 의 입구와 정반대 쪽으로 걷기 시작했다.

"설마 날 이대로 두고 너만 혼자 훌쩍 가버리려고 하는 것은 아니겠지?"

나는 눈썹을 움찔했다. 결국 그 불길한 짐작은 맞아떨어진 모양이다. 에즈는 그런 식으로 우리들을 마을에 남겨둔 채 자기 자신은 별 볼일이 없다는 듯 유유자적하게 발걸음을 옮겼다. 애당초 내가 저 녀석의 말을 듣는 것이 아니었다.

"네가 나중에 날 찾아야 할 일이 있겠지. 그럼, 그때 보자, 카티스 사카디은."

그 녀석은 그렇게 한마디를 남기면서 유유히 다른 방향으로 사라져 갔다. 에즈의 뒷모습을 보면서 나는 얼빠진 얼굴로 한숨을 내쉬었다.

"가버리는 거예요, 에즈 씨?"

에셀휜이 달려가서 에즈의 팔을 붙잡았다. 애처로운 눈으로 그에게 질문했지만 그는 그런 에셀휜을 보고 무표정한 얼굴로 조용하게 입을 열었다.

"에셀휜, 언제나 슬픈 것은 생각하지 마라. 미래를 보면 행복해지니까."

그는 그렇게 말했고 에셀휜은 그 자리에 우두커니 서서 그가 떠나가는 것을 지켜보았다.

"…네, 에즈 씨."

에즈는 대답도 듣지 않고 사라져 버렸다.

"저 녀석, 강제로 이렇게 오게 해놓고 또 가버리는군."

나는 귀찮아져서 눈을 감고 양손을 머리 위로 올렸다. 에즈의 모습은 이제 보이지 않을 정도로 멀리 사라져 버렸다.

『어쩌면 그가 하고 싶었던 말이 있는 것인지도 모르지. 앞으로 네가 해야 할 길을 가르쳐 주고 간 것일지도 몰라.』

미드가르드가 사라져 가는 에즈의 모습을 보면서 쓸쓸하게 말했다.

나는 발걸음을 옮겨서 슬리드 마을 안으로 들어가기로 했다.

『오늘은 여관에서 숙박할 거야?』

"좀 편히 쉬고 싶군. 지저분해진 몸도 닦아버리고 싶고, 시원한 술도 한잔 마시고 싶고. 그러니까 들어가 보는 것도 좋겠지."

특별히 에즈의 말이 신경 쓰여서 그런 것은 아니다. 에즈 녀석의 말이 여러모로 도움이 돼온 것도 사실이지만.

『아하하, 늙은이처럼 그런 말을 하다니, 카티답지 않아.』

"시끄러워."

나는 미드가르드 녀석을 때려주고 싶은 충동이 느껴졌지만 우선 마을에 들어가는 게 먼저였다.

『하긴 그동안 쉴 만한 여유 같은 것은 없었으니까. 마을이라면 여관 정도는 있겠지?』

나와 이질리스, 그리고 에셀휜은 슬리드 마을의 입구로 들어섰다. 마을 사람은 별로 없었다. 게다가 이렇다 할 젊은이들도 눈에 띄지 않았고 적어도 40세가 넘은 사람들만이 남아 있는 것 같았다.

에셀휜은 이곳저곳을 돌아다니면서 즐겁게 구경하고 있었다. 출렁거리는 강아지 마냥 흥분을 감추지 못하고 있다.

"리스 형, 저길 봐요. 귀엽죠?"

뭐가 귀여운지 모르겠지만 이질리스를 끌고 자기가 귀엽다고 생각되는 것을 손가락으로 가리키며 이질리스에게 대답하기를 강요하고 있었다. 무표정한 그 녀석은 대답하지 않았지만 그래도 그런 에셀휜을 뿌리치지는 못하고 있었다.

“이질리스 녀석, 불쌍하게 됐군.”

나는 혀를 끌끌 찼다. 그런 모습을 보고 수다 검 녀석도 피식 웃어버렸다.

『하하하, 이질리스도 좀 편하다고 생각하게 된다면 다행이잖아. 상처가 아문 것도 어떻게 보면 에셀훤이 있어서 가능했을지도 몰라. 리아드 사건의 여파로 인해 그의 상처가 영원히 낫지 않으면 어떻게 하나 하고 걱정 많이 했거든』

“쳇, 저 성별이 없는 꼬맹이가 마음에 들었나 보지.”

난 그래도 성별이 없는 것보다는 여자가 훨씬 좋다고 생각하면서 길을 걸었다. 이 마을에서도 술집이나 여관에 가면 설마 젊고 쓸 만한 여자가 있지 않을까 하는 생각이 들었다.

『그런데 이 마을, 에즈 씨가 말한 대로 마검의 느낌이 느껴져』

“마검의 느낌이라고?”

『응』

이곳은 알타크나의 영지인데 알타크나의 마을에 있는 마검을 찾지 못했을 리가 만무하다. 알타크나의 마검 사냥꾼들이 마검을 찾고 있다고 들었는데 자신들의 영지 내에서 마검을 발견 못했을 리는 없지 않은가.

“마검이라, 그 알타크나의 마검 사냥꾼들이 이곳에 있는 마검에 대해서 몰랐을 리가 없잖아.”

미드가르드도 내 의견에 수긍한다는 듯 한동안 말이 없었다.

『하지만 희미한 마검의 느낌이 들어. 내 착각일까?』

“죽은 마검인가 보지.”

나는 퉁명스럽게 대답했다.

『그런가? 네 말대로 그럴지도 모르지. 살아 있는 마검이라면 그들이 모르고 지나쳤을 리가 없으니까.』

이제 그만 그런 마검 이야긴 관두고 밥이나 먹으러 가야겠군. 마침 사람이 별로 없긴 하지만 쓸 만한 여관을 발견했으니까.

"그 따위 얘기는 집어치우고 좀 식사나 하자고."

배는 고팠지만 피를 필요로 하지는 않았다. 그 동굴에서 로키 녀석이 마시라고 했던 그 물을 마신 후에는 그렇게 갈망하던 피를 그다지 마시고 싶지 않았다. 그 샘물로 목을 축인 것이 피에 대한 갈증을 해소시켜 준 것인가.

『그럼 여관으로 가자.』

수다 검 녀석도 흥이 났는지 내 말에 동의했다. 하지만 저 꼬마 와 이질리스 녀석은 이곳저곳 돌아다니느라 바빠 보였다. 이질리 스는 에셀휜에게 이끌려 다니면서도 피곤한 기색이 전혀 보이지 않는 걸로 보아 에셀휜의 행동이 싫지는 않았던 것 같다.

"뭘 하고 있는 거야? 노숙하고 싶지 않으면 빨리 이곳으로 오라 고."

"아, 알았어요."

에셀휜은 나를 돌아보다가 눈에 걸렸는지 하얀 신전을 바라보 았다. 하얀 신전은 고요히 그 땅을 지키고 있었다.

"뭘 그렇게 멍하게 보고 있는 거야?"

"아뇨, 저 신전이 신기해서요."

역시 꼬마 아이를 데리고 다닌다는 것은 귀찮은 일이다. 나는 잔소리를 그만두고 여관 쪽으로 걷기 시작했다. 에셀휜의 밝은 모 습을 보니 더 다그치기 싫어졌다. 어차피 저 꼬마의 자유를 억압 하려는 생각은 없었다.

"그럼, 더 놀다 들어오든 말든 마음대로 하라고."

"알았어요. 감사합니다, 카티스 씨!"

에셀휀이 이질리스를 끌어당기며 방긋 웃었다. 이질리스는 별로 기쁜 것 같지 않지만 에셀휀의 손에 이끌려 갔다.

『착해졌네, 카티』

"단지 귀찮게 잔소리하는 것이 싫을 뿐이야."

나는 녀석의 말을 끊으면서 여관으로 들어섰다.

여관은 비교적 사람이 적은 편이 아니었는지 꽤 벅적이고 있었다. 일터에서 돌아온 몇 명의 농부들이 술 한잔 걸치면서 구석에서 낄낄거리고 있고, 그 외의 얼간이 몇 명, 또 나이가 많지 않은 사내들이 술에 취해 비틀거리고 있는 것이 눈에 들어왔다. 나는 여관에 들어서면서 이웃 집 뚱뚱한 수다쟁이 아줌마처럼 생긴 여자에게 적당히 주문한 후 테이블에 앉았다.

"여기 방 하나 예약해 줘. 그리고 시원한 맥주와 꼬마가 먹을 만한 것도 좀 갔다 줘."

그 뚱뚱한 여자는 알았다는 듯이 시원한 맥주를 가져다 주었다. 서빙 정도는 젊은 여자가 해도 좋았을 텐데. 나는 의심스러운 눈초리로 맥주를 가져다 준 여자에게 물었다.

"대체 여긴 왜 이렇게 늙은 사람들이 많은 거지?"

"이곳엔 젊은 사람이 거의 없어요."

"어째서?"

"대부분의 젊은이들은 수도에서 한탕 한다느니 어쩌느니 하면서 마을을 떠났지요. 게다가 요샌 수도에서 많은 인력을 모으고 있으니 젊은것들의 피가 끓는 것도 당연하겠지요."

알타크나의 성에서 사람을 모은단 말인가. 알타크나에서 전쟁

준비라도 하고 있는 것인가. 아니면 바르하시온과 마검 사냥, 그리고 로키와 연관이 있는 일인지도 모르겠다.

"아휴~ 그래서 젊은 애들이 없어요."

"아아."

나는 고개를 끄덕이면서 맥주를 벌컥벌컥 들이켰다.

"사내자식들은 그래서 없다고 치자. 한데 왜 젊은 여잔 없는 거야? 여자도 돈 벌러 가버렸나?"

"손님은 외부인이군요?"

"그거야 그렇지만."

"요새 외부인이 우리 나라에 들어오기 힘든데 용케도 들어오셨구려. 동행증이라도 있었던 모양이네요."

"아아."

실은 마법사 녀석의 힘으로 쉽게 들어왔지만.

"알타크나의 여자들에 대해서 잘 몰라서 하는 말인 것 같은데, 알타크나에서 여자는 마음대로 나다닐 수 없답니다. 제정신이 박힌 여자는 집 밖으로 잘 나오지 않죠."

그게 뭐야. 재미가 없잖아! 뭐 그런 폐쇄적인 나라가 다 있어?!

나는 눈썹을 찡그렸다. 뭐 그런 구시대적인 발상이 다 있냐. 별로 마음에 들지 않는군.

"시간이 없어요!"

익숙한 목소리가 여관을 메우고 있었다.

그 목소리는 치근덕대는 이상한 아저씨들에게 둘러싸여 있는 금발 머리카락 소년의 것이었다. 아니, 소년이라고 하기엔 나이가 좀 많았다.

"거참, 같이 놀자고 했잖아?"

한 녀석이 치근거리면서 말을 했지만 그 녀석은 치렁치렁한 소
매로 그 인간의 손을 뿌리쳤다.

"이 몸은 그럴 시간이 없다고 말씀드렸잖아요?!"

저 이상한 말투는 누군지 안 봐도 뻔하군. 나는 한숨을 쉬었다.

"뭐야, 얼굴은 예쁘장하게 생겨 가지고 사내자식처럼 굴긴."

"이 몸은 그 '사내자식'인걸요?"

"거짓말."

사내들이 킬킬거린다. 술에 취하는 바람에 남자도, 여자도 구분
못하는 모양이다. 하긴 나도 아스가르드 녀석을 멀리서 처음 봤을
때는 당연히 계집애라고 생각하기는 했지만.

『아스가르드잖아?』

아스가르드가 왜 이곳에 있는 걸까.

불안했다. 아무래도 기분 나쁜 누군가가 아스가르드의 덤으로
딸려 있을 것 같은 기분이 든다고 생각했던 바로 그때 2층에서 반
바지 차림에 털이 숭숭 난 다리를 드러내고 똥폼을 잡고 있는 녀
석을 발견했다. 그 녀석은 부메랑을 의기양양하게 들고 있는 한심
한 녀석이었다. 아스가르드에게 치근대고 있는 남자들을 향해서
삿대질하면서 녀석은 고함을 질렀다.

"무슨 짓을 하는 거냐! 불결한 너희들은 이 헝그리 하이브님이
용서 못한다!"

아스가르드 혼자 있었다면 차라리 나았겠지만, 저 헝그리도 함
께일 줄은 몰랐다. 으으, 악연의 연속이다.

"헝그리 하이브 씨, 잘하시는군요. 멋져요!"

빨리 모른 척하고 나갈까 하는 생각이 들었지만 그냥 잠자코 식
사하기로 했다. 원래 바보는 머리는 나빠도 그 외의 감각은 좋기

때문에 내가 지금 자리를 박차고 나가더라도 헝그리는 나를 알아
볼 것이다.

"이 정의의 부메랑을 받아라!"

헝그리의 손에서 지그프리드가 사라졌다. 부메랑 마검은 힘없이
날아가 그 남자들의 머리를 강타했다.

"으아악!"

헝그리 녀석에게 당하다니 저 자식들도 불쌍하군.

나는 맥주 한 모금을 들이키면서 중얼거렸다. 그런 모습을 보고
여관 주인은 화가 났는지 그 술 취한 남자들을 밖으로 내쫓아 버
렸다. 용케 헝그리 하이브 녀석은 쫓겨나지는 않았지만 여관 주인
에게 그에 못잖은 핀잔을 들었다.

"너희들, 싸우려면 밖에 나가서 싸워!"

아스가르드는 여관 주인의 말에 대꾸도 않고 나를 발견한 것이
즐거웠는지 나를 향해 손을 흔들었다. 저러니 아까 만났던 불사의
왕 녀석이 생각나는군. 물론 아스가르드 녀석이 아크보다는 나이
들어 보이지만. 아스가르드는 여전히 화려하게 빼어 입은 음유 시
인 같은 차림이었다.

"사카디은 씨!"

방글거리며 다가오는 아스가르드 녀석, 과연 바보는 눈이 좋다
는 내 생각이 적중했다. 게다가 아스가르드의 반응에 이어 헝그리
하이브의 반응이 나타났다. 젠장할.

"아앗! 스승님 아니세요? 어떻게 이곳에 계신 거예요?! 아, 이
자랑스러운 제자의 성장을 지켜보기 위해 오셨군요. 전 스승님의
교육열에 감탄하고 말았습니다."

저 녀석은 여전히 죽지 않고 살아남아 있군. 아마 물에 빠져도

저 가벼운 입만은 둥둥 뜰 테니 죽지는 않을 것이다. 과연 바퀴벌레에 맞먹는 질긴 생명력이다.

"정말 오랜만이네요."

"별로 오랜만은 아니지."

나는 퉁명스럽게 대답했다. 바로 얼마 전 헤어진 녀석을 이렇게 빨리, 그것도 알타크나의 작은 마을에서 재회하게 될 줄은 몰랐다.

"스승님, 보고 싶었어요."

"난 별로야."

나는 헝그리 녀석이 껴안으려는 것을 발로 얼굴을 지그시 밟아주며 저지했다. 난 사내자식의 포옹은 받고 싶지 않단 말이다. 그것도 뇌까지 근육으로 되어 있을 멍청한 근육돌이는 질색이다. 아스가르드가 반갑게 웃으며 이쪽 테이블로 옮겨 왔다.

"그런데 여긴 무슨 일로 오셨어요?"

"그러는 너야말로 어떻게 여기까지 온 거냐?"

"어떻게 하다 보니 이렇게 됐어요. 게다가 자칭 사카디은 씨의 제자인 하이브 씨도 중간에 만나서 함께 오게 되었어요."

"그래, 고생이 많았겠군."

평소에 별로 그런 말을 하지 않는 나이긴 하지만 헝그리 하이브와 함께 왔다고 말하는 아스가르드를 보니 어쩐지 그가 측은하다는 생각이 들었다.

"하지만 괜찮았어요. 하이브 씨는 재미있는 사람이었든요."

그건 욕이겠지. 나는 맥주를 한잔 들이키면서 고개를 끄덕였다.

"넌 뭘 원하고 이곳에 온 건데?"

"저 사원에 대해서 궁금한 것이 있거든요."

아스가르드는 방긋방긋 웃으면서 대답했다.

“그 허여멀건 신전을 말하는 거냐?”

“네. 확인하고 싶은 것이 있어요. 그곳은 아시르 인을 모시는 신전이었거든요. 이 몸의 조상에 대해서 조사해 보고 싶은 것이 있어서요.”

“그래?”

하긴 저 녀석은 자기가 아시르 인인 것을 매우 자랑으로 생각하는 녀석이었으니 자신의 뿌리에 대해 알고 싶을 만도 하지. 나는 고개를 끄덕였다.

“그럼, 왜 아시르 인을 섬기는 신전 같은 것이 있는지는 알아?”

내가 묻자 그 녀석은 콧날을 높이며 대답했다.

“그거야 당연하죠. 그들은 외술과 마법을 담당하는 신과 같은 존재였으니까요. 보통의 인간들에겐 신으로 보였을지도 몰라요. 인간들은 그런 면이 있잖아요. 자신보다 더 높은 존재를 동경하는 면 말예요. 그렇기 때문에 저런 신전이 있는 거죠.”

아스가르드가 방긋 미소 지으면서 말했다. 울보 검은 역시 감정 표현도 확실했다.

“그게 네가 찾고 있는 아시르 인에 관한 조사냐?”

“관련이 있을지도 모르죠..”

아스가르드가 배실배실 웃었을 때 여관 밖에서 이상한 굉음이 들렸다.

“으아악!”

사람들의 비명 소리였다.

“괴, 괴물이다!”

아스가르드가 자리에서 일어섰다. 아스가르드의 얼굴이 파리해져 있었다. 나도 함께 자리에서 일어섰다.

“에? 물의 기운이 느껴져요. 혹시 이건 사검 이질리스의 기운이 아닐까요?!”

“이질리스?”

그러고 보니 이질리스와 에셀휜이 밖에서 구경하고 있었다는 것이 기억났다. 이질리스가 사고라도 친 모양이었다. 하지만 그런 일이라면 이질리스가 알아서 해결하지 않을까.

“나가 봐야 하지 않아요?!”

“난 상관없는 일이니까 그냥 이곳에서 밥이나 먹을래.”

『카티, 나가 보는 것이 좋겠어. 혹시 마검 사냥꾼이라도 나타난 것이라면… 이질리스도 위험할 거야!』

하지만 미드가르드 역시 나가 보라고 아우성이었다. 여관 안에 있던 사람들이 모두 두려운 얼굴로 자기들끼리 웅성거렸다. 그중 몇 명은 문을 열고 밖으로 뛰쳐나갔다.

“아직도 사카디은 씨가 가지고 있었네요, 잡검 미드가르드를.”

『……』

미드가르드는 아스가르드의 말에 조금 화가 난 것 같았지만 그보다 나를 재촉하는 것에 순번을 두었다.

『어서 나가 봐.』

“쳇.”

나는 혀를 차면서 여관 문을 나섰다.

“귀찮군. 그 망할 이질리스 때문에 또 귀찮은 일에 말려들게 된 것은 아니겠지?!”

나는 툴툴거리면서 발걸음을 옮겼다. 아스가르드와 헝그리도 뒤늦게 나를 쫓아오고 있었다.

내가 물의 기운이 느껴지는 곳으로 달려갔을 때 이질리스가 여관에서 가까운 공터에서 몸을 꼿꼿이 세운 채 에셀흰의 앞에 서 있었다. 에셀흰은 울먹울먹한 얼굴로 이질리스의 팔을 꼭 붙잡고 있었다. 에셀흰이 공포로 작은 어깨를 부들부들 떨고 있다. 나는 이질리스와 에셀흰에게 무슨 일이 있나 하는 생각에 그 꼬마의 이름을 불러보았다.

"에셀흰!"

그러나 에셀흰은 이질리스의 팔을 잡고 놓지 않았다. 이질리스는 쇠사슬이 감긴 손목을 아래로 내릴 수 없었고 게다가 발목도 부자연스러운 쇠사슬이 채여 있어서 불편해 보였는데, 그 팔에 에셀흰까지 매달리니 이실리스 녀석이 저연해 보이기까지 했다.

"리스 형……!"

꼬마는 얼굴을 이질리스의 등에 묻었다.

"무슨 일이야?"

얼씨구, 노인들이 여기저기 널브러져 있었다. 설명을 듣지 않아도 뻔한 상황이었다. 이곳에는 여자 보기도 힘들고, 게다가 팔팔한 20대 녀석들도 보기 힘들고, 10대는 더 더욱 없다. 그래서 에셀흰이나 이질리스에게 손을 뻗으려던 불한당 같은 녀석들이 있었던 것 같다. 얼마 후에 겨우 안심이 되었는지 에셀흰이 힘겹게 입을 열었다.

"…제가 저 아저씨들에게 끌려갈 뻔한 것을 리스 형이 도와줬어요."

이질리스는 아무 말 없이 에셀흰을 등에서 떼어냈다. 에셀흰의 무게가 이질리스에게는 조금 부담스러웠던 모양이다.

"흐응, 저 꼬마가 어디 볼 것이 있다고 끌고 가려고 했을까."

　나는 어깨를 으쓱했다. 10년쯤 후에 쭉쭉빵빵 늘씬한 미녀가 되어 있다면 모를까 지금의 에셀휜에게는 매력이 없었다. 게다가 이 꼬마는 어릴 적에는 성별없는 종족이 아니었던가.

　때늦게 헝그리 녀석이 부메랑 마검을 들고 반바지 차림으로 뛰어나오는 것이 보였다. 그리고 쓰러진 녀석을 향해 온갖 똥폼은 다 잡고 소리쳤다.

　"이 정의의 용사가 너희들을 응징하겠다!"

　이미 쓰러진 녀석들 앞에서 헝그리 하이브 녀석이 폼을 잡았다. 헝그리는 이미 쓰러진 노인을 발로 밟으면서 쾌감을 느끼는 것 같다. 나는 고개를 절레절레 흔들면서 다시 여관 쪽으로 발걸음을 옮겼다.

　"별것 아닌 일 가지고 괜히 흥분했군."

　나는 흐트러진 머리카락을 거두어 넘겼다. 에셀휜과 이질리스도 터덜터덜 나를 따라서 걸어오기 시작했다. 해는 서쪽으로 기울었고 하늘은 새빨간 저녁노을을 토해내고 있었다. 어둑어둑해질 무렵이었다.

　『음, 그런 것 같아』

　수다 검 녀석은 어쩐지 당황하는 것 같았다.

　"그럼, 이만 돌아가서 좀 쉬어야지. 좀 자고 싶다고."

　나는 하품을 하면서 말했다. 얼마간의 강행군 때문에 몸이 무거워져 있는 상태였다. 헝그리를 따라와서 내 옆에 선 아스가르드가 에셀휜을 흘끗 바라보더니 잠시 깊은 생각에 잠겼다.

　"여긴 젊은 사람들이 거의 없으니 아마 여자만 보면 사족을 못 쓰는 파렴치한들이 유괴하려고 그런 게 아닐까요? 게다가 저들은 여자로 보일지도 모르잖아요."

사돈 남 말하네. 아스가르드가 지레짐작하며 좋은 의견을 냈다
는 듯이 으쓱거렸지만 나는 대강 들은 척 만 척하며 건성으로 답
해 버렸다.

"그런가 보군."

한마디로 아까 여관에서 아스가르드에게 집적거린 녀석들과 같
은 부류라는 소리였다.

여하간 이질리스 녀석이 에셀휀을 구해냈다면 그것으로 된 거
다. 하지만 나와 함께 있을 때조차 잘 쓰지 않는 검의 힘을 쓰다
니… 녀석, 에셀휀에게 단단히 빠져 있는 것이 아닐까. 지킬 것이
있으면 약해지기 마련이다. 아마 저 녀석도 그것 때문에 약해질지
도 모른다. 그러나 미드가르드는 나와는 정반대의 의견을 관철시
키고 있었다.

『지킬 것이 있으면 강해지니까 아마 이질리스도 강해질지 모르
겠네.』

"그럴 리가 없어. 지킬 것이 있으면 터무니없이 약해지기 마련
이야."

나는 미드가르드의 말을 부인했다. 미드가르드는 지킬 것이 있
으면 강해진다는 쓸데없는 말을 하고 있었지만 그것은 약점을 만
든다는 것밖에는 되지 않는다. 난 나 자신이 아닌 다른 것은 믿지
않는다. 그런데 왜 저 수다 검과 함께 여행하는 길을 택했던 걸까.
나 자신도 약해지고 있는 것일까.

『그건 너다운 생각인지도 모르겠다, 카티.』

"더 이상 소란 피우지 말고 어서 여관으로 돌아가자. 이래서 떨
거지들이 붙은 여행은 피곤하다고!"

나는 인상을 쓰며 다시 여관으로 돌아왔다. 여관 안에 있던 사

람들의 대부분이 이 마을에 적을 두고 있어서 묵는 사람은 별로 없었는지 방을 구하는 것은 어렵지 않았다. 우리는 그날 밤을 그곳에서 묵기로 했다.

이내 주변이 어두컴컴해졌고 창문 밖은 새까만 어둠이 깔렸다.

나는 계집애의 몸이 된 채로 욕탕에서 끈적끈적한 몸을 씻고 방 안으로 들어왔다. 지금은 꼬마 계집아이의 몸이지만 그런대로 불만은 없었다. 목욕을 해서 다소 피로가 풀렸기 때문이다.

방 안에 들어와 보니 미드가르드가 곰곰이 생각에 잠긴 채 자신의 커다란 날개를 고르고 있었다. 아스가르드는 침대에 걸터앉아 미드가르드가 날개 고르는 모습을 가소롭다는 듯이 지켜보고 있다.

"이상한 느낌이 드는데······."

미드가르드는 구석에 쭈그리고 앉은 채 자신의 넓디넓은 날개를 손질하고 있었다. 날개를 손질하는 그 녀석의 손짓은 마치 애인을 다루는 것처럼 부드럽다.

"풀벌레 소리도 들리지 않아."

침대에 걸터앉아 있던 아스가르드가 수다 검 녀석의 말을 듣고 눈살을 찌푸렸다. 하긴, 아스가르드 저 녀석은 미드가르드가 하는 말을 들으면 무조건 부인하고 부정적으로 보는 녀석이었다. 그 정도로 미드가르드를 싫어했다.

"그런 것 따위 알 바가 아니잖아. 풀벌레 소리가 없는 것이 어때서?"

아스가르드가 건방지게 말했지만 미드가르드도 이에 지지 않고 반론했다.

"거짓말하지 마, 아스가르드. 당신은 이곳에 마검이 있다는 것을 알고 온 것 아니었나?"

"이 몸은 모르는 일이야. 마음대로 넘겨짚지 말라고. 난 그럼 내 방으로 가도록 하지. 넌 그 커다란 날개나 밤새도록 다듬고 있으라고."

아스가르드는 미드가르드에게만은 쌀쌀하고 냉정하기 그지없었다. 가끔 증오의 눈으로 미드가르드를 바라보곤 했는데 그 눈이 참기 힘들 정도로 차가울 때가 있다. 지금도 마찬가지였다. 아스가르드가 미드가르드를 경멸할 뿐만 아니라 증오하고 있을지도 모른다는 생각이 든 것은 그 때문이었다.

미드가르드는 그가 방에서 나가는 것을 보고도 아무 말 하지 않았다.

헝그리 하이브 녀석은 침대 위에서 큰 대 자로 다리를 뻗고 자고 있었다. 헝그리 녀석은 내가 계집애만 되면 달려드는 버릇이 있기 때문에 변하기 전에 일찌감치 발을 날려 놈의 머리를 차주었다. 그대로 기절이 잠으로 이어졌는지 헝그리는 지금은 아예 깊은 잠에 빠져 있었다.

한쪽 침대에서는 에셀휜이 이질리스의 검신을 붙잡고 잠들어 있었다. 이 방에 몰려들어 있는 것이 마음에 들지 않았지만 일단 참고 내가 나가기로 마음먹었다. 그나마 아스가르드가 신경질을 내며 나갔으니까.

"카티, 확실히 이곳에 마검이 있어."

미드가르드 녀석이 날개를 어루만지던 손길을 멈추고 고개를 들어 나를 바라보았다.

"그건 나랑 관계없는 일이야. 내가 마검들이 사라지는 것에 관심을 가지고 있는 것 같아 보여?"

"그런가……."

미드가르드는 눈을 내리깔고 다시 날개를 쓰다듬기 시작했다. 그 큰 날개를 소중히 어루만지는 것을 보면서 나는 코웃음을 쳤다.

"그 빌어먹을 닭 날갯죽지 좀 치워. 지저분해지니까. 게다가 막 목욕한 내 몸에 깃털 묻는 건 싫어."

"닭 날개라니, 내 날개처럼 예쁜 날개 봤어?"

미드가르드가 장난스럽게 내 말을 받아쳤다. 솔직히 난 그렇게 크고 무식한 날개는 처음 본다. 더군다나 사금파리와 같은 날개 빛이 아닌가! 희한한 색을 이쁘다고 하다니 저놈의 눈은 삐었나 보다.

"그런 건 단순히 크고 무식한 날개라고 하는 거야. 난 헝그리 하이브 녀석이 일어나기 전에 자러 갈 거야."

헝그리 녀석은 코를 골며 깊은 잠에 빠져 있었다.

"그건 그렇고 카티, 마검에 대해 정말 관심없어? 알타크나의 패거리들이 그 마검을 노리고 있을지도 모른다고."

"내가 마검에 대해 관심을 가질 리가 없잖아. 이질리스의 일이라면 걱정 마. 그 녀석은 뺏길 생각이 없으니까."

"하지만 알타크나의 마검 사냥꾼이 마검을 노리는 이유가 궁금하지 않아?"

"혹시 마검이 가지고 있는 능력 때문에 미치광이 과학자 바르하시온이 마검을 필요로 하고 있어서 그런 거 아냐?"

나는 녀석에게 미간을 찌푸리면서 윽박질렀다.

"응."

녀석은 태연히 답했지만 나는 어깨를 으쓱하며 무시해 버렸다.

"하지만 나와는 관계없는 일이잖아."

"하지만 아무래도 수상해. 이 마을, 마검의 수호를 받고 있을지도 모른다는 생각이 들어."

"그 여행자 녀석이 그렇게 말하고 갔으니까 이곳에 마검이 있을 거야. 하지만 내가 누누이 말했듯이 그건 나와 관련없는 일이야. 에즈가 그냥 나에게 떠맡기고 간 일을 내가 행해줄 필요는 없다고. 게다가 몇 개 안 남은 마검을 사수해 봤자 메리트도 없잖아. 쳇, 괜히 아까운 산소만 허비하면서 이상한 말만 했군. 여하간 난 이 세상에서 마검이 사라져 버리든지 말든지 별 상관 없어. 구시대의 유물은 사라지고 새로운 것이 나타나는 것은 지극히 당연한 문명의 이치 아니겠어?"

그 말을 듣고 미드가르드가 딸꾹질을 했다. 하지만 이내 그 수다스러운 입을 열어 반론을 제기하기 시작했다. 이 녀석 근래 들어 나에게 강요하는 말이 많아졌다. 지겹군.

"거창하게 말하지만 알타크나의 사람들은 너를 노리고 있어. 그것 모두 마검과 관련이 있는 것인지도 모른다고. 이것만은 확실히 말할 수 있어. 너와 마검은 무관하지 않아."

"그래, 그래서? 그 마검을 수호하면 기정사실이 변해 버려? 그건 아닐 거 아냐?"

"카티!"

내가 퉁명스럽게 대답하자 녀석은 대꾸했다.

"시끄러워. 나한테 강요하지 마, 수다쟁이 녀석아!"

"하지만……!"

미드가르드가 다시 입을 열려고 했지만 나는 그 녀석의 말문을 막았다.

"마검을 지키고 싶으면 네가 하면 되잖아?!"

원래는 침착한 녀석이지만 요새의 녀석은 마치 나사가 하나 풀어진 것 같은 느낌을 자아낸다. 아무래도 뭔가 껄끄러운 것이라도 있는 모양이다. 케이아르가 죽고 난 다음에 그렇게 된 것 같은데.

"알았어. 강요는 하지 않을게. 네가 하라고 해서 할 녀석은 아니니까."

미드가르드는 어쩐지 또 어울리지 않는 표정을 지었다. 그 녀석도 자신이 조급해하는 것을 눈치 챘는지 고개를 떨구었다.

난 몸이 피로해서 다른 방에서 자려다가 헝그리 녀석을 보았다. 코를 골면서 잘도 자고 있었다. 나는 머리를 긁적이다가 침대 위에서 큰 대 자로 뻗어 잠들어 있는 헝그리를 발로 밀어서 바닥으로 떨어뜨린 후 침대 안으로 들어갔다. 오랜만에 편해지는군.

나는 잠시 잠들었다. 원래 깊이 잠들고 싶었지만 어쩐 일인지 오늘따라 금방 눈이 떠졌다. 빌어먹을 그 수다 검 녀석의 사고방식이 뇌에 침투한 모양이다. 나는 귀찮아져서 몸을 부시럭부시럭 움직여 보았다. 몸을 이리저리 움직이는데 옆 침대에서 자고 있는 줄 알았던 에셀휜이 사라졌다는 것을 눈치 챘다.

나는 침대에서 몸을 일으키고 이질리스를 찾았다. 이질리스의 검신은 그대로 침대 위에 놓여져 있었고 꼬마는 사라져 있었다.

"이 꼬마가 어딜 나간 거지?"

나는 불안한 마음에 옷을 제대로 입고 마검들에게 물어볼 생각이었다. 고요한 것을 보니 이질리스도, 미드가르드도 아무것도 느끼지 못했던 모양이다. 나는 아래 발판이 되어 있는 헝그리 하이브 녀석은 무시해 버리고 미드가르드의 검신을 집어 들었다.

“음…….”

아까는 심각하게 생각하던 미드가르드 녀석은 벽에 몸을 기댄 채 잠들어 있었다. 나는 놈을 흔들어 깨웠다. 그 녀석은 신음 소리를 내며 눈을 떴고, 나는 혹시 에셀휜을 보지 않았느냐고 물었다.

“글쎄, 못 봤는데?”

그가 의아한 목소리로 그렇게 답했고 이질리스 녀석도 검 안에서 아무런 말이 없는 것을 보니 잠시 정신을 잃고 있었던 것 같다. 나는 창문을 열고 밖을 내다보았다.

그곳에 에셀휜이 마치 무엇에 홀린 사람처럼 근거리에 있는 공터 쪽으로 느리게 걸어가는 모습이 보였다. 초점없는 눈으로 한곳만을 응시하고 있었다. 그것은 처음에 마을 입구에서 보았던 하얀 신전이었다.

“저긴 아시르 인의 신전이잖아?”

미드가르드 녀석이 고개를 갸웃거리면서 말했다. 녀석과 나는 일단 그 꼬마를 쫓아가기로 마음먹었다. 꼬마는 마치 유령처럼 그곳으로 걸어가고 있었다. 한밤중이라 방해될 것은 아무것도 없어서 따라가는 것은 어렵지 않았다.

게다가 새벽 달빛이 밝아서 에셀휜의 발자국을 쫓는 것이 어렵진 않았다.

미드가르드 녀석도 나와 함께 꼬마의 뒤를 쫓았다. 마음 같아선 꼬마에게 말을 걸고 싶었지만 지금의 에셀휜은 제정신이 아니라서 말을 걸더라도 별반 다른 행동을 취하지 않을 것이다.

“저곳으로 가는데?”

미드가르드가 앞서 안내했다. 크기만 한 그 날개는 등 속으로 접어 넣은 지 오래였다.

"이질리스 녀석은 들고 왔지만……."

나는 손에 들고 있는 이질리스 녀석을 바라보았다. 푸른 색 일색으로 되어 있는 칼날이 시원스레 빛을 발하고 있었다.

"어쩐지 느낌이 안 좋은데."

나는 혀를 쓸어 내리면서 미간을 찌푸렸다. 수다 검 녀석은 그 백색의 신전에서 눈을 떼지 않았다. 마치 안개 장막과도 같은 것이 신전을 중심으로 얇게 펼쳐 나오는 것이 보였다.

"이상한 장막이 생기고 있어."

내가 중얼거리자 수다 검 녀석도 고개를 끄덕였다.

"저건 안개야."

"안개라고? 아시르 인이 사용하는 마법과 같은 건가?"

"그래, 마검의 힘이야."

마검의 힘은 아시르 인의 마법과도 비슷하다고 한다. 마법사가 여러 가지 마법을 사용할 수 있는 것과는 달리 마검은 한 종류의 힘을 강력하게 사용할 수 있는데, 검사에게 마검의 힘은 아시르 인의 마법보다도 더 큰 도움이 되기 마련이다. 아시르 인의 마법사는 보기 드물었지만 예전까지만 해도 마검은 전쟁에 있어 필수품이었기 때문이다.

"에즈의 말대로 저 신전에 마검이 있단 말이로군."

미드가르드는 혀를 찼다. 생각대로 에즈의 말은 사실이었다. 그렇다면 에셀휜은 왜 신전으로 가고 있는 것일까.

"마검……."

나는 마검에 말려들 수밖에 없는 운명인 걸까. 에셀휜은 몽유병 환자처럼 신전 쪽으로 걸어가고 있다. 마치 무언가에 홀린 것 같았다. 그 꼬마의 발걸음은 느렸지만 끊임없이 신전으로 다가가고 있었다.

『안개의 힘이 강해……』

그동안은 감정 표현이 없었던 이질리스가 불안한 감정을 드러내면서 공명 소리를 냈다.

"아무래도 안개의 힘을 가진 마검이 근처에 있는 모양이야."

알타크나의 작은 마을에 이런 마검이 있다면 그 알타크나의 패거리들이 몰랐을 리가 없다. 정말 불가사의한 일이다. 알타크나 내에 저 정도의 힘을 내뿜는 마검이 아직 남아 있다니.

"이렇게 강력한 힘을 내뿜다니… 이상한데."

미드가르드가 심각한 얼굴로 고개를 갸웃거리며 혼자 중얼거렸다.

"무슨 문제가 있는 것이 아닐까."

에셀훤을 쫓으면서 미드가르드의 말에 수긍했다. 에셀훤이라는 아이가 마검의 힘에 홀린 것이 아닌가 하는 생각이 들지만.

"역시나 흰 색의 신전으로 가고 있군. 마검은 저곳에 있나 보다."

나의 대답에 미드가르드도 수긍했다. 나와 미드가르드도 에셀훤의 뒤를 쫓아서 신전 쪽으로 발걸음을 옮겼다. 에셀훤의 뒤를 따르면서 미드가르드가 생각났다는 듯이 말했다.

"안개의 검이라고 들어본 일 있어?"

"글쎄, 명성있는 마검이라면 한번쯤 이름을 들어본 일은 있을지도 모르지."

나는 입술을 삐죽 내밀면서 적당히 대답했다. 수다 검 녀석은 에셀훤에게서 눈을 떼지 않은 채 말을 이어나갔다.

"무검(霧劍)이라고 불린 마검인데 이름이 브리미르Brimir였어."

나는 고개를 갸웃거렸다. 그러고 보니 들어봤던 것도 같았다. 나는 고개를 저었다. 본래 마검의 일에는 관심이 없었기 때문에 모르는 것도 당연했다.

"백여 년 전에 주인과 함께 자기가 죽을 무덤을 선택한 마검이야."

주인과 함께 죽은 마검, 무검 브리미르에 대한 것은 들은 일이 있었던 것 같기도 하고, 없었던 것 같기도 하다. 미드가르드의 설명에 의하면 주르트르와 람검 슈하린과 함께 무검 브리미르는 손으로 꼽을 명마검이었다고 한다. 비록 마검은 사라져 가고 있었지만 몇몇 마검사 사이에서도 칭송받는 검이었다고 했다.

브리미르는 현재 알타크나의 이웃에 위치한 나라 국왕의 소유였다. 그러나 알타크나와의 전쟁으로 인해 나라는 무너졌고 브리미르는 그 왕과 함께 무덤을 선택했다고 한다.

"저 마검은 브리미르, 그 검과 기운이 비슷해."

미드가르드는 녹색 눈을 빛내고 있었다.

"그럼, 그 검의 자식이라도 되는 모양이지 뭐."

내가 건성으로 대답하자 미드가르드는 얼빠진 표정을 지었다. 그때 에셀훤이 그 백색의 신전 안으로 발을 들였다.

"들어갔어."

미드가르드가 나를 돌아보았다.

"따라가자!"

나와 미드가르드는 신전 안으로 들어섰다.

"안개가 사라져 가는데!"

그 말은 사실이었다. 에셀훤이 신전 안으로 들어가자 빛을 발하던 안개 장막이 사라졌다. 에셀훤은 초점없는 눈으로 멍하니 신전을 바라보면서 서 있었다. 신전은 내부까지도 모두 백색 일색이었다. 세월의 풍파에 좀 낡은 기운이 없지 않았지만 그래도 깨끗한 분위기였다. 내부는 마치 예배당과 같이 의자들이 즐비해 있었고 넓은 단상 위에 탁자가 하나 놓여 있었다. 그 가운데서 하얀 빛을 발하는 물체는 천장과 가까운 곳의 벽에 장식된 작은 은빛 막대기와 오색의 스테인드글라스였다. 그 은빛 막대기가 안개의 장막을 펼치고 있었던 것이다.

미드가르드와 함께 그쪽으로 들어서면서 내 눈으로 그것을 확인할 수 있었다. 미드가르드의 입 밖으로 탄성이 흘러나왔다.

"저기 작은 장식이 바로 마검이었군. 마치 어린 브리미르를 보는 것 같아."

"뭐야, 저건 단검보다도 작고 통통해서 별로 예쁘지도 않잖아."

예쁘다기보단 아직 짤막한 인상이 강해서 별로 소유하고 싶은 생각도 들지 않았다. 그 어린 마검이 이 신전을 장식하는 장식품으로 쓰인 모양인데 이 마을 사람들은 그것이 마검이라는 것을 눈치 채지 못했던 것 같다.

"아직 소년기에도 접어들지 않은 어린 마검이라서 그래. 성장할 때까지 별로 자라지도 않는다고."

"흥, 아무리 그래도 저건 마치 젓가락 두 개가 뭉쳐져 있는 것 같잖아?"

내 대답에 미드가르드는 당황하며 피식피식 웃었다.

"아직 세공도 완성되지 않았는데 뭘 바래? 그래도 마검의 부모들은 모두 그런 자기 자식이 얼마나 예쁘다고 하는데. 왜, 그런 속담도 있잖아, '마수검도 제 새끼 함함하다라고 한다' 라는 속담."

"그 주둥이 좀 닥쳐. 그런 잠꼬대 같은 말은 잠잘 때나 해."

　나는 이질리스를 든 채 고개를 돌렸다. 내가 에셀휜의 상태를 확인하려고 했을 때 이질리스의 정신체가 검신 밖으로 빠져나왔다.

　"앗!"

　이질리스의 이름을 부를 겨를도 없이 그 녀석은 꼬마에게 달려갔다. 이질리스는 달리면서 철그렁 쇠사슬 소리를 냈지만 에셀휜은 그것조차 인식하지 못하고 있었다.

　"이질리스 저 자식, 정말 어지간히도 저 꼬마를 위하는군."

　나는 혀를 내둘렀다. 이질리스답지 않은 행동이었다. 이질리스는 지금까지 유디엔만을 불러왔기 때문에 저런 모습을 보는 것은 생소했다. 이미 죽어버린 유디엔을 찾는 것은 싫었지만 꼬마를 위하는 이질리스의 모습은 재미있다.

　"아, 그랬구나."

　미드가르드가 고개를 끄덕였다. 이질리스는 에셀휜을 위하는 마음에서 그애에게 달려갔던 것이다. 이질리스가 에셀휜의 옆에 다가갔을 때 검이 빛을 발하던 것을 멈추었다. 그리고 에셀휜은 다시 빛이 돌아온 눈을 깜박였다.

　"어라, 여기는……?"

　이제 에셀휜의 정신이 제대로 돌아온 것 같았다.

　"리스 형, 제가 왜 이런 곳에……."

　"……."

　에셀휜도 모르는데 이질리스가 알 리가 없었다. 이질리스는 말없이 에셀휜을 내려다볼 뿐이었다. 에셀휜은 어리둥절해져서 머리를 감싸 쥐고 고개를 절레절레 저었다.

　"대체 왜 제가 이런 곳에 오게 되었는지 잘 모르겠어요."

에셀휜도 자기 자신이 이상했던지 고개를 푹 숙이며 이리저리 저었다. 그때 그 흰 나뭇가지 같은 검에서 찬연한 빛이 발산되었다.

"빛나고 있어."

에셀휜은 고개를 들었다.

"정말 예뻐요. 저렇게 눈부신 흰빛을 발할 수 있다니."

의외로 별일 아닌 거 아냐.

에셀휜은 빛나는 아기 검을 신기하게 바라보았다. 그렇게 몇 분 동안 빛은 찬연했다.

"이 밤에 웬 손님들이지?"

의자에 길게 누워서 잠들어 있던 녀석의 그림자가 움직였다. 그러자 서서히 빛을 사라지고 마치 본래부터 아무것도 빛나지 않았던 것처럼 신전은 칠흑 같은 어둠으로 물들었다. 부스스한 머리카락을 긁적이며 한 사람이 의자에서 일어섰다.

"아, 저 사람은……."

미드가르드가 아는 사람을 보듯이 손바닥을 마주쳤다. 그는 마치 거지같이 누덕누덕한 옷을 걸친 몰골로 이질리스와 에셀휜의 앞에 섰다. 어느덧 신전의 창틈으로 새어 들어온 달빛에 그의 얼굴이 드러났다. 정돈조차 하지 않은 머리카락이 가리고 있어서 그 얼굴 선은 자세히 볼 수 없었지만 확실한 것은 그가 지저분하다는 것이었다.

"저 거지 같은 녀석이랑 아는 사이야?"

"그렇군! 넌 기억을 잃었을 때의 일이니까 잘 모르겠지만 '지혜의 샘'이라 불리는 남자야."

미드가르드는 이마를 탁 치면서 나에게 설명해 주었다. 내가 기억을 잃었을 때 저런 녀석도 만났다는 건가.

"지혜의 샘이라… 이름 하난 거창하군."

나는 그 사람의 얼굴을 찬찬히 뜯어보았다. 부스스한 모습이 어딘지 모르게 친근해 보였다.

"그는 미카미르 씨야."

미카미르라는 이름이 어딘지 낯익게 들렸다.

"안녕, 꼬마 아가씨."

그가 이를 히죽 드러내면서 나에게 손을 들어 인사했다. 하지만 별로 반갑지 않았다. 그 얼굴은 모르는 얼굴이었기 때문이다.

"당신이 왜 이런 곳에 있는 거죠?"

미드가르드가 미카미르에게 물었다.

"동생 얼굴 좀 보러 왔지."

미카미르가 그 비듬이 떨어질 것 같은 머리를 긁적이며 답했다. 동생이라면 혹시 아스가르드일까? 생긴 것은 전혀 다르지만.

"동생은 마법사 이미르, 나의 로드였던 분이야."

별로 관심 없어하는 나에게 미드가르드가 살짝 귀띔해 주었다.

"허어, 그래?"

정말 하나도 안 닮은 것 같구면. 마법사 이미르는 아름답고 늘씬한 미인인데 왜 저런 지저분한 오빠가 있는 걸까.

"이번엔 귀여운 꼬마 아가씨와 함께 왔군."

미카미르는 눈도 보이지 않는 얼굴을 에셀휀 쪽으로 돌리면서 히죽 웃었다. 에셀휀도 좀 지저분한 그가 두려웠던지 어깨를 움츠리고 있었다.

"저, 저는 아가씨가 아니에요."

그러나 뻔뻔하고 유들유들하게 생긴 미카미르는 에셀휀의 대답에도 그다지 상관하지 않았다.

"왜 이곳에 저런 부랑자 같은 녀석이 있는 거지?"

역시 이따위 마을에 에즈, 그놈에게 속아서 오는 것이 아니었다. 미카미르는 나에게까지 아는 척을 했다. 그 녀석은 나에게 히죽거리면서 그 지저분한 손으로 내 어깨를 탁탁 쳤다.

"아가씨, 오랜만에 또 보는군."

"시끄러워. 난 저주에 걸려서 이런 거지 절대로 원래 계집애가 아니란 말이다."

나는 그 녀석의 머리통을 쳐주고 싶은 충동이 들었지만 녀석의 키가 너무 큰 탓에 귀찮아져서 관두기로 했다.

"히는 행동을 보니 완전 사내 녀석이로군."

"난 원래 남자야!"

내가 발로 의자를 차는 것을 보고 미카미르는 기분 나쁘게 히죽히죽 웃었다. 나는 그 녀석이 어깨에 올려둔 손을 뿌리쳤다.

"저주라고 하기엔 좀 그렇군. 하지만 카티스가 여자로 변한 게 외부 작용에 의해서라는 건 변함없어. 그렇지 않은가, 미드가르드 군?"

미카미르는 미드가르드를 바라보면서 의미심장한 미소를 입가에 띠었다.

"글쎄요."

미카미르의 말에 미드가르드가 입가에 쓴 미소를 지었다. 그 녀석은 자기가 누워 있던 의자에 편안하게 다시 걸터앉았다. 그리곤 이내 팔베개를 하면서 그곳에 길게 누웠다.

"너희들은 일단 되돌아가는 게 좋을 거야. 저 아이를 이곳에 데려오지 않는 것이 더 나았을지도 모르지."

“무슨 말이지?”

이질리스가 굳게 다물었던 입을 열어 미카미르에게 질문했다. 에셀휜은 당황한 얼굴로 그런 이질리스의 얼굴을 응시했다.

“저 아이를 오래 살게 하고 싶으면 이곳에 오지 못하게 해.”

그는 그렇게 말을 하며 손을 위아래로 내저었다. 부스스한 머리카락을 뒤로 넘기자 아마 빛의 날카로운 눈동자가 머리카락 사이로 빛나고 있었다. 지저분한 몰골이긴 했지만 그래도 그의 목소리에는 위엄이 담겨 있었다.

“그런데 당신은 왜 이 신전에 있는 거죠?”

에셀휜이 더듬거리면서 미카미르에게 물었다.

“당연히 돈이 없으니 이곳에서 묵는 거잖아.”

그가 싱긋 웃으면서 대답했다. 에셀휜은 애처로운 눈빛으로 미카미르를 바라보았다. 한동안 침묵이 계속되었다. 그 침묵을 깬 것은 미드가르드의 말이었다.

“당신이라면 그런 이유로 이곳에 있는 것은 아닐 텐데요.”

“이런 곳이야말로 부정한 것들이 더 꾀어들기 마련이거든.”

대답도 이상하게 하는 녀석이로군.

미카미르는 여전히 눈을 감고 건방지다고 생각될 정도로 편하게 내 앞에서 누워 있는 채였다. 나는 고개를 돌려 발걸음을 다시 여관으로 향할 생각이었다.

“흥, 몰라. 상관없으니 들어가서 잘 거야.”

내가 고개를 돌리자 미카미르가 흘끗 나를 바라본다.

“명심해 둬. 이곳에서 떠나는 것이 좋을 거야. 이 조언의 시효가 이미 지났을지도 모르지만.”

그 녀석이 기분 나쁘게 어둠 속에서 중얼거렸다.

"그런 예언 따위는 믿지 않아!"

내가 그렇게 소리쳤다. 그러나 미카미르는 여전히 그 자세로 누운 채 조용히 입을 열었다.

"난 예언자가 아니기 때문에 예언은 하지 않아."

그 녀석은 머리카락 사이로 빛나는 눈을 번뜩였다. 나는 그런 녀석의 말을 무시하고 나가 버렸다. 조금 신경질이 났지만 저 녀석은 이상하게 건드리고 싶지 않았다. 마치 에즈와 비슷한 느낌이었기 때문에 건드리고 싶지 않은 기분이었다. 나는 등을 돌렸다.

"어째서 그런 소리를 하는지 모르겠군."

이질리스는 에셀휜을 바라보았다. 그 녀석의 표정에서 특별한 감정은 느껴지지 않았다.

"이곳에서 다시는 볼 수 없길 바라지."

"그건 내가 하고 싶은 말이야, 이 거지 같은 녀석아."

내가 그 녀석이 중얼거리는 말을 되받아쳐 주었다.

"그 말 마음에 드는군. 그럼, 다른 곳에서 나중에 만나자고."

누가 너 같은 거 만나고 싶다고 했냐?

나는 불만을 토로하면서 그 신전을 나섰다. 다른 녀석들도 나를 뒤따라서 나왔다.

내가 신전에서 나오려 할 때 눈앞은 마치 낮처럼 밝아져 있었다. 신전의 밖인 마을은 붉은 화염이 멀지 않은 곳에서 도사리고 있었다.

"맙소사! 불타고 있잖아?!"

미드가르드가 당황하면서 입을 열었다. 에셀휜은 이질리스의 팔을 꼭 잡았다.

"인위적으로 일어난 화재인가?"

수다 검 녀석의 말대로 화재가 발생할 이유는 없었다. 그렇다면…….

"그렇다면 누가 이런 짓을……?"

"신에 근접한 남자다."

그 텁수룩한 머리카락을 가진 녀석의 목소리가 귓전을 맴돌았다. 그의 목소리에 미드가르드가 크게 놀랐다. '신에 근접한 남자'라는 호칭이 순간 그를 얼어붙도록 만들었다.

"로키가 벌써 이곳에 있다고요? 하지만 그가 직접 움직일 필요는 없을 텐데. 그리고 오스키는……."

미드가르드는 고개를 갸웃거리며, 그가 한 말을 부인하고 있었다. 하지만 그의 그런 말에는 관심을 가지고 있지 않은 듯 그 텁수룩 머리카락의 남자가 뒤에서 중얼거렸다. 그 목소리를 불바다가 되어버린 마을의 전경을 앞에 두고 들으니 매우 음침하다는 느낌이 들었다.

"너희 생각대로 만만한 녀석은 아니지."

나는 그 녀석의 말에 고개를 절레절레 저었다.

"자기 나라를 어떻게 하겠어? 우리 그냥 상관하지 말자. 마검의 일은 우리와 관련이 없는 일이니까."

로키, 그 녀석은 이 나라의 간부 급, 다시 말하자면 실질적인 왕이기 때문에 멍청한 짓은 하지 않으리라고 생각했다. 그러나 미드가르드가 태평한 내 말에 고개를 저었다.

"아냐, 그에 대해 그렇게 생각하지 마. 자기가 원하는 것이 있다면 뭐든지 손에 넣는 자거든."

수다 검 녀석의 얼굴 위에 붉은빛이 비추었다. 불길은 더 더욱 거세게 번져 오고 있어서 언제라도 마을을 삼켜 버릴 정도였다.

새며 동물이며 불길을 피해 도망가고 있는 듯한 데다가 숲 저편에
선 넘어지는 나무마저 보여서 위태로웠다.

"잘 아는군, 너는."

"난 로드의 마검이었으니까."

수다 검 녀석이 고개를 끄덕이며 작은 목소리로 말했다. 어쩐지
녀석은 긴장하고 있었다. 이 녀석 혹시 로키를 두려워하고 있는
것일까. 나는 그 녀석의 그런 행동에 코웃음 치면서 발로 탁탁 땅
을 밟았다.

"로키라는 존재가 강하든지 그렇지 않든지 나는 상관없어. 단지
그 녀석이 감히 나를 추적하고 있다는 것이 기분 나쁠 뿐이야."

"단순 명료한 젊은이로군."

텁수룩 머리 남자가 재미있다는 투로 말해서 나는 그 남자의 정
강이를 힘껏 차주었다. 어쩐지 기분 나쁜 녀석이라서 더 쥐어 패
주고 싶은 마음이 굴뚝같았지만 상황이 상황인지라 참는다.

"시끄러워."

"발이 맵군."

더 차주랴?

내가 그 녀석을 보며 이를 으드득 갈자 그 녀석은 태연자약한
얼굴로 불길이 솟구친 곳을 바라보며 혀를 찼다.

"그럼 빨리 가라고. 안 그러면 개죽음을 당할지도 몰라. 아니, 혹
시 모르지. 오스키라도 나타난다면 상황이 바뀔지도."

"오스키라면……"

오늘 낮에 보았던 그 애꾸를 말하는 건가.

그러고 보니 빛의 오스키라는 촌스러운 이름으로 불린 녀석을
말하는 건가. 나는 그 애꾸와 미녀 까마귀와 기분 나쁜 까마귀 남

자를 기억해 냈다. 그때 불길을 보고 놀란 아스가르드가 여관에서 뛰쳐나오는 것이 보였다. 그 광대같이 화려한 옷을 다 챙기고 모자까지 챙겨 쓰고 나온 녀석은 아스가르드가 확실했다.

아스가르드는 나와 이질리스들이 백색의 신전 앞에 있다는 사실을 직시하고 이곳으로 달려온 것 같았다.

"사카디은 씨!"

눈이 좋은지 녀석은 멀리서 나를 알아보고 손을 크게 흔들었다.

"아스가르드 형이 오네요!"

불안에 떨던 에셀휜이 오늘 처음 만난 아스가르드의 이름을 친근하게 불렀다. 그 녀석은 재빨리 이쪽으로 달려왔다. 치렁치렁하고 불편해 보이는 옷을 입고 잘도 달리는 것을 보면 신기했다. 언제 한번 그 비법을 물어봐야지.

"여기 계셨군요. 큰일이에요! 숲에 불이 난 모양이에요. 하마터면 이 몸께서 불에 타 죽을 뻔했지 뭐예요."

불이 난 것은 숲인데 네가 왜 타 죽겠냐, 병신 같은 녀석아.

"빨리 불을 끄러 가는 것이 안전하지 않을까요?"

역시나 멍청한 소리를 하고 있군. 내 옆에서 아스가르드의 말에 미드가르드가 혼잣말하듯 중얼거렸다.

"보통 불이라면 모르지만 이건 단순히 불을 끄는 것 정도로 해결되진 않을 텐데……."

중얼거린 말도 아스가르드에겐 잘 들렸는지 미드가르드의 말에 그는 거친 숨을 몰아쉬면서도 꼬투리를 잡기 시작했다. 한도 끝도 없는 녀석이로군.

"흥, 그 정도는 나도 잘 알고 있다고. 아는 척하지 마."

하지만 미드가르드 녀석은 아는 척을 한다기보다는 아는 것이

많아서 수다 떨기를 좋아하는 것이라고 나는 생각한다. 원래 오래
산 놈들이라는 것들은 대부분 그렇지 않은가.

"불 끄는 것은 쉬운 일이야."

나에게는 공갈 검이 있으니까. 내가 중얼거리며 공갈 검을 바라
보았지만 녀석은 불가능하단 눈으로 나를 바라보았다. 이질리스의
물의 힘을 사용한다면 그 정도는 간단하게 제압할 수 있을 것이라
고 생각했는데 의외의 답이 돌아왔다. 미드가르드는 고개를 절레
절레 흔들었다.

"불가능할 거야. 저건 보통의 화재가 아니야. 화마(火魔)라고 하
는 편이 옳을지도 모르지."

"그건 또 뭐야?"

"아시르 인이 만들어낸 마법의 일종이야."

아시르 인이라고? 난 로키가 그냥 단순한 라그나라고 생각했었
는데 그 녀석이 아시르 인이었단 말인가. 그래서 그 녀석과 있으
면 계속 기분이 나빴던 것인가.

"그 녀석이 아시르 인이었던가! 그 로키 녀석이?"

"미카미르 씨에게서 들었잖아, 그는 신에 근접한 남자라는 것."

미드가르드가 입술을 깨물면서 말했다. 별명만 그럴싸한 녀석이
라고 생각했는데 그것도 아니었나 보다. 신에 근접한 남자라는 별
명이 붙은 것은 그가 아시르 인이기 때문인 걸까.

"그는 아시르 인의 피를 이용해서 자신이 직접 아시르 인이 된
남자야. 그래서 그를 '신에 근접한 남자' 라 부른다고 하더군."

그럼 태어날 때부터 아시르 인이었던 것은 아닌 모양이다. 그는
원래 라그나 라그나드였을 것이다. 불새 일족을 손에 넣어 그 피
를 마심으로써 불사의 몸이 된 불사의 왕과 로키는 어쩌면 비슷한

처지였다.

"그럼, 결국 이질리스의 힘으로는 저 불길을 잠재울 수 없다는 말인가?"

화마라고 한다면 나에게도 피해를 입힐 수 있다는 이야기 아닌가. 결국 미드가르드를 가지고 있다는 것이 적에게 나를 알리는 꼴이 되었던 것인지도 모른다. 아니면 아까 그 아가 검의 빛이 로키를 안내했던 것일지도.

"그럼, 어떻게 하라는 거지?"

내가 입을 삐죽이자 미드가르드도 잠시 생각에 잠겼다. 미드가르드, 이 녀석은 역시나 로키를 두려워하고 있는 건가.

"이곳을 떠나는 것이 좋겠어."

"내가 왜 떠나야 하는데?"

난 걸릴 것도 없고 쫓겨야 할 이유도 없다고. 그리고 영문도 모르는 채 쫓기는 것은 질색이야. 그들과 나는 관계가 없기 때문에 내가 피해야 할 이유는 없는 것 아닌가. 또다시 쫓기게 되는 것은 질색이다.

"지금 네 실력으론 어림없을 정도로 강한 상대야."

나는 고개를 돌렸다. 미드가르드는 가능한 한 나를 설득시키려 하고 있었다.

"그는 경륜, 실력에 있어 어느 것 하나도 빠지지 않아."

그렇게 말하는 와중에도 불길은 점점 거세져 갔고, 파도가 몰아쳐서 흰 거품을 내는 바다처럼 불길은 하얀 불꽃을 튀기며 물밀듯이 밀려오고 있다. 마법과 같은 인위적인 힘을 사용한 것처럼 빠른 속도로 내가 있는 이 작은 마을을 엄습하고 있었다.

"시끄러워!"

"지금의 너로서도 힘들지만 본래의 너라도 그를 이길 수 없을지도 몰라."

미드가르드는 나를 재촉하고 있었다. 예전의 그 녀석과는 너무나 달랐다. 빛나는 녹색 눈이 내게 애원하는 것 같은 느낌이 들 정도였다.

"입 닥치라고 했잖아!"

나는 그 녀석에게 소리쳤지만 그 녀석은 지지 않고 나에게 설교를 늘어놓았다. 내 어깨를 잡고 날 설득하고 있었다. 마치 살아 있는 생물처럼 녀석의 등에서 그 큰 날개가 솟아 나왔다.

"그러니까 만일 빠져나가겠다면 내가 도와줄게. 내가 날아가면 되니까."

"그만두지 그래?"

의외로 그런 미드가르드를 진정시킨 것은 아스가르드 녀석이었다. 아스가르드는 미드가르드에게 송곳니를 드러내면서 불처럼 화를 내고 있었다.

"어리석은 소리 하지 말아. 이대로 도망가고 자기 목구멍만 챙기겠다는 거야? 이 마을 사람들도 모두 저 불 때문에 피해를 입게 될 거야. 그가 노리는 것은 이곳에 있는 어린 마검이니까."

아스가르드의 말도 나에게는 별로 설득력 없는 말이다. 다른 사람들은 어떻게 되든 간에 나는 상관없다. 그러나 미드가르드는 덕분에 평정을 되찾았다. 미드가르드가 내 어깨를 잡고 있던 손을 놓고 휴~ 하고 한숨을 쉬었다.

그런 그들 사이에 끼어든 것은 그 더벅머리 남자였다. 그는 그 둘 사이에 서서 마검 녀석들의 싸움을 저지시켰다. 두 녀석 다 진정하자 미카미르가 나를 돌아보았다.

“마음대로 해. 선택은 너의 몫이니까.”

미카미르는 나에게 그런 한마디를 남긴 채 유유히 마을의 뒤편으로 걸어갔다. 그는 한 손을 들어 보이면서 안녕을 고했다.

“난 너희들과는 달리 겁쟁이니까 먼저 가도록 할게.”

솔직 담백하게 녀석은 그대로 걸어가 버렸고, 그런 그 녀석을 본 나는 어리둥절해졌다. 좋다. 그렇게 된 이상 나도 마검 따위에 연연할 이유가 없다.

“좋아, 이곳에서 피하겠어.”

어차피 알타크나 놈들을 볼 필요는 없다. 내가 만나야 할 사람은 그 마법사 이미르뿐이다. 저런 새빨간 불길 따위와 맞닥뜨릴 필요는 없는 것이다.

내가 뒤로 돌아서자 다른 사람들도 수긍했다. 아스가르드 녀석은 대답을 하진 않았지만 별다른 이의는 없었다. 그런데 이질리스만은 그 백색의 신전을 빤히 바라본 채 한곳을 응시하고 있었다.

“왜 그러지, 이질리스?”

미드가르드가 이질리스를 재촉했지만 그는 발목에 있는 쇠사슬의 무게가 무거웠던지 발걸음을 떼지 않았다. 에셀휜이 이질리스의 손목을 잡아당겼지만 녀석은 고자세다.

“리스 형, 이곳에 있으면 위험해요. 어서 떠나요.”

“이질리스……!”

내가 녀석에게 화를 내려던 찰나에 붉은 불꽃 속에서 마치 공이 튀어나오듯 파드득 날개를 날쌔게 움직이며 날아든 녹색의 광기에 찬 녀석이 이질리스의 앞에 섰다. 날개를 푸드덕거리면서 그는 비웃듯 입가에 미소를 띤 채였다.

“또 보네.”

"니드호그!"

저 녀석에게 인사할 기분이 아니다. 즉시 나는 이질리스 녀석의 손목 사슬을 잡고 니드호그와 반대 편으로 튀어 나가려고 했다.

그런데 그 앞에서도 검은 그림자처럼 두 녀석이 전이되어 왔다. 공간을 찢어 거리를 앞당기는 나키아 케이아르의 능력과 같은 사술이나 마술의 일종이었다.

"랑유와 사신(邪神) 로키까지!"

미드가르드의 얼굴에 허탈한 미소가 감돌았다. 로키와 랑유, 게다가 니드호그까지 이곳에 나타날 줄이야. 내가 어리석었다. 확실히 녀석들이 이 마을까지 오리라는 것은 생각해 두었어야 했는데!

"어렵지 않은 일이죠. 까마귀들을 따돌리고 이곳을 찾아내는 것은 시간문제였습니다."

은흑발의 로키도 그의 말에 어깨를 으쓱하며 입가에 푸른 미소를 지었다.

"뭐, 나름대로 재미있는 시간이었어."

저 재수없는 녀석, 전에 동굴에서 호의를 보였던 것은 나를 가지고 놀았다는 증거인가. 그 녀석은 나를 내려다보면서 호감이 갈 정도의 미소를 지었지만 그 매서운 눈만은 여전히 싸늘하기 그지없었다.

"설마 비겁하게 도망가려고 그런 것은 아니겠지?"

"비겁하긴! 내가 뭘 하든 네가 알 바 아니잖아?!"

나는 간단하게 녀석의 말을 맞받아쳤다.

"그럼 곤란하지. 넌 이미 나의 인(印)을 받은 상태니 마음대로 도망갈 수 없어. 난 한 번 찍은 여잔 놓치지 않거든."

"느끼한 자식, 난 원래 남자야!"

저 자식 혹시 미친 녀석이 아닐까.

"그런 건 관계없습니다. 로키, 당신의 뜻대로."

랑유였다. 로키의 말에 화마(火魔)가 도사리는 그 속에서 랑유가 사무적인 말투로 대답했다. 그의 시선은 에셀휜, 검은 머리카락의 중성 꼬마에게로 가고 있었다.

"에셀휜?"

공갈 검 녀석의 눈이 커졌다. 당황하고 있는 것 같았다. 에셀휜도 이질리스의 뒤에 몸을 숨기며 이질리스의 이름을 불렀다.

"리스 형……."

로키는 그런 둘을 보고 재미있다는 듯 키득키득거리고 있었다. 그런 로키와 랑유를 보면서 미드가르드가 입술을 잘근 깨물었다.

은흑발의 로키는 손 안에 심연을 살라먹은 것처럼 공허한 검은 암흑의 구체를 생성했다. 로키의 푸른 눈이 싸늘한 빛을 발했다.

"이제 게임은 끝났다."

로키가 사용하는 것은 마법과도 비슷했다. 덧붙여 화마(火魔)와 밤하늘에 떠 있는 싸늘한 은빛의 달은 그의 무대를 화려하게 장식하고 있었다.

수다쟁이 검과 공갈 검X : 이그드라실의 마검

깨어지지 않기에 그것은 더욱 효과를 발휘하고,

깨어짐으로써 그것의 이름은 더 의미를 가지게 되는 것이다.

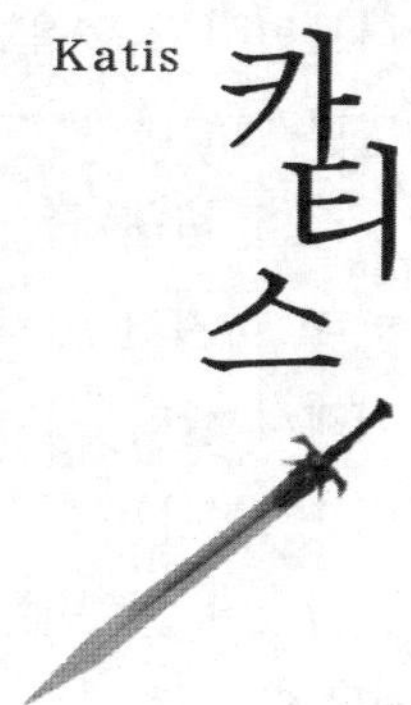

미나트, 잃어버린 나의 이름!

언제부터 내가 그렇게 불리지 않게 되었는지 기억을 더듬어본다.

나는 땀과 흙으로 뒤범벅이 되어 양손을 묶인 채 아시르 인의 성지로 끌려갔었다.

"자네, 눈빛이 아주 좋군. 마음에 들어."

그때 그는 강렬한 푸른 눈으로 매섭게 나를 내려다보았다. 그 무렵의 나는 아직까지도 소년 티를 벗지 못했었다. 종족의 전멸로 인해 나는 혼자만 살아남았고, 그로 인해 움직이지 않던 날개를 보상받았다. 그 대신 나는 모든 것을 잃은 비운의 주인공처럼 되어야만 했다.

"마음에 드는 눈빛이야."

그는 차갑게 나를 바라보았다. 그때까지만 해도 그렇게 매서운 눈으로 나를 바라보는 사람은 처음이었다. 그는 나를 차갑게 내려다보면서도 여유를 잃지 않았고 나는 그를 노려보면서도 온몸이 덜덜 떨렸다.

나의 아버지는 엄하지만 자상한 눈빛으로 항상 나를 내려다보셨다. 하지만 이자는 달랐다. 생판 모르는 남이었고 나를 이용하기 위해서 살려둔 것이다. 난 그를 도울 생각은 없었다. 난 그에게 있어 단지 이용 가치가 있는 물건이었을 뿐이다.

그것은 연구에 미친 바르하시온이라는 아시르 인에게도 마찬가지였다.

아시르 인이 신에 가깝다고 누가 말했던가!

아시르 인, 의술에 밝고 마법을 사용할 수 있는 유일한 종족인 그들의 수는 얼마 되지 않았다. 무스펠하임이 만들었다고 하는 마검의 성장과 더불어 아시르 인은 패망해 왔고 인간은 점차 마검의 힘을 빌어 마법을 사용할 수 있게 되었다.

나는 폐쇄적인 부족 안에서 자랐기 때문에 그때까지 마검이 무엇인지 거의 알지 못했다. 이론상으로는 알고 있었지만 그것에 대해서 확실히 알지는 못했다.

"너는 마검이 되겠느냐?"

그는 명령조로 강압했다. 강압적인 그의 말은 호감이 가지는 않았지만 그는 확실히 매력적인 남자였다. 그는 사람을 압도하는 카리스마를 가지고 있었으며 자신이 원하는 것을 손에 넣기 위해서라면 천의 얼굴을 가질 수도 있는 자였다. 게다가 자신의 앞을 가로막는 것은 싹부터 잘라 버렸다. 그것이 그의 정의였다. 그렇기 때문에 그는 확실히 강인했다.

그래도 난 그에게 저항했다. 아니, 저항할 수 있으리라고 생각했다. 바르하시온과 사신 로키에게 저항하고 싶었다. 게다가 그럴 자신이 있었다. 하지만 그렇게 되기 위해서는 마검이 되어야만 했다.

불문율, 그것은 깨어지지 않는 법칙이었다.

난 수레바퀴처럼 한자리를 맴돌았지만 결코 눈빛만은 버리지 않았다. 아니, 버릴 수 없었다. 내가 해야 할 일이 있었기 때문에 아직은 멈출 수 없었다.

"무슨 생각을 하고 있는 거야? 날개를 색시처럼 끌어안고서. 춥기라도 한 거야, 미드가르드?"

돈을 세다 말고 어린 후냐가 먼 하늘을 바라보고 있는 나에게 물었다.

"아무것도 아냐."

킬딘의 집에 묵을 때, 난 킬딘의 딸인 후냐를 동생처럼, 딸처럼 여기면서 함께 지내고 있었다. 그것은 카티스가 잠들어 있을 때의 일이었다. 그가 잠들었을 때 난 몇백 년 만에 처음으로 자유라는 것을 누렸다. 부담스러울 정도로 큰 날개를 가지고 마음껏 하늘을 날았다. 그리고 많은 사람을 접했다. 그전에도 사람을 접했지만 내 마음에 드는 사람을 고를 기회는 별로 없었다. 내가 흑청 색 날개를 부드럽게 어루만지자 후냐가 찡그린 얼굴로 나를 윽박질렀다.

"미드가르드는 날개를 신주 단지처럼 모시는구나."

항상 생각하는 것이지만 후냐는 나이답지 않게 조숙했다. 나는 가볍게 미소 지었다.

어쩌면 이 날개라는 것은 내가 태어났을 때부터 나를 속박하고 있었던 것이 아닐까 하는 생각에 살짝 쓴웃음을 지어보았다.

"미드가르드, 빨리 식사 준비를 해야 하지 않아? 킬딘이 오늘 좀

늘는다고 해서 게으름 피우면 곤란해. 오늘은 미드가르드가 식사 당번이니까."

후냐는 내가 먼 곳을 바라보면서 사색에 잠기면 괜스레 삐치곤 했다. 게다가 내가 떠나가는 것을 싫어했다. 항상 먼 곳을 바라보고 있으면 짜증을 내곤 했는데 그것도 모두 내가 언제 떠나갈지 모르기 때문이라고 고백한 일이 있었다.

"알았어, 후냐."

"미드가르드, 떠날 거야?"

내가 앞치마를 두르고 주방으로 들어가자 후냐가 사슴처럼 목을 길게 빼고 물었다.

"언젠가는."

그녀는 어쩔 수 없다는 듯이 고개를 절레절레 저었다. 나는 후냐가 좀 더 어렸을 때 여행을 자주 떠나곤 했는데 후냐는 그것이 그토록 마음에 들지 않았던 것 같다.

그들이 찾아온 것은 저녁을 짓기 시작한 지 얼마 지나지 않아서였다.

"미드가르드, 너를 찾는 손님이 왔는데?"

후냐의 말에 나는 그냥 옆집에 사는 사람이 찾아오기라도 한 것으로 생각하고 가벼운 마음으로 밖으로 나갔다. 그런데 그자가 서 있었다.

"오랜만이로군."

"그렇군요."

나는 미소로써 답했다. 그런 식으로 가면을 쓰는 것이다. 은흑색 머리카락의 강압적인 남자와 작은 꼬마 아이 같은 소년, 그리고 키 크고 후드를 두른 채 얼굴을 보이지 않는 남자, 또 여자같이 꾸미고 있지만 기품이 흐르는 그 모습, 그것은 알타크나의 마검들이었다. 우트가르드(요툰하임)와 아스가르드, 니블하임, 그들은 나와 마찬가지로 만들어진 마검들.

"무슨 일로 오셨죠?"

"몰라서 묻는 것은 아니겠지?"

"하하, 물론이죠."

그들은 자신의 의지로 마검이 된 자들. 원래는 라그나, 인간, 그리고 아시르 인…….

이그드라실의 마검들은 하나같이 의미를 가진다. 자유를 가지면서도 억압될 의무를 가지고 있는 것이다.

"지의 로드의 뜻입니다. 제 닷은 아니에요."

"자네, 예전과는 다른 눈빛이야. 세월의 풍파 때문인가?"

"그럴지도 모르죠."

나는 빙그레 웃었다.

"그래. 그럼, 일은 확실히 해주겠지?"

"물론입니다. 그것은 불문율이잖아요?"

나는 미소를 지었다.

"그럼, 이만 가지. 어쩐지 재미있어질 것 같으니까."

나는 그의 장난 어린 말에 동의했다.

"미드가르드, 가는 거야?"

"그래."

나는 후냐에게 미소 지어 보였고 후냐는 마음에 들지 않는다는 듯 주먹으로 내 뺨을 한 대 갈겨주었다.

바람이 불어왔다. 더운 바람이었고 수증기를 머금고 있는 습기 찬 바람이었지만 바람은 끊임없이 한자리에 머물지 않고 흘러갔다.

“이제 깨어날 시간이 다가오거든. 100여 년 간의 긴 잠에서.”

나는 앞치마를 거두어 버리고 언제라도 갈 준비가 되어 있는 몸으로 킬딘의 집을 떠났다. 짐은 없었다. 몸만 가면 되니까.

알타크나의 마검은 무스펠하임에게서 창조되어진 것이 아닌, 바르하시온에 의해서 만들어진 마검, 그것들은 깨어지지 않는 불변의 진리를 가지고 한자리에 모인다.

깨어지지 않기에 그것은 더욱 효과를 발휘하고, 깨어짐으로써 그것의 이름은 더 의미를 가지게 되는 것이다.

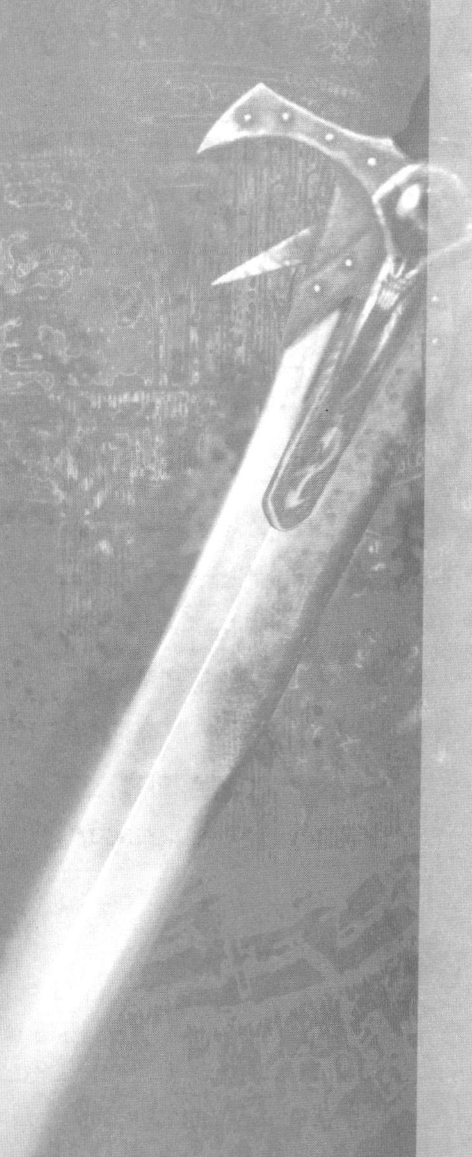

외전(外傳) 포이즌 그린의 환상

"왜 그러고 있니? 어디 아픈 데라도 있니, 예쁜 꼬마야?"

포이즌 그린 빛 눈동자, 발랄한 눈에 어울리는 금색 머리카락.

어쩌면 상반된 색의 여자였다. 여자는 설마 인간인 것일까.

"녹색 날개, 넌 혹시 하늘에서 내려온 천사님이니?"

소녀도 아니고 아직 어른도 아닌 존재는 나의 옆에 있었다.

"하늘의 천사님은 흰색, 그럼 땅에 내려온 천사님은 녹색인지도 몰라."

나의 눈 안에 소녀의 모습이 비쳤다.

소녀의 눈빛은 신비하고도 이슬을 머금은 녹색이었다.

금빛 눈동자 안에 들어온 소녀의 모습은 더할 나위 없는

싱그러운 초록색이었다.

"너, 이름이 뭐니?"

대답하지 않았다. 아니, 대답할 필요가 없었다.

"내 이름은 '이다', 넌?"

"난 니드, 니드호그."

Katis

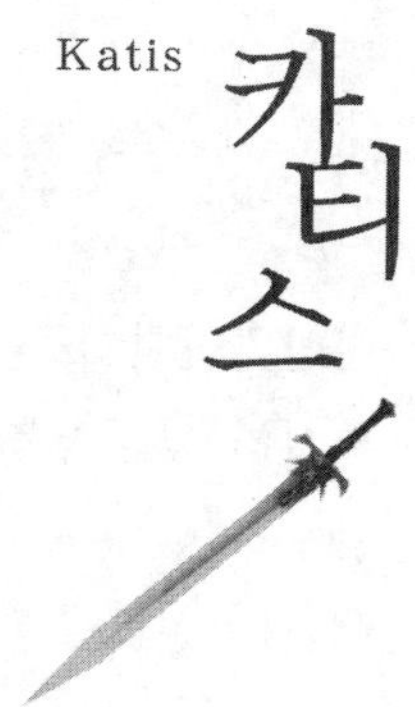

카티스

그는 붉은 독수리의 왕이었다.

"어디 보자. 꽤 곱상하게 생긴 게 그녀를 닮았군."

그는 왕이었다. 그들 종족의 최고 지위를 가진 자, 그는 어린 나의 얼굴을 손으로 살짝 들어보며 싱긋 웃고 있었다.

"레스베르그님, 이게 바로 그 녹색 용족의 여자에게서 태어난 아이입니까? 정말 여리군요."

날 낳았던 그 여잔 날 보며 항상 눈물을 흘렸다. 난 정말 그 여자가 싫었다. 그녀는 날 볼 때마다 나를 죽이고 싶어했고, 그에 대한 반발인지 나는 본능적으로 삶에 집착하고 있었다. 나 자신은 언제든지 죽어도 좋다고 되뇌었지만 실상 그 여자의 섬뜩한 칼날이 목에 다가오면 난 언제나 그것을 피할 수밖에 없었다. 이 생명 자체가 저주스러운데 어째서 그렇게 탐욕스럽게 삶에 집착했던 것인지 모를 일이다.

"하지만 잘만 훈련시키면 쓸모있을지도 모르지. 녀석에게도 반 뿌이지만 녹색 용족의 피가 흐르고 있어. 우리 땅을 침범한 건방진 녹색 용족을 징벌하기에 쓸모있을지도 몰라."

나는 붉은 머리카락에 타오르는 듯한 녀석의 눈을 노려보았다. 자신만만한 표정이었다. 갸름한 얼굴에 비해 굳건한 턱 선은 그가 확실히 남자임을 증명해 주고 있었다. 나는 그를 노려보았다. 내가 증오하던 여잘 죽인 남자, 그것도 장난치듯 괴롭히다가 서서히 죽인 남자였다.

나는 언젠가 내 손으로 죽이고 싶었던 그 여자를 나보다 그 남자가 먼저 죽였던 것이 분했다. 내가 태어나도록 만든 이 남자 자체도 질색이었지만.

나는 이글이글 타오르는 눈빛으로 그를 저주하고 있었다.

"좋은 눈매다."

곧 온몸에 전해져 오는 통증 때문에 눈을 크게 떴다.

퍼억!

절로 신음 소리가 났지만 나는 이를 악물었다.

"하지만 나에겐 그런 눈을 보이는 게 아니다."

단 한 손으로 나의 목을 잡고 서서히 조르자 온몸에서 땀이 번져 나왔고 숨을 쉴 수 없었다. 숨이 가빠 헐떡거렸지만 그는 손을 놓아주지 않았다.

"분한가?"

그는 나를 바닥에 내팽개쳤다. 쿵! 소리를 내며 내가 바닥에 굴러 떨어지자 그는 천천히 내게 다가와 내 목을 구둣발로 눌러 버렸다.

"그렇다면 강하게 만들어주지."

그는 나를 내려다보면서 피식 웃었다. 위압감있는 붉은 눈동자가 나를 노려보고 있었다. 그와 나 사이에 결코 넘을 수 없는 벽이 도사리고 있는 것처럼 느껴졌다.

"넌 나에게 덤빌 수 없어. 넌 날 죽일 수 없을 거야. 내가 네 어머니를 죽였던 것처럼."

피가 흐른다. 독(毒), 내 몸엔 독과 같은 피가 흐르고 있었다. 나는 가끔 내가 붉은색이 아닌 녹색의 피를 가지고 있지 않을까 하는 착각을 한 일이 있었다.

"하지만 그렇기 때문에 강해져야 하는 거다, 꼬마야."

핏빛으로 물든 환상을 보았다.

하지만 보통의 붉은 피가 아닌, 그것은 녹색의 피였다. 녹색의 용족은 다른 종족과는 달리 붉은 피가 몸으로부터 빠져나오면 산화될수록 녹색으로 바뀌어 버린다. 게다가 그 피에 독성이 있어서 주위의 식물은 모두 까맣게 타거나 녹색으로 뒤덮여져 버리는 것이다.

기쁘지 않았다. 피에 취할 수도 없었다. 단지 죽었다는 것은 움직이지 않는 상태라고만 생각하고 있었다. 인간들이 말하는 그런 죄책감이라는 감정 따위도 나에겐 없었다. 어디서부터 틀어진 것인지, 아니면 틀어져 버린 것도 사실인지 아닌지 의심이 갈 정도로 난 어떤 것에 굶주려 있었다.

날 낳은 여자는 녹색 용족의 전사로 외양만으론 아름답고 곧은 날개를 가진 여자였다. 원치 않은 날 낳고 날 죽이려고 무던히도 검을 들었었다. 하지만 그 남자의 한마디를 떠올리곤 항상 날 죽이지 못하고 흐느껴 울기만 했다. 레스베르그는 자신이 나의 아버지라고 밝혔다. 그러나 나는 그 사실을 별로 믿고 싶지 않았다.

녹색 용족, 그들은 결국 나의 손에 죽었고 그것에 대해 나는 희열도, 그 어느 감정도 느낄 수 없는 그런 상태로 레스베르그의 앞에 섰다. 그는 예의 미소를 지으며 내 목을 붙잡았다.

"잘했다. 하지만 너무 느렸어. 좀 더 빨리 행동했어야지. 그에 응당하는 벌을 주지."

곧 통증이 온몸에 엄습해 왔다.

"욱!"

그 금빛의 눈동자에 비치는 것은 무엇이었을까.

나는 곧 정신을 잃어버렸다. 정신을 잃으면 아픔 따위는 잊을 수 있으니까.

희미한 날갯짓 소리에 나는 어렴풋이 눈을 떴다.

"가자!"

레스베르그는 두어 번 날갯짓하면서 자신 옆에 선 남자에게 말했다. 그 남자는 루스타라는 이름의 남자로 레스베르그의 심복이라고 할 수 있는 자였다.

"레스베르그님, 니드호그는 어떻게 하지요?"

"알아서 돌아올 것이다. 오늘은 기념으로 거나하게 마셔보도록 하지."

그는 그렇게 말한 후 저 하늘 멀리 날아가 버렸다. 나는 그 자리에 누워 하늘을 바라보았다.

"왜 그러고 있니? 어디 아픈 데라도 있니, 예쁜 꼬마야?"

포이즌 그린 빛 눈동자, 발랄한 눈에 어울리는 금색 머리카락. 어쩌면 상반된 색의 여자였다. 저 여자는 설마 인간인 것일까.

"녹색 날개, 넌 혹시 하늘에서 내려온 천사님이니?"

소녀도 아니고 아직 어른도 아닌 존재는 나의 옆에 앉았다.

"하늘의 천사님은 흰 색, 그럼 땅에 내려온 천사님은 녹색인지도 몰라."

나의 눈 안에 소녀의 모습이 비쳤다. 소녀의 눈빛은 신비하고도 이슬을 머금은 녹색이었다. 금빛 눈동자 안에 들어온 소녀의 모습은 더할 나위 없는 싱그러운 초록색이었다.

"너 이름이 뭐니?"

대답하지 않았다. 아니, 대답할 필요가 없었다.

"내 이름은 '이다', 넌?"

"난 니드, 니드호그."

"좋은 이름이네."

그렇게 생각해 본 일이 없었다. 그런 이야기를 듣는 것도 처음이었다.

"그런데 왜 이런 곳에 있는 거야? 이 근처는 용족의 싸움터라고. 강한 종족이라고 불렸던 녹색 용족은 벌써 모두 전멸해 버렸다 하던데."

그 소녀는 녹색으로 물들어 가는 들판을 바라보며 앉아 혼잣말하듯 말했다.

"어디 아프니?"

소녀의 손이 내 녹색 날개에 닿았을 때 나는 무의식적으로 그 손을 뿌리쳤다. 하지만 소녀는 그 흰 손을 뻗어 날개를 잡아 상처를 보았다.

"괜찮아. 아프면 소리를 내도 돼."

그렇게 배운 일은 없다. 소리를 지르면 레스베르그가 항상 시끄럽다고 화를 냈기 때문이었다.

"괴로우면 비명을 지르는 거야. 그렇기 때문에 고통을 잊을 수 있어."

그래서 고통 같은 건 없는 것이 낫다고 생각했다.

"고통은 살아 있다는 증거야. 두려워할 필요 없어."

이 여자애는 정말 이상한 여자애다. 정말 이상하다고 생각한다. 나는 눈을 깜빡였다.

"그걸 두려워할 필요도 없는 거야."

그 상태로 조용히 해가 뉘엿뉘엿 넘어갈 때까지 나는 아무 말 없이 그곳에 앉아 있었다. 내가 자리에서 일어섰을 때 이다는 물었다.

"내일도 이곳에 나올 거니?"

"……."

"또 보자. 녹색의 들판은 아름답다고 생각하니까."

"……."

왜일까. 저 녹색이 아름답다고 생각하고 있는 사람도 있단 말인가. 포이즌 그린 빛의 벌판, 죽음의 벌판인데 어째서 저 인간 여자는 그렇게 말하고 있는 것일까.

나는 녹색의 날개를 폈다.

"또 보고 싶어, 녹색 날개의 천사님 니드."

그 여잔 한쪽 눈을 찡긋해 보이면서 손을 흔들었다. 나는 그녀의 얼굴을 외면해 버렸다.

"꽤 쓸 만한 녀석이로군, 니드호그."

내가 그가 있는 곳으로 돌아갔을 때 그는 기다렸다는 듯 나를 반겼다. 물론 반갑지 않은 마중이었다. 나는 언제나처럼 그를 노려보았다. 하지만 신경이 억눌리면서 그에게 섣불리 다가가지 못하도록 만들고 있었다.

"왜, 아직도 너의 어머니를 죽인 내가 미운가? 너에게 정조차 주지 않았던 어머니인데."

"……."

"그래, 나에겐 말대답하지 않는 편이 더 현명하지. 넌 현명하다, 니드호그."

그의 팔이 내 목을 잡았다. 나는 나도 모르는 사이에 고통을 느꼈다.

"욱!"

"감정은 죽이는 것이 좋아. 그게 더 나의 인형답다고 할 수 있으니까."

그가 그렇게 말하며 나를 바닥에 팽개쳐 버렸다. 그 힘에 날개가 꺾이지 않은 것만으로도 다행스러운 일이었다.

그의 옆에서 조용히 있던 루스타가 술잔을 들어 레스베르그에게 건넸다.

"레스베르그, 토벌은 성공했습니다. 모두 당신 덕분입니다. 축배를……."

"그래, 앞으로 어떻게 할지 생각해 두었다. 난 앙그라보다를 도울 것이다."

루스타는 그의 말에 곤란한 표정을 지었다.

"앙그라보다라고 하면 사악한 가넬 족인 알타크나의 앙그라보다를 말씀하시는 겁니까?"

"잘 알고 있군, 루스타."

“하지만 그녀는…….”

루스타는 반문했다. 그러나 레스베르그가 그의 말을 가로막았다.

“난 내가 한 선택에 있어 후회는 하지 않아. 그리고 되물릴 생각
도 없다.”

“레스베르그님…….”

확신에 찬 눈빛, 그는 어떤 것을 확신하고 있었던 것이다.

“잘 봐두어라, 니드호그. 다음에는 포이즌 그린이 아닌 핏빛 붉
은 대지가 되어버릴 테니까.”

그는 술잔을 기울이며 나에게 말했다.

“다음으로 갈 곳은 알타크나다. 앙그라보다님께 선사할 신선한
피가 필요하니까.”

그는 빙그레 웃었다. 그러나 나는 그 말뜻을 잘 알 수 없었다.

난 왜 또 그 벌판에 갔던 것일까. 왜 또 이다를 만난 건지 나도
알 수 없었다. 그 소녀에게서 편안함을 느끼고 있는 것일까. 아니,
그건 아니라고 본다.

“아프니?”

또 상처투성이의 몸을 그 여자에게 보이고 말았다. 마치 어린아
이에게 하는 말 같았다. 인간으로 친다면 아주 어려 보이는 나이
지만 나는 적어도 저 여자보다는 오래 살지 않았던가. 또 주제넘
는 참견을 하며 그 여자는 상처를 싸매주겠다며 붕대까지 어디서
찾아가지고 왔다.

“이거 치워!”

“하지만 아파 보여. 아플 땐 아프다고 말하는 것이 더 좋을 텐
데. 억지 부리면 곤란해.”

"건방진 소리 하지 마!"

그래도 오늘은 말을 많이 한다고 생각해서인지 그 여자의 얼굴에 미소가 감돌았다. 병색이 짙은 얼굴이었다. 인간이 저리도 하얗고 투명했던가.

"자, 좀 긴장을 풀어. 저 녹색의 벌판은 다시 파래질 거야. 다시 재생할 거라고. 그렇기 때문에 지르는 비명 소리가 들리지 않아? 비명을 지르면서 살겠다고 하는 거야."

"이상한 계집애로군."

나는 일어섰다. 이 벌판에는 이제 영원히 오지 않을지도 모른다.

"상처투성이의 니드, 다음엔 깨끗하고 청결한 날개를 봤으면 좋겠어. 싱처를 입으면 가슴이 아프니까."

저 여잔 어째서 그렇게 말하는 걸까. 멀리서 한 노인의 목소리가 들렸다. 저 여자의 보호자인가 보다. 이다는 이 근처에 노인과 함께 사는 여자인가 보군.

"이다, 이곳은 불길한 곳이니 어서 돌아오거라!"

이다가 일어섰다. 노인의 부름 때문이었다.

"그럼, 다음에 또 봐."

또라고? 또 이곳에서 이다를 볼 수 있으리라곤 생각하지 않는다. 난 그 붉은 독수리들과 함께 이곳을 떠나 다른 피를 찾아갈 것이다. 그러니 다시 또라는 것은 내 사전에 없는 말이다.

그런데 이런 감정을 인간의 말로는 뭐라고 했던가.

블러디 레드Bloody Red.

그의 말대로 도착한 곳은 블러디 레드의 벌판이 되었다. 비릿한 냄새가 코를 찌르고 살점들과 피가 튀는 곳이었다.

그것이 아름답다곤 생각되지 않는다. 좀처럼 흥겹지도 않다. 나는 갑자기 포이즌 그린의 들판을 보고 싶다는 생각이 들었다. 상쾌한 녹색의 눈동자조차 그리움으로 가득 찼다.

나는 날개를 꺾어 방향을 달리했다. 손톱으로 찢는 것도, 인간의 비명 소리를 듣는 것도 이젠 식상하다. 나는 붉은 독수리들의 눈을 피해 저 멀리로 날아갔다. 내 의지였을까? 아닐지도 모른다. 이유는 아직도 알 수 없다.

그곳엔 확실히 약속대로 그 여자의 모습이 보였다. 나를 보며 환하게 미소 짓고 있는 여자의 얼굴이 보였다. 어째서 저리도 환히 미소를 짓는 것일까.

"어딜 가는 거지, 니드호그?"

그는 루스타였다. 레스베르그의 심복이 나의 뒤를 쫓아온 것이다.

"니드!"

내 이름을 부른 이다는 놀란 얼굴로 루스타를 바라보고 있었다.

"호오라, 이 근처에 인간이 살고 있을 줄은 몰랐군."

그는 나보다 앞서 그 여자에게 다가갔다.

"니드호그, 이런 여잘 만나러 온 것인가?"

"니, 니드……?"

이다의 얼굴이 더욱더 질려 있었다. 눈처럼 하얗게 질린 얼굴과 피와 같은 붉은색의 라그나, 그의 모습에 어쩐지 철렁 가슴이 내려앉는 듯한 느낌을 받았다.

"꼴 좋군. 인간의 여자 따윌 보고 싶어서 전장을 뛰쳐나가다니."

루스타는 손을 들어 이다를 내리찍으려고 했다.

"인간이란 쉽게 죽어버리기 마련이지."

“이다!”

늙은 인간의 목소리가 벌판 저 너머에서 들렸다. 전에 보았던 그 할아범이었다. 그는 이다를 지키기 위해 다가왔지만 인간의 힘으로는 어리석은 짓이었다. 게다가 그는 라그나가 아닌가.

“뭐야, 이 노인네는?”

피가 흩뿌려지고 그 여자의 얼굴도, 녹색 눈동자도 순식간에 핏빛으로 물들었다.

“하, 할아버지!”

“자, 다음은 인간의 여자, 네 차례야.”

“니드!”

이다는 내 이름을 불렀다. 니는 불안한 기분이 들었다.

“하하핫! 레스베르그님이 보면 코웃음을 치시겠군. 인간의 여자라니!”

루스타가 나를 비웃었다. 루스타가 이다의 목을 조르자 더 이상 숨을 쉬지 못한 채 파리해졌다. 소리도 지르지 못하고 그대로 그 자리에 주저앉아 버렸다. 그리고 얼마 있지 않아서 그녀는 미동조차 하지 못하게 되었다. 그 순간 나의 가슴 한가운데서 의미를 알 수 없는 어떤 희열이 북받쳐 올라왔다.

“아하하하하!”

나는 터져 나오는 웃음을 참지 못했다.

“뭐야, 이 녀석 미친 건가?”

루스타의 얼굴에 공포가 비쳐졌다. 나는 그의 팔목을 잡아 꺾었다.

촤악!

녹색의 손톱이 파고들어 독이 그의 몸속으로 투여되었다. 쾌감이었다.

그동안 참아왔던 것이 한꺼번에 터져 나오는 느낌이었다.

"레, 레스베르그님!"

그는 고통으로 일그러진 얼굴로 오른팔을 들어 공격하려고 했지만 나는 곧 녀석의 어깨를 물어뜯고 왼손의 손톱으로 심장을 지그시 눌러주기 시작했다.

"고통스러워? 하지만 그게 내가 너에게 줄 수 있는 최고의 선물이야."

나는 손톱을 사용해서 야금야금 녀석의 심장을 파고들었다. 나에게 루스타의 비명 소리가 흥겹게 들렸고 들을 때마다 웃음소리는 끊이지 않았다. 그런데 왜 내 눈에선 정체 불명의 액체가 흘러나오는 것일까. 처음으로, 그리고 다시는 없을 그런 액체가 내 눈에서부터 흘러나오는 것은 대체 왜였을까?!

"아하하하하! 내 이름은 니드호그, 죽이진 않겠다. 단지 최고의 고통을 선사해 주지!"

고통. 그것은 신이 준 최상의 선물, 살아 있다는 증거였다.

그것은 포이즌 그린의 환상이었다. 붉은 피가 튀고 고통스러운 비명을 지를 때마다 나는 터져 나오는 웃음을 멈출 수가 없었다. 게다가 어째서 눈에서 무색의 액체가 흐르는지 그것조차 모르겠다.

그렇게 얼마 동안 정신을 잃었을까.

내 눈앞에 은흑발을 허리까지 길게 늘어뜨린 남자가 서 있었다.

"정말 마음에 들어, 그 기상과 잔인한 미소."

은흑발의 남자는 미소를 지으며 나에게 오른손을 내밀었다.

"내가 강하게 만들어주겠어."

그렇게 나는 그 남자를 따라갔다. 은흑발 머리카락에 푸른 눈동자의 그 남자를.

그리고 환상을 잊었다.

잊어버렸다고 생각한 그 환상이 나타난 것은 이상한 동굴 안에서였다.

하지만 그것은 거짓이었다. 절대 진실이 아니었다.

나는 믿지 않는다. 그 누구도, 심지어는 나조차도.

고통만이 살아 있다는 최고의 삶의 증거.

"니드, 이리 와. 편안하게 해줄게."

그녀의 모습이 눈앞에 나타났다. 처량하게 보였지만 평소에 보던 그녀의 모습이 아니었다. 나는 손톱을 세웠다. 만일 진짜였더라도 나는 멈추지 않았을 것이다.

"난 이런 거 믿지 않아!"

나는 그 환상을 갈가리 찢어버렸다. 고통을 얻지 않으면 죽을 수도, 살 수도 없는 법이다. 내가 만일 그 환상을 믿었다면 삶의 증거인 고통을 잃어버린 게 아니겠는가.

〈 포이즌 그린의 환상 終 〉

신인작가 모집

시작이 반이라고 했습니다.
작가의 길에 대한 보이지 않는 벽을 과감히 깨뜨리십시오!
청어람은 작가 지망생 여러분들의
멋진 방향타가 되어 드리겠습니다.

저희 도서출판 청어람에서는
판타지 소설 신인 작가분들을 모집합니다.
판타지 소설을 사랑하시는 분들의 많은 참여를 바랍니다.
소정의 원고(A4용지 150매)를 메일이나 우편으로 보내주시면
검토 후 출판 여부를 알려 드리겠습니다.

주소:경기도 부천시 원미구 심곡1동 350-1 남성B/D 3F · 우편번호420-011
TEL:032-656-4452 · FAX:032-656-4453
e-mail:eoram99@chollian.net